THE SONG OF LAO-MEI

VOLUME 1.
A SONG OF BLOOD AND FEUD

卷一

血 色 童 謠

老 梅 謠

芙蘿／著

目次

Contents

第一章
恐怖童謠

老梅老梅幾株芽？無枝無葉九朵花。月娘一躲不出門，寧可在家關緊窗。
綠葉綠葉幾時綠？冬末春初翠如玉。大雨一來別戲水，潮起槽深難保命。
水車水車幾回停？竹筒無泉難為引。明火一亮石成金，夜半哭聲無人影。
金山金山幾兩金？只有陳家數得清。除夕一到勿近府，無臉殺絕不留情。

老梅村位於季青島北部，巽象市北海岸。

原本是個與世無爭的小聚落，近幾年因美麗的海蝕溝景點「老梅槽」而逐漸聲名遠播，成為攝影愛好者與遊客打卡的熱門景點。

對於熟悉當地的導遊——王亦潔來說，老梅不僅只是風景秀麗，更因它的童謠和傳說蒙上一層神祕的面紗。

久住此地兩、三代以上的老居民都聽過〈老梅謠〉，而且都會教導小孩吟唱，以此為戒。小孩們除了平常沒事哼唱，也會在玩鬼抓人的時候，先唱完歌才開始抓。

王亦潔不知道這樣的作法是否恰當，雖說是示警，但總覺得這童謠似乎不利於兒童身心發展，因為歌詞背後藏著一個恐怖的傳說。她與其他導遊對外賓都稱其為《老梅傳說》，但當地則是叫《無臉鬼》。

傳說，曾有人在雨夜時，在老梅槽慘遭殺害並毀容。兇手早已消聲匿跡，未曾伏法。從此以後，每當雨夜來臨，總會看到無臉鬼在老梅村一帶四處遊蕩，將看到的生人全數以同樣的方式殺死。而這個傳說漸漸延伸、扭曲出另一個駭人說法：只要在老梅槽棄屍，並破壞屍體面容，那麼兇手將永遠不會被抓到。

因此，「無臉鬼」在當地人心中早已是根深蒂固的恐懼象徵，老一輩的常會對不乖的小孩說「再不聽話，無臉鬼就要來抓你囉」這類的話。

但是對於這樣的解讀，吳常卻不買單。

外貌俊美、身材高䠷英挺的他，擁有國際級魔術師和業餘偵探的雙重身分。不僅在世界各地巡迴演出，私底下更與各國警界密切往來；尤其與季青島警方高層有著長期祕密合作關係。他的來歷對於其他人來說都是謎，目前有權限知情的只有刑事組第九偵查小隊隊長——楊志剛。

吳常修長的手指一邊靈巧地翻轉銅板，一邊對王亦潔說：「潔弟，死人不會說話，但詩詞曲賦能，只待伯樂聽出弦外之音。」

他與導遊王亦潔、刑警楊志剛因不久前發生在金沙渡假村的一起謀殺案而相識。因緣際會之下，他們共同攜手抽絲剝繭，逐步揭開真相，逐漸形成牢不可破的鐵三角。

案件調查過程中，吳常偶然聽聞老梅一帶流傳數代的恐怖童謠，隨即聽出了「弦外之音」。最後將真兇繩之以法時，吳常又從兇手口中得知了無臉鬼傳說。看出此傳說與老梅謠之間的關聯和玄機的他，決定著手調查字裡行間隱藏的線索和祕密。

皮膚白皙、嬌小玲瓏的潔弟瞪著圓圓的大眼，仔細看著手上抄寫歌詞的紙張說：「我真的覺得是你想太多耶。就憑著這首童謠，真的就可以找到寶藏嗎？」

她偏著頭，高高紮起的馬尾與瀏海垂到同一邊，想了一會又說：「你是不是跟志剛兩個人聯合起來騙我啊？」

吳常理所當然地說：「當然是。寶藏不一定有，但命案是肯定。」

「不會吧……真的是騙我！等等……你說……又有命案？就算真的有好了，這傳說已經很多年了耶，你現在查是能查得出什麼啊？」

「不試試看怎麼知道？更何況，潔弟妳不也可以幫忙嗎？」

「老實說，我除了每天被你跟志剛羞辱智商低之外，實在不知道自己存在的目的是什麼……」潔弟哀怨地說。

「妳有陰陽眼啊。」

「你當我包公喔？還夜審陰陽咧。我自己都怕鬼怕得要命，哪敢幫啊。」她沒好氣地說。

「如果我沒猜錯的話，這應該是懸案或冤案。難道妳有能力卻要視若無睹地讓死者繼續蒙冤下去嗎？」

「喂，你不要道德綁架喔！更何況我現在是因為前幾天帶的商務團，團員在金沙渡假村遇害所以暫時被禁團。現在都已經結案了，我隨時會被通知解禁。到時候我忙著帶團，可沒空理你。」

「隨便妳。」吳常黑夜般的眼瞳平淡無波。渾身散發冷峻神祕氣息的他，保持一貫冷漠的語調，手指繼續靈巧地翻轉銅板，「反正這世上死得不明不白的人多的是。」

聽他這麼一說，潔弟喝到一半的熱茶瞬間「噗」一聲全噴到他那五官深邃立體的中法混血臉孔上。

他措手不及地愣在原地，銅板落到大理石磚上，發出清脆的響聲，滾到茶几底下。

「啊啊啊對不起對不起！」潔弟手腳慌亂地抽出面紙往他臉上擦。

「吳先生您沒事吧？」原本在廚房為他們準備水果的廖管家，也聞聲前來關心。

吳常一手抹去臉上的茶水，沉聲回道：「沒，去忙吧。」說完便默默起身往浴室走去，並未和潔弟計較。

潔弟尷尬地看了吳常的背影一眼，心虛地開始擦沙發。

「怎麼辦怎麼辦？這沙發是麂皮的，顏色又那麼淺，擦不掉啦！」潔弟慌張地向廖管家求救。

「換新的。」吳常語畢，隨之而來的是「碰」的甩門聲。

「真的……不好意思！」潔弟對廖管家鞠躬道歉。

「沒事沒事，這些我來就好，您先坐下吃水果吧。」

潔弟撿起那枚茶几下的銅板，學吳常把玩的同時，心中也是一番天人交戰。

前幾天帶的團出了人命，先是撞鬼，再來又應警方要求，配合隨行勘查命案現場，甚至是認屍。她真的覺得很恐怖！現在叫她要像之前那樣跟屍體、鬼魂打交道，她心裡實在是千萬個不願意啊！

但是話又說回來，如果不是因為亡靈指引，那件命案還能這麼快破嗎？兇手恐怕也不會這麼輕易認罪吧？

糯米腸說的命案……會不會這裡頭真的有冤屈？難道真的沒有那種既不危險又能幫忙查出真相的方法嗎？

就在吳常打開浴室門之際，潔弟突然想到了一個折衷的辦法。

「糯米腸！我想到了！」

不得不說，潔弟看到吳常穿著一身白色浴袍走出來真的滿失望的。原本以為他會用浴巾包著下半身，露出上半身胸肌、腹肌的。

「說吧。」吳常拿著小浴巾擦著黑色短髮。

「我們先調查一下到底是不是真的有命案吧。如果真的有再說？」

「答案是肯定的。我剛才已經說了。」

「你說的又不一定是對的。反正我們現在先來思考一下要從哪裡開始查啦。」

「這種事情不需要思考，歌詞已經透露得很明顯了。」他無奈地看著潔弟。跟潔弟的爸爸教了家犬——睫毛幾十次握手還學不會的眼神一模一樣。

「對啦對啦，大家都白癡就你聰明，就你伯樂啦。」潔弟忿忿不平地說，「那你說啊，歌詞哪裡透露？如果是沒押韻的話，我覺得還好啊，童謠嘛，唱得順就好。不過歌詞太困難倒是真的。」

「不，不是押韻，是整首歌的歌詞。」

「整首？」潔弟又再仔細看了一遍童謠。

「尤其是『石成金』這裡。妳看，童謠總共分四段。其他三段的第二行首句末三字都是「否定助詞」加「動詞」加「名詞」，只有這段不符合詞性規律。」

「還好吧？搞不好是出格啊。而且，這三個字有怎樣嗎？『明火一亮石成金』這句話不就是說，光把石頭照成金色嗎？」

「也可以解釋成，當警察提著燈趕到命案現場時，兇手將金屬製的兇器藏在原本放石頭的地方，或是石頭底下。」

「那也太黑暗了吧？」潔弟有種不祥的預感。

「老梅謠和無臉鬼傳說本來就已經很黑暗了。」

「可是，照你這樣講，創造童謠和傳說的人應該就知道兇手和兇器啦。怎麼不報警？怎麼還會抓不到真兇，變成懸案或冤案？」

吳常聳聳肩，無所謂地說：「怕被滅口吧？」他說完，低頭喝起廖管家送上的熱咖啡。

「那萬一真的不小心被我們查出真相，會不會也被……？」潔弟瞬間起雞皮疙瘩。

不知道為什麼，她心中那股不祥的預感越來越強烈了……

第二章
時域

世間字紙藏經同，見者須當付長流。撿墨因緣法寶轉，山門珍秘永傳留。

東晉末年，梁生家貧不得醫，抱病而死。其妻飢寒伶仃，哀慟欲絕，望與夫同眠，是以棺柩停廳數日未葬。

第七夜，梁妻伏柩垂淚，已奄奄一息。忽聞內聲響，忙找鄰人前來開棺。棺蓋一揭，梁生頓時坐起喘氣，妻喜極而泣，兩人抱頭痛哭。鄰人疑之，梁生不答，反磨墨疾書，其筆畫似字非字，似圖非圖。

梁生夜半還陽，舉措如故唯不得語。鄉里稱奇，多來觀看又時常接濟。數日，道士張姓者前來梁舍求引。原當日振筆疾書之卷非人間物，乃《混沌輿圖》！倘若凡人私留必有災禍，遂交由道士保管。

然不日，道觀竟遭血洗，一夜之間盡數死絕，經書圖卷皆亡佚。

梁生聞之駭然，就此倒地不起。從此世間再無人知還魂路。

空氣中瀰漫著薄霧，帶點陰涼的氣息。潔弟的眼前是漆黑的街道，兩旁老舊公寓前的路燈，零零散散地亮起燈光，像是迎接她的到來。即使街上有路燈，一切仍是如此幽暗。光亮總是朦朧而淒冷的。地上的紙屑和報紙時不時隨著陣風翻飛飄蕩。

潔弟不知道自己是怎麼來到這裡的。

當她有意識的時候，已經跟著一群人在街上行走了。這些人她好像在哪裡看過，但又一時想不起來。看得出他們滿臉的困惑和恐懼，她也一樣，而且比他們更害怕。

到底在怕什麼？她也說不上來，也許是手上的這炷香十分古怪吧？人人手上都有一炷，卻不知從哪來，有何用意。香點著的地方是藍中帶點螢綠，裊裊白煙卻透著微微涼氣。儘管燃燒著，卻不掉香灰，香的長度也始終不變，彷彿時間靜止一般。也許這香根本不是火點燃的。

街道上除了他們這群人沒有別人。沒人知道要去哪，也沒人敢脫隊，在莫名的惶恐之中，大家都只是互相跟緊對方的腳步，尋求那一絲安全感，漫無目的地在街道上往前走。

突然一陣狂風大作，人群中有人驚呼：「我……我的香突然燒得好快！」

大伙聽到紛紛低頭打量自己和別人手上的香。的確燒的速度加快了，此刻每個人手上的香都長短不一。但這到底意味著什麼？

「我的快燒完了！」一個穿著襯衫的男子驚恐地看著手上已經燒到末端的香。下一秒，他登時灰飛煙滅，跟著香一起消失！

極力壓抑的恐懼瞬間沸騰到了頂點，有人崩潰，有人啜泣，有人開始想盡辦法在狂風中護住自己的香，而也有人開始搶奪別人的香，企圖延續自己在這陰森空間的存在。

潔弟和少數人的香算是長的，立即成了某些人覬覦的對象。感受到那些人不懷好意的眼神，他們害怕地掉頭就跑。跑著跑著，風越來越大，看不清前面的路，也看不到周圍的人。

「龍捲風！快避開！」前方有人喊著。

一時之前，大家成驚弓之鳥，四散往一旁公寓或小巷裡躲。

潔弟才剛閃進左邊的公寓裡，鐵門就「碰」地一聲關上了！

她進公寓後的第一個念頭有點滑稽：這棟外觀看來有六、七層樓的公寓竟然沒有地下室！

但事到如今，這裡的一切都如此詭異，好像也不該感到意外。

接著，鐵門被狂風吹得嘎嘎作響，震動地非常厲害。門框的螺絲竟慢慢被震出來！像是有個不明的力量，刻意地在門外搖動著門。潔弟看不到門外的景象，在灰暗的樓梯平台裡感到驚恐不已。門好像隨時都會被拆開。意識到處境不安全，她馬上回頭沿著樓梯向上跑。

一樓往二樓的樓梯有個轉角平台，平台有扇窗，窗外仍是狂風呼嘯，萬物齊飛。報紙、飲料杯，甚至剛才一起奔跑的人在強風中被吹走香，而頓時化成齏粉，甚至是香被吹斷而活活被四分五裂！

潔弟看著手上的香，已經不到一半了。

這樣不行，風會颳進來的。她想。

她衝上前，用力把關了一半的窗澈底關上。窗扉緊掩的瞬間，外面的風聲都消失了，周圍是絕對的安靜。

公寓裡，唯一的光亮是窗外透進來的路燈燈光。但這霧玻璃總讓她看不清街道上的狀況。這種與世隔絕的獨處很快就讓她的不安又再度昇華成恐懼。

潔弟不想一個人，惶惶不安地想著：有沒有人能幫我？

她一樓一樓地按電鈴，挨家挨戶地敲門，但都沒人應門。

至始至終，回答她的只有一片寂靜。

不知爬了幾層樓，敲過幾扇門，也不知道過了多久。等到潔弟再次注意到香時，只剩下三分之一了。

著急的她再度看向窗外，好像已經沒有東西在空中飛舞，應該是風止了吧。

她開心地往樓下走，寧願被壞人追，也不要待在這個安靜得嚇人的地方。往下跑了一陣子，她開始覺得奇怪：怎麼還沒到一樓？她剛才有爬那麼高嗎？

再繼續走，還是走不到！

香只剩下四分之一了！

「有沒有人？有沒有人在？幫幫我好不好？拜託！」潔弟慌亂地再次敲起門來，哀求著。到後來又氣又急，她開始用力拍打起門，拉動著門把，結果門居然被她打開了！

原來門根本沒鎖！

但門打開一道縫隙時，她注意到裡頭是更深的幽暗。下一秒，一陣令人毛骨悚然的笑聲從裡頭傳出來，她嚇得反射性把門拉上。

她更害怕了，飛也似地往下逃。但迎接她的仍是那無止盡的階梯。

跑到後來，她甚至開始哭了起來，心想：我是不是被困住了？是不是要永永遠遠困在這個樓梯間？

儘管內心充滿了恐懼，但她的腳步卻一刻也不敢停下來。

不知道跑了多久，已經麻木的腿終於支撐不住了。她一時腿軟，整個人撲倒在兩樓間的樓梯平台上。

她跑不動了。真的跑不動了。

香只剩下一點就燒完了。不知道該如何是好的她感到絕望，又再次哭了起來。

她對這棟公寓的厭惡已經超出了恐懼。就算是香燒完，真的要消失，也不要在樓梯間啊！到底要怎麼樣才可以離開這裡？

不知道過了多久，手中的香已經快到盡頭了。她愣了愣，方才過多過久的恐懼早已轉為麻木。她看著自己的腳發呆，突然注意到影子。

影子？她想。

剛才的她太專注在樓層，卻忘了唯一與外界聯繫的窗戶。順著這條思路，她想到影子的來源——燈光，又想到燈光的來源，路燈。

扶著牆壁，她再度爬起來。窗戶卡得很緊，她使勁全力將它打開。才開一個縫，窗外立刻颳風進來，像是在逼她關窗一樣。但這次說什麼都不能關。她將窗戶開到一定的大小，頂著強風，將頭探出去，瞇著眼往路燈的方向看過去。燈盞在她的下一層樓。

她下定決心：好。

潔弟將頭縮回來，再往下跑。再將下一層的窗戶扳開，往外看出去，路燈的桿子就在她伸手可及之處。她深呼吸，看向周圍，趁沒東西往她這裡飛時，用嘴巴叼著香，墊腳伸出雙手抓緊燈桿，一咬牙就向外跳。

燈桿很滑，她不知道怎麼控制下墜的速度，只好任憑重力牽引著她往下掉。摔到地上的時候，竟出乎意料地不痛。

這時一隻手出現在她面前，另一隻手拿著一炷完好的香。她抬頭一看，竟是老師父葉德卿！他對她和藹一笑，她頓時喜極而泣。

終於在這詭異的地方遇到信任的熟人，潔弟覺得好安心，心想：只要他在就沒什麼好怕的了。

她擦擦淚，抓住他的手站起身。這才發現風已停了，周圍只剩他們兩人，其他人都不知跑到哪去了。

潔弟心想：難道他們都已經……

「師父，我是不是在作夢啊？這到底是哪裡？其他人都不見了……」她說。

「別怕，師父在。」他摸摸潔弟的頭，彷彿她仍是當年那個六歲的孩子。「有什麼話晚點再說，這裡不能久留，走吧。」

話一說完，老師父便持黃符，快速用香在符上寫下咒文引路，再反手一轉，黃符立時起青火！整個動作一氣呵成，令她嘆為觀止。

「還記得以前教妳的嗎？」老師父問。

她點點頭，說：「嗯，手印跟罡步。」

「沒錯，現在我教妳結另一種手印，等下時間到了，我叫妳踏步再踏。」

「好，要閉上眼睛了嗎？」她深深地吸了一口氣。

老師父笑了一笑，說：「妳以為妳現在是張開的嗎？」

老師父嘴裡念念有詞，腳踩起罡步時，黃符的火焰竄高，將街道照得一片螢綠，亮得有些刺眼。

一眨眼，周圍登時變得漆黑，唯一的光是老師父手上燃燒的黃符。潔弟可以感受到他們正在以不可思議的速度墜落著，耳邊呼嘯的風大到震耳欲聾。她咬緊牙關，忍著尖叫的衝動。

瞬間，陌生女子尖厲悚然的聲音突然出現，潔弟嚇得頭皮發麻。

「別裝了……嘻嘻……看看我……」那妖嬈的聲音在她耳邊響起，帶著絲絲寒氣！

潔弟驚恐地想：為什麼在這麼強烈的風壓旁，祂的聲音還能如此清晰？此刻我們還在下墜啊！

下一秒，環境被柔和暈黃的光線照亮了。一個背對著潔弟，身形約莫三歲的女孩，被滿天飄浮的泡泡逗得咯咯笑。她追著泡泡跑沒幾步就跌倒了。潔弟忍不住驚呼一聲，小女孩彷彿聽到她的聲音，轉過頭來衝著她笑，可眼窩卻是虛空如墨，雙頰凹陷，皮肉已腐。

難以預料的是，下一幕，潔弟看到一個長得像她自己的人在殯儀館，站在蒼老了好幾歲的爺爺軀體前崩潰痛哭。她不知道這是怎麼回事，只是現場過度悲傷的氣氛與情緒令她無法承受，於是她別過了頭。

眼前所見又變成小時候的情景，那年生日剛好是週末，潔弟的爸媽親手做了披薩給她和哥哥吃。哥哥等不及披薩放涼，搶先咬了一口結果被燙得哀哀叫。她和爸爸、爺爺、奶奶都忍不住笑了，哥哥立刻接過媽媽端給他的汽水，咕嚕嚕地喝下。

美好的光景勾起潔弟的嘴角，剛才的不安和恐懼都瞬間被拋到腦後。但此時他們仍在墜落，下方開始出現強烈的白光。

倏地他們就被無窮無盡、純然的白給籠罩。

「走！」老師父大喊。

沒有支點的情況下，潔弟抿起嘴，使盡全力抵抗強烈的氣流，邁開腳往前踩。

突然之間，下墜感消失了，原本抓著老師父的手也空了。

她張開眼，再度回到人間。

然而眼前所見，卻反令她心驚膽顫。

第三章
車禍

眼前的景物都是倒過來的。

此刻潔弟正在一輛翻覆的客運之中，車體已嚴重扭曲變形，車窗到處都是破裂的蜘蛛網紋，車頂甚至不見了！

眼前其他乘客如風中殘屑，有的倒臥在原該是車頂的柏油路上，有的俯身在脫離基座、解體的座位上，身體凹折成不可思議的角度，有的軀體還勾著安全帶，但小腿、手臂不見了。鮮血已在柏油路上匯聚成一窪窪池水，碎肉四散在各處，空氣中傳來一陣陣作嘔的腥味。

到底發生了什麼事？潔弟一時之間腦袋還轉不過來。

她留意到眼前一個男學生，穿的制服是潔弟學校的。她陡然想起這個學生剛才也拿著香，跟她一起在奔跑。還有那個中年婦人，剛才就是她大喊有龍捲風，叫大家快閃開。還有地上那個男人，他身上的襯衫潔弟也有印象……

等等，難道他們都是……

潔弟的記憶一瞬間回歸，車上的乘客就是方才在詭異的街道上，一起行走的人啊！

但當時他們的香都燒完了，難道這代表他們的壽命也到了盡頭嗎？

思及此，潔弟的背脊頓時竄起一陣惡寒。

好恐怖！這一切不可能是真的吧？

她全身疼痛不已，尤其是胸口，每次呼吸都是撕心裂肺的痛。耳朵不停傳來嗡嗡的耳鳴聲，她頭昏腦脹地無法思考。低頭發現自己被安全帶繫在座位上，原來現在處於倒掛的狀態。

難道我的頭暈是腦充血造成的嗎？她猜測道。

她趕緊一手解開安全帶，另一手打直，希望解開安全帶的瞬間，手能多少先碰到地面支撐，降低摔下來時的衝擊力。但是解開的瞬間，墜落的速度比她想像的還快，而且手根本撐不住身體的重量，她頭來不及避開，就直接撞到地面。

「叩」一聲悶響，潔弟眼前又陷入一片黑暗。

十六歲那年，潔弟碰到了一場連環車禍。

警察說，這場車禍死傷慘重，尤其是潔弟搭乘的那輛超載的客運。它高速撞斷護欄，從高架橋上摔下邊坡，一路翻滾到平面道路。而她，是車上唯一生還的人。

除了不知道被什麼東西砸斷三根肋骨之外，只有輕微腦震盪而已。

僥倖撿回一條命固然可喜，但不知為何，潔弟卻陷入昏迷，遲遲不醒。住院觀察時，找不出原因的醫生，還一度勸她爸媽要做好心理準備。沒想到，事隔一週，她便奇蹟似地醒來，把夜裡幫她換點滴的護理師嚇得半死。

當晚在醫院裡顧潔弟的是她媽媽。從來都是牙尖嘴利的王母，這會兒被護理師吵醒，看到臉色蒼白的潔弟張開眼睛與她對望，一時之間什麼話都說不出來。

「妳妳妳……」王母哽咽地說，「妳再不醒來，我也不活了！」話還沒說完，便撲過來抱住她，「成績不好、長不高、交不到男朋友、一事無成都沒關係，媽媽都愛妳！妳千萬不可以再睡著！千萬不可以放棄自己！千萬……」
「嗚……」潔弟悶哼一聲，痛到翻白眼，「痛痛痛……」
「痛是正常的！妳肋骨斷了啊！斷三根撿回一條命很划算嘛！」
「那妳還不起來！」
不行，連大聲說話胸腔都會痛。她疼痛難當地想。

＊＊＊

隔天一早，跟爸爸、哥哥一同來看潔弟的奶奶則是哭得老淚縱橫，直說要感謝老天爺和老師父為她化解第一個劫難。
潔弟感到非常意外，在她印象中，奶奶向來是非常堅毅的人。她長那麼大從沒看奶奶掉過一滴眼淚。
好險這次車禍沒有引起氣胸，休養兩個月潔弟身體也就恢復得差不多了。為了答謝老師父，家人又帶她到那座隱於深山中的古寺——白鶴寺。
沒想到，還沒走上石階，老師父葉德卿已經在殿外迎接一行人的到來。
「師父！你怎麼知道我們會來？」潔弟訝然問道。
「是啊，真是料事如神啊！看來這幾年的道行也是日益精進！」王父跟著附和。
「呵呵……」老師父害羞地笑了笑，「你們誤會了，是你奶奶出發前打給我啦。」

一陣談話後，老師父說要教潔弟一樣東西，請她的爸媽、奶奶到殿外等候。爸媽一臉狐疑，奶奶則是推著他們步出禪室，叮嚀她要好好學。

其實潔弟也很想問老師父車禍當日，她被困在那恐怖異世界的事。之前怕說了，家人會擔心，同學會不相信，所以這件事她都還沒跟任何人提過。

＊＊＊

禪室的木門一被拉上，潔弟立刻開口詢問老師父。

「師父師父，我前陣子遇到的那個車禍，奶奶說是因為你幫忙，所以我才能活下來。那個……所謂的幫忙，是指你在我的香燒完之前，從陰間帶我回來嗎？」

「很接近。但那裡不是陰間。」老師父說。

「啊？要不然是哪裡？」

「這個嘛……人間對它沒有既定的稱呼。實際上大部分的人都不知道陰間和陽間之間還相隔著這個灰色地帶。古時曾有些誌異或雜談稱它為『混沌』。」

「餛飩？」

老師父看潔弟一臉迷惘，忍不住輕笑了一聲。

「傻孩子，」他慈祥地摸摸她的頭，「是『混沌』，混濁的混，沌是三點水再加個屯兵的屯。」
「喔，混沌。可是那不是什麼神話裡面出現的神獸嗎？」
「沒錯，但這是個誤會啊。混沌是動態的，而且會逐漸吞噬人的七魄。古人窺曉混沌之後，既不明所以，又賦予了自己的想像，所以才會以訛傳訛，演變成無頭無尾的神獸。」
「原來如此。這麼說的話，車禍當天我其實還沒死？」潔弟驚愕地說。
「非生非死。車禍當下，妳應該跟其他人一樣都是靈魂出竅到了混沌。」
「你的意思是說，我曾有一度沒有呼吸、心跳？」一想到這，她又覺得好可怕，「那根本就是死了啊！」
「在道家思維中，這並不是真的死了。人去世七日之內，哪怕只剩一魄，都還有機會還陽。只要回到人間好好休養，就能再生魄形。可是一旦經過混沌，到達陰間，就是有魂無魄，即便是神佛之力，也無法再起死回生。」
「那為什麼偏偏是『七』日呢？」
老師父解釋道，凡人在瀕死或剛死亡時，魂魄即會先入混沌。而混沌有七個域界，每個人一開始進入的域界不一定，每日都會被隨機轉到下一個域界，所以每個人經歷七個域界的順序都不同。有些人在瀕死時，會在黑暗中看到亮光，光之所在就是「光域」。而潔弟車禍當時的靈魂甫進的域界則是「時域」。不論身處哪個域界，七日之後，七魄都會澈底被消耗。
古怪的是，陽間往陰間經歷的域界順序是隨機的，陰間往陽間的順序卻是固定的。所以除非用道術強行將魂魄直接從混沌帶回陽間，否則想要還魂，每日就只能逆行一域。

不過，有些自盡、病死、慘死或滿腹怨恨的人，死時會被執念或怨念困在陽間，那麼靈魂就無法進入混沌，就連鬼差也無法將祂拉出執念或擺脫怨念。被抓交替的枉死冤魂亦是如此。而在陽間的孤魂野鬼的七魄會逐漸隨時間消散，那些只剩「魂」的靈即便日後被超渡，也無法再入混沌，而會直接到鬼門關，由鬼差帶進地府。

潔弟越聽越迷糊，便問道：「可是我當時在客運中醒來時，離車禍發生還不到一天。但在時域裡，很多人的香都已經燒完，當場就消失不見了。」

「那是其中一魄消散了。在每個域界中最多會喪失一魄。而在任何的域界中，最長都不會停留超過一日。一旦失去一魄，就會轉換到下一個域界。」

「那你剛才說的逆行，可以將失去的魄再要回來嗎？」

「不行。雖然沒人知道那些魄的去向，但我跟老道都認為，魄是支撐七域的能量。也就是說，是被混沌給消耗了。」

「怎麼越講越深奧啊……」

「嗯，宇宙的確有它奧妙之處。總之，一般人去世進到混沌後，是無法逆行的。等到七日後，當亡魂到了陰間，就會由鬼差帶路，安排祂到陽間見家人朋友最後一面。」

「就是頭七嗎？」

「沒錯。之後才會正式進入地府，從此陰陽兩隔不復見。」

「這樣啊……對了，師父你一直說大家都不知道混沌，那你是怎麼知道的啊？」

「這……要從哪裡開始說呢？妳還記得我師父嗎？」

「老道？當然記得！」

六歲那年，老道陳山河和老師父教導潔弟使用天賦，進入老道亡妻王冬梅的執念裡，幫祂達成心願，脫離苦海。而妻子本身就是老道最放心不下的牽掛，一但祂解脫了，他也隨即圓寂，與愛妻一同雙宿雙飛，離開人世。

老師父說：「師父他年輕的時候，曾經是龍隱山玄清派的門人。當時的掌門很看重他，希望他將來升道長後，能再同時接任掌門的位置。但是師父向來厭惡派系鬥爭，也無意於爭權，所以老早就表明只想當個遊歷四方的道士。後來，有次下山的時候在街上遇到師母，兩人一見鍾情，就決定共結連理。而師父從此開始經商……」

不知不覺也快中午了，潔弟肚子開始有點餓，就打斷老師父的話：「師父你是要幫老道立傳啊？講重點好不好？你再這樣講下去，我就要去煮泡麵囉。」

「吃泡麵不健康吧。來，吃水果吧。」原本盤腿坐著的老師父，默默站起身。

「不用不用，你講快一點不就好了嗎？」潔弟站起來扶他。

「可是我至少要再講兩小時啊。」

「不會吧！」她不耐煩地說，「你都挑重點講就好了嘛。」

「都是重點啊。」

潔弟看著老師父真誠而憨厚的臉，也不好意思再抱怨什麼，只好請他入座繼續說下去。

「不行，先休息一下，腿麻了。」老師父緩緩踏著步，輕輕敲著雙腿外側。

「老人家還真是辛苦啊。」

「是啊，所以很多人總妄想著長生不老……」老師父似乎想起了什麼，眼神黯淡下來。

「師父，繼續說吧。」

比起無理地打斷別人的思緒，她更怕肚子餓啊。

「喔喔，對！我們講到哪了……對，就是我師父後來從商，雖然是在家修行，但還是會跟道觀的人有往來。有天啊……」

老師父沒來由地嘆了口氣，告訴她當年的那段往事。

第四章
夜半訪客

暮秋深夜，四下寂靜無聲，後院裡修剪整齊的綠樹與盆松在微光下顯得枝葉扶疏，濃淡交錯。從商已小有所成的陳當家——陳山河，此時正為了生意上遇到的困難而煩心不已，不禁想起以前還是小道士時，四方遊走的逍遙歲月。

他感慨地憑著石桌，手撐著臉，仰望長空。只見原本皎潔的盈月，突然閃過一道紅光。盈滿猶缺！此等月相必有血光之災！

他驚訝地站起身，彷彿如此便能將月亮看得更清楚。然而異象僅是一閃而過，他不禁懷疑是否自己一時眼花。

後門外忽有一陣催促的急響，打斷了他的思緒。

「砰砰砰……」

誰啊？

後門一般都是傭人買菜或倒垃圾進出。何況三更半夜的，誰會敲人家後門？

陳山河裝作沒聽到，轉身就要回臥房休息。沒想到撞見傭人阿杭和阿枋匆忙地拿了棍棒跑出來。一個褲子穿反，一個連鞋子也顧不得穿，看樣子是半夜睡得正香被吵醒，氣得要打發門外的來人。

他出手制止了他們，做出「噓」的手勢。阿杭和阿枋疑惑地面面相覷。

「阿水……阿水！快開門，是我啊！」一個嘶啞的老人聲從門外傳來。

陳山河一聽，像是被滾水燙到似地瞬間跳了起來！不光是本名陳山河，他連小名阿水都是掌門取的。這世上除了他，沒人會叫他阿水。

是以，他激動地衝到門邊，毫不猶豫地把後門打開。

映入眼簾的是一個滿頭灰白、蒼老的男人，虛弱地倚著門框。

「師父！」山河愕然地喊道，便急著要扶他進屋。

兩個傭人自然是懂得看當家臉色的，這會兒也不需山河吩咐，一個正要去廚房煮茶，一個則是往客廳跑去，想搶在他們之前開燈。

不料，掌門德青擺擺手，婉拒山河的攙扶，說道：「禮數都不用，我……我時間不多了，必須現在就說。」

阿枋和阿杭不知如何是好。待陳當家對他們揮揮手，示意先回房休息後，兩人才敢離開。

德青逕自踏入後院，坐在石椅上。陳山河自然不敢怠慢，立刻坐到他身旁，態度恭敬。

「阿水啊……我雖生死有命，但這鎮派之寶卻不能葬送在我這代啊……」德青說。

陳當家聽的是一頭霧水，畢竟玄清派道觀在季青島中部的山區，離這東北部的海岸很遠。向來都是他去道觀探望他們，這次到底是發生了什麼大事要勞駕掌門親自出遠門來訪？而且鎮派之寶應該都是些當年師祖伏魔、修煉的法器吧？好好的，怎麼會說是葬送？

他疑惑地問掌門：「師父您到底在說什麼？三更半夜的，您怎麼會出現在這？」

「唉……師門不幸……」德青表情顯得又悲又苦，「你還記得你師叔德丹嗎？」

「當然！怎麼了？」

「唉……你也知道，我年紀大了，總想著把掌門傳下去，好能專心修行。原本屬意你，誰知你對掌管道觀是半點興趣也沒有……」

「師父，受人恩惠當湧泉相報，我從小是孤兒，若不是您將我從河邊撿回來收養，我都不曉得自己現在會是什麼樣。可掌門這個位子，我實在做不來，而且也未必做得好……」

德青打斷他的話：「哼，我當年不也硬著頭皮接下掌門了嗎？好啦好啦，不怪你。人各有志，只要你活得堂堂正正，師父哪有說不的道理？」

「謝謝師父。對了，您這麼說，是還沒找到合適的人選嗎？那武功最強的德丹師叔、法術最高的德玄師叔怎麼樣？還有醫藥最精的德皓師叔啊！現在說起來，還真是怎麼輪都輪不到我！真不知道師父您當初到底看上我哪一點。」陳山河自嘲道。

「哼，師父是怎麼教你的？品行才是最重要的！你看你那些師叔，整天就會分派系、扯是非，將來當上掌門還能持中嗎？還有啊，你是觀裡資質最好的！要不是你老愛遊山玩水，現在搞不好都早我一步得道了！」

「哎呀，師父您就饒了我吧！您看我都成家立業了，哪還會想什麼得道、升天這種事啊。」陳山河眼見這事會扯個沒完，便抓準時間轉移話題，「對了，您剛才說的時間不多是怎麼回事？我看你話說得挺多的啊。」

「對對對！唉太久沒見到你，以後又沒機會了，忍不住想多跟你說點。」

「您別亂說啊，以後怎麼會沒機會？」

「我……唉……其實你離開了道觀也好。德玄他們那幾個群起逼我退位，我本來就不想再蹲這位子，但又不服他們的作為，所以就跟他們起了爭執，結果一言不合就打了起來。沒想到……他們心腸如此歹毒！」說到這裡，德青怒目圓睜，「德皓給徒弟們都下了毒，拿他們的命威脅我，要我自斷右臂！」

「什麼！師叔他們竟然……」陳山河訝然失聲。

掌門修道五十餘載，主要都是靠右臂施法、練劍，很多道術都要雙手併用才能完成，失去右臂幾乎是毀了他所有的道行！

「為了孩子們，我答應了……只是我萬萬沒想到啊……我自毀右臂後，他們不僅沒有遵守諾言，反而砍了我另一隻臂膀！可憐那些孩子啊……」

陳山河聽了暴跳如雷，怒道：「簡直人渣啊！可惡！他們怎能做出這麼惡毒的事！後來呢？」他看著面前四肢完好的師父，心想神通廣大的掌門一定找到方法再生經脈，又拯救了同門師兄弟吧。

「後來，他們把我囚禁在地窖裡，任我自生自滅。」

「無恥！沒想到師叔他們這麼卑劣！」陳山河氣得拍桌。

「我死沒關係，真的。可是……」德青一度講不出話來，像是極力壓抑自己的情緒，「孩子們是無辜的啊！你們山字輩的死的死，逃的逃。我後來聽德丹說才知道，原本已經逃出去的山屹，又回來想救我出去，卻在半路上被德丹發現，一劍奪去了性命！」

「您說什麼！山屹也……那師父呢？後來呢？其他人呢？」

「多半都死了……後來，我又被砍斷了雙腳，扔到後山……真沒想到啊……曾經一起長大的手足……」德青黯然低頭。

「畜生！不，罵他們畜生簡直就是污辱了動物！」陳山河激動地說，「可是師父，那您是怎麼……」

他看向德青完好的雙手雙腳。

德青微微一笑，嘴角流露出一絲的無奈與苦澀。

「阿水啊……你功力退步太多啦。連師父是人是鬼都看不出來？」

陳當家身軀為之一震，神情錯愕。

難道說，師父已經……

掌門雖年事已高，但直到最後一次見面，卻仍是面色紅潤、精神飽滿。光是想像掌門已辭世，他就感到無比痛心。

德青從小拉拔著他長大，待他如父啊！

此刻，起初的惶恐逐漸化成了悲憤。為人一向光明磊落的掌門，竟會遇到此等慘事！

「唉……沒事也不多練點功！可惜了你一身天賦！」德青說完又長嘆一聲，「想當年啊，你還沒成年，功夫就已經與德丹不相上下了。要是再多個幾年肯定……唉……也罷……如今只要你平安，我還有什麼好抱怨的……」

這句話更是讓陳山河當場紅了眼眶。

「師父，您放心，我一定為您和師兄弟們討回公道！」陳山河額上青筋爆出，握拳喊道。

「誰要你討什麼公道啊！」

「可是我……」

「放下，放下。」掌門打斷了他的話。手想拍拍山河的肩膀，卻總是穿透過去，「你現在功夫也生疏了吧。沒勝算難道還要白白給他們添條命嗎？我還有更重要的事要你幫忙啊。」

「什麼啊……」陳山河撇過頭，不想讓掌門看到隨時會奪眶而出的眼淚。

「我的屍體被拋在道觀後山，鳶凌岩下的一處山溝，你用『仙人指路』就能找到我。二十年後，再請你親自為我收屍。等到你殮葬的時候，自然就會明白一切了。那……才是我們玄清派最重要的鎮派之寶啊！」

陳山河因掌門不讓他報仇而賭氣地回嘴：「哼有這麼厲害嗎？能讓您和師兄弟起死回生嗎？」

「天機不可洩漏。」德青露出神祕的微笑。

「可是，我真能順利將您的遺體葬在長青塚嗎？萬一被師叔他們發現了，他們會同意嗎？」

玄清派雖為一古老的符籙派，但實際上，掌門與師叔他們德字那輩各有所長。其中，德青又以占卜見長，能洞察百年之內的天機，同道之內，無可與之披敵。可惜造化弄人，凡洞燭天機之人，注定不得善終。

但也因為這點，陳山河思索著，掌門應該不會要他明知不可為而為之。

德青回以調皮的笑容，神態輕鬆，彷彿未曾歷經如此慘絕人寰的遭遇。

「師父，您笑得好詭異啊！什麼意思啊？」

「德玄偷了引魂燈，德丹搶了瑤鏡劍，德皓則是佔據了續命丹，再加上他們原本的修為，表面上看起來此趟會岌岌可危。但你別忘了，寶物之所以叫寶物，是因為它們有靈性。不是你選擇寶物，是寶物選擇了你！若不是它認定的主人，威力再強大的神劍也只不過是廢鐵。」

「您的意思是，寶物在他們手上不會發揮作用？」

掌門點點頭，對他說：「沒錯。至於這些法寶……它們的去留，也就由你決定吧。」

「什麼意思？難道我會得到這些法寶？如果真得到了，我又怎麼可能會把寶物丟掉？」陳山河摸不著頭緒。

「唉……奇珍異寶誰不想要？覬覦的人可是連殺人的勾當都做得出來！你一個普通商人把寶物留在身邊，就不怕你性命難保？」

「這……」陳當家一時也猶豫了起來，他想到了愛妻和若松、若竹兩個年幼的孩子。

天底下哪有父親會讓自己妻兒陷入險境？

「只不過……在你有生之年……會有個命格奇異的孩子出現，他會助你完成畢生的宿願。但同時，你也必須以引魂燈為輔……」

陳山河一聽，心涼了半截。

「師父……您的意思是……」

掌門憐憫地看著他，算是給了他心中所想的答案。

「不完成宿願，我死不瞑目；但若為完成宿願，我必得守護法寶，如此就必須與家人分離，以免給他們帶來禍患……」陳山河喃喃自語，「師父，那到底是什麼宿願？我既不求名利，也不求富貴啊！我只求能照顧妻兒，護他們周全啊！」

德青長吁一聲，說道：「你的答案已經在你的問題裡了……」

陳山河當時沒聽懂，心中有無數的疑問和莫名的擔憂讓他不知所措。

「就算我拚盡全力保護寶物，那我死了之後又該怎麼辦？」

德青的身形隨即失去原本明顯的輪廓，逐漸薄透、模糊了起來。

此時兩人都知道時間到了。

「師父……」陳山河終究還是落下了淚，不捨地想抓住掌門的手，卻只是讓掌門如薄霧般的身影波動開來，消散得更快。

德青搖搖頭，對他漾起微笑，人影隨之煙消雲散。徒留他那蒼老又空靈的聲音回盪在空中：「百年後的事，誰又知道呢？」

第五章
龍隱

這二十年來，陳山河沒有一刻忘記德青掌門當夜的囑託。

一方面，為了避免妻兒將來無依無靠，他披星趕月地努力工作，擴展事業，並依照孩子的特質，有計劃地讓他們早早熟悉生意，尤其是若松、若竹和若石。而長女若梅，雖天資聰穎卻是斷掌。他和妻子擔心她將來若婚配不順，恐將孤老終身。所以在她十歲時，就親自帶著她學習經營之道。好在若梅雖生性孤高卻有謀有略，還是個大學生投資眼光便極為精準，搶得許多重要先機，一舉為陳家多角化的事業奠定基礎。他與妻子早已打定主意，將來就由她來當家。

另一方面，他重拾修行，功夫和法術更是一日也不敢懈怠。為求知己知彼百戰百勝，商人背景的他，更是有財力差人持續打聽道觀的近況與門人的下落。

本來就天賦異稟的山河，發奮圖強後功力更是突飛猛進。當他的道行練到如火純青、臻至化境之時，他知道自己準備好了。就等二十年之約的到來。

然而，時光飛逝。等到那天到來時，他卻又慌亂失措的像個迷路的小孩。此刻，他不是富甲一方、名震東北角的陳當家，而是個拋妻棄子的男人。

他沒膽跟妻子說再見，更沒臉跟孩子們告別。最後硬是拖到半夜，才悄悄起身。凝視著身旁那熟睡如稚子般的睡顏，他依依不捨地撫摸著妻子的秀髮。

曾經，他以為可以守護她和孩子一輩子的。

冬梅，原諒我。他心想。

半晌，他拿起行囊，輕聲地步出房間。經過孩子們的房間時，他羞愧地低下頭，快步走過。但一聽到若梅的咳嗽聲，腳步卻是怎麼也邁不開。

從小體弱多病的她，一直都是他和妻子最掛心的孩子。

他喪氣地想著：算了，別去吧。沒完成宿願就算了，什麼鎮派之寶我也不想管了。

但是下一秒，他想起了從小收留他、教誨他長大的掌門師父，還有那些與他一同練功、遊玩到大的師兄弟。心裡那把一度被親情澆熄的火又再次燃燒了起來。

既然來不及阻止憾事發生，也無法替師父和師兄弟報仇血恨，那麼至少也要完成師父的交代吧。

此時，月光灑滿了地，將後院照得詩意盎然。陳山河抬頭一看，明月當空。他想起了二十年前，師父來見他最後一面的夜晚。

那時也是滿月啊……不行！再這樣下去，我這輩子都不能實現對掌門的承諾了。

他閉上雙眼，深呼吸，將後門打開後踏了出去。

「山河！」

他背後傳來妻子冬梅的聲音，語氣卻是陌生的驚慌。他訝然回頭一望。

披頭散髮的王冬梅追上前，皺眉問道：「你去哪？」

他咽了咽口水，回答妻子：「替師父收屍。」

「你真要去？」

陳當家默然不語。

結髮這麼多年來，他們不只一次談過這些。王冬梅清楚他的過去，也將他這二十年來的修行和探聽看在眼裡，更總是心裡偷偷計算著日子。但她總懷抱著一絲希望，希望丈夫有天能看在孩子的份上，放下這個念頭。

「你去了還能回來嗎？」

他依然沉默著。

冬梅明白了。他心意已決。哪怕只要一個眼神她都能知道丈夫心裡所想。

而她的世界，也瞬間崩塌了。

不過，即便如此……

「那我就當你死了。」王冬梅仰起頭冷道。神情傲然，別說是挽留，連滴眼淚也沒有。

陳山河愣住了，沒想到朝夕相處的愛妻竟然說出如此決絕的話。她冷若冰霜的態度著實像把利刃狠狠刺進他的心臟，令他痛得發燙，狼狽地想逃。

「就當我死了吧。」轉身的那一秒，他感到有一半的自己死掉了。

家門口那溫暖了整個冬季的燈，夜裡枕畔那總能讓他心安的呼吸聲，孩子們那燦爛他歲月的笑容……好多好多的回憶和責任……

想到這……他的肩膀垮了下來，如同洩了氣的球。

他邊走邊在心裡吶喊：我還沒準備好啊！二十年的時間說短不短，怎麼一眨眼就過了？

陳山河不會知道，他心如刀割的同時，身後那一抹單薄身影的王冬梅倔強地在寒夜裡目送他離開。直至他的背影埋沒在田埂間。

他又怎能想到，妻子當夜寧可自己哭倒在門口，此後每晚親自點門燈等著故人，獨守空閨直至百年，也不願開口挽留他。只為了成全他當日對師父的承諾，不讓他有後顧之憂？

＊＊＊

夜幕低垂，烏雲籠罩而星光晦暗。龍隱山的後山腳下，一身幽黑裝束、高大挺拔的男子正抬頭打量著山脈走向。

果然如情報所說，整座山都被設下陷阱。若沿著以前上山的路線，恐怕更花時間。

須臾，陳山河便決定趁著今夜，沿著鳶凌河的流向逆行上山。

他閉氣凝神，運起籂息術，隱閉大部分的修為之氣。沿著河岸的茂密樹叢，憑著若有似無的微弱月光，手持白鐵長刀一路披荊斬棘地邁進。

不知不覺來到了第三日。天色漸亮，再過不到一小時就要破曉了。

青草上的珠珠晨露開始消散，白霧抖升，在鳶凌河上聚攏成縷縷山嵐。

「嘩啦、嘩啦……」

山河順著聲音望去。

晨曦倏地照亮整個熟悉的山澗，眼前豁然開朗，飛銀流淌的壯闊山勢更加顯得氣象萬千。九天瀑布底端仍是記憶中那般水氣繚繞，如煙如霧。他繼續往瀑布底下走，衣服被四濺的水花一點一滴地打濕，涼意沁入心脾，好似剛淋了濛濛細雨。

而那雄渾蒼勁，狀似展翅凌雲的鳶凌岩，正矗立在瀑布左上方百公尺處。

陳山河低聲唸起咒語，使出「仙人指路」。只見岩下的山溝一隅忽地匯聚起山嵐。熟悉龍隱山山勢的陳山河，約莫一天就走到了山溝裡，那雲霧籠罩之處。

他仔細地環視周圍，心裡不知為何，莫名的不安。隨著步履，足下的枝葉不時唧嘎作響。不消幾秒，突然，他心臟漏跳了一拍，欲往前踏的右腳懸在半空中。

那是……

前方腐爛的枯葉堆裡，隱隱露出那熟悉的道袍。

他見狀顧不得踩空的危險，拔腿奔向前，跪在旁邊慌亂地將樹葉撥開。一具俯身倒臥在地的軀幹，立刻映入眼簾。

找到了！

他呆愣了一會兒。

雖然早已知曉德青掌門被殘忍斬去四肢，但親眼瞧見，還是令他憤恨得目眥欲裂。

想到德高望重的掌門這二十年曝屍荒野，忍受風吹、日曬、雨淋，一直在這等著自己的到來。他不禁抱著殘缺的屍首大哭。

「哼，德丹這機關也不怎麼樣嘛！竟然還是讓閒雜人等摸上了山。」一個聲音些微尖細的男聲說道，

「也好！正缺個人來挑水砍柴洗衣燒飯。」

正悲痛不已的陳山河，聽到不遠處傳來的細微聲響，警覺地放下掌門的屍體。

來者不善！但是掌門不是說我能全身而退嗎？

陳山河定定心神，才剛拾起白鐵長刀，站起身，便感到背後有股風撲來，料想是有人從山溝上方縱身跳下。

「兄弟，你是哪來的啊？」一個鬢角稍白，獐頭鼠目的老人賊兮兮地打量著他，「仙人我正缺個徒弟，我看你也有點道行……要不你拜我為師，我也許可以考慮指點你一二？」

二十年的時間足以改變人的外貌，要不是這老人右眉上那兩顆黑痣，陳山河根本不會知道跟前的人正是德玄師叔！

「好啊……」義憤填膺的陳山河，一時忘卻了掌門那夜的囑咐，握緊手中的刀，咬牙切齒地說，「沒去找你們這些畜生算帳，自己反倒送上門來了！」

他一運氣，身上的箍息術立解，強大的氣流倏地揚起周身塵埃，捲起落葉。

德玄倒退一步，暗叫不好，此人的道行遠在自己之上，恐怕跟德丹不相上下啊。還來不及開口討饒，來人便高舉長刀，凌空躍起往他猛力一劈！

德玄閃開刀口，卻萬萬沒想到左臂會被刃氣劃出一道深入白骨的傷口！

「啊啊啊啊啊！」他痛得大叫。暗自心道：眼前這名黑衣男子究竟是何方高人？

陳山河可沒打算這麼輕易就放過他，趁勢再反手攻擊，欲斬下對方的頭顱。

德玄眼睛瞪得老大，立刻蹲下避開。長刀掃過他的頭頂，將他的假髮嵌入背後的樹幹。他嚇得摸摸自己的光頭，顧不得血流如注的手臂，使出全力，倉皇一躍，跳出山溝到下方的山坡上。

「想跑！」陳山河也跟著縱身跳下山坡。

德玄邊跑邊回頭，一看到他便開始扯著嗓子喊救命。

陳山河邁步急奔，三兩下就追上了。他毫不猶豫地舉起長刀，德玄見狀一驚竟不小心腳打結，被自己絆倒。他一起身發現自己還活著，以為又躲過了攻擊，但頭頂灼熱的像是著火似的，下一秒，痛徹心扉的苦楚將他淹沒。手一摸全是血，他的頭皮竟在那一瞬間被活生生削去了！

「啊啊啊啊啊！」德玄哀嚎著，步步倒退，一不小心就踩空、墜下身後的峭壁。連眼睛都來不及眨，身體便被幾道突起的利石給分了家。

陳山河上前一步，俯身往下望。還沒看清德玄屍體墜落之處，「唰」，另一道人影就緊接著來到他身旁。

第六章 長青

一個身形比陳山河更加高大威武、英氣逼人的男子，手拿著烏黑的瑤鏡劍，粗眉直豎地盯著他。

陳山河認出來人的面孔，暗暗一驚：沒想到德丹師叔的相貌在這二十年間竟然沒有太多的變化，甚至看上去跟我的年齡差不多。

然而，德丹卻跟德玄一樣，根本沒想到他眼前這名陌生的中年男子，就是當年門下被寄予厚望的陳山河。

「來搶寶物的？」德丹粗聲粗氣地問他。

一聽到寶物，陳山河心中怒火再次熊熊燃起，他握緊刀柄，沉聲道：「不，我來，清理——門——戶！」

語末，手一起又是大刀一揮。

「鏘！」金屬碰撞發出刺耳如尖叫般的聲響。

重金買下的白鐵長刀，硬生生被瑤鏡劍劈斷一截！

陳山河的虎口則被震得一陣痠麻，他不可置信地看著自己的斷刀。

掌門不是說寶物在他們手上不會發揮作用嗎？難道還沒發揮就已經削鐵如泥了？

越想越不妙，冷汗開始自陳山河的太陽穴流下。

德丹鄙視地冷哼一聲，劍隨即向他刺去。

陳山河一個側身，回以一刀，卻又被劈斷一截。雖運刀如風，德丹卻也不是省油的燈。

才一眨眼的功夫，頻頻擋去攻勢的長刀就斷得只剩刀柄。

「可惡！」陳山河低聲咒罵著，將刀柄砸向德丹。

德丹劍一劃，輕鬆將刀柄切成兩半，自德丹的左、右臉旁飛過。陳山河抓準時機屈膝一躍，掄起虎拳向德丹臉門揍過去。

德丹沒料到，倏地被打斷了鼻梁骨，痛得倒退三步。陳山河趁勝追擊，以迅雷不及掩耳的速度欺身向前，左膝將德丹的臉撞凹，右腿發力一伸便往德丹腹部踢去，他瞬間飛出了十米之外，撞到樹幹後再摔落地面。

陳山河咆哮一聲，一個箭步來到德丹面前，雙手揪著他衣領，徒手將他舉起來撞樹。

「我今天就要你們給師父陪葬！」陳山河惡狠狠地說。

德丹吐了一口血，調侃陳山河：「哈！氣勢不錯！」即便臉龐凹陷，滿是鮮血，連眼睛都張不開的他仍面無懼色。

「我還以為人都清得差不多了，沒想到有漏網之魚……啊！想到了！」德丹拍了一下額頭，「陳──山──河？」

陳山河還來不及反應，就感受到一股尖銳的風壓從下方襲來。他反射性地鬆手跳開，卻來不及閃過德丹的陰招，眼睜睜地看著瑤鏡劍沒入自己的胸膛。

向後倒地的剎那，陳山河感受到劍從背後刺穿了出去，將他釘在地上。鮮血霎時染紅了砂土，漸漸擴散開來。

德丹咧嘴，狠戾一笑，正作勢將劍抽回時，不可思議的事情發生了，陳山河的鮮血彷彿有生命一般，自胸口開始逆行爬上瑤鏡劍，那錯綜的劍紋瞬間形成赤色的脈絡，像在侵蝕著劍一般！而地上流淌的血液也開始回流！

「不……不可能……」德丹眼看寶劍突然裂出道道痕路，慌地奮力拔劍而出。

寶劍發出低沉的嗡鳴聲，在空中瞬間裂化，露出銀色的真身，在昏暗的林間閃著如虹光彩！原來外層的顏色只不過是寶劍的鏽殼，一轉眼立時迸開，那斑斑烏黑一脫離劍身便燃成點點火星。

同時，陳山河身上的劍傷竟馬上癒合！他想起了掌門說的話，不是你選擇了寶物，是寶物選擇你！

難道說……

陳山河思索的同時，德丹又驚又怒，正當劍即將刺入陳山河面容的那一秒，劍發出了耀眼金光，停在距離他鼻尖不到一指寬之處！

只見陳山河結印使出御劍術，及時定住劍，再反手一轉、食指一揮，寶劍當即「倒著」刺穿劍柄，直入德丹的眉心！

德丹虎軀一震，鬥雞眼地盯著自己臉上的劍，不可置信地張大了嘴。須臾，白眼一翻，便往後倒下，浸入自己的血泊之中。

陳山河坐起身，大口喘著氣，額上淨是豆大的汗珠。

疲憊的他，再度來到德青掌門身旁，將之橫抱起來，走到山頂的長青池畔。

直到他取池水清理遺體時，才突然意識到這其中的奇異之處：掌門死了二十年，軀體竟然絲毫未腐，宛若才剛斷氣一般！

初時詫異，但隨即想道：掌門雖無法羽化升天，但也有一定的修為，肉身二十年不腐似乎也不是不可能。

將掌門翻身擦拭的瞬間，陳山河簡直不敢相信自己的眼睛！

二十年來，他曾不只一次地想過，掌門當年說的鎮派之寶究竟是什麼樣的奇珍、寶卷，讓知情者如此不擇手段。未曾想過，寶物既不是經書，也不是法器，而是掌門背上的刺青！

刺的正是傳說中的「混沌輿圖」！

震驚的同時，刺青上所有的線條開始滲出了赤血！

陳山河靈光一閃，扯下自己身上的布料，來拓印掌門背上的紋路。

豈料，才剛取下拓印，師父的軀體瞬間粉碎，化成了流沙般的白灰，從他的手指縫中流瀉而下！一陣清風就將其吹逝於空中，再也不著痕跡。

陳山河呆若木雞，不知所措。

半晌，他才開始洗淨、擰乾掌門那已化成破碎布條的道袍，失落地緩緩步至池畔的長青塚。

德皓師叔的木刻墓碑吸引了他的注意。沒想到，奪走續命丹的德皓師叔，會是三位師叔當中最早死的。雖然不知何故，但若說是被德玄師叔和德丹師叔所害，也不無可能。

他沮喪地徒手掘起黃土，手指被礫石割出血也渾然不覺。

立好了掌門的衣冠塚，他想起年少時，掌門領著一門徒弟恭送逝者的情景。當時怎會料到，會有這麼一天，整個門派只剩他一人恭送掌門？

他雙目含淚，對著掌門的衣冠塚說：「您一直都希望我當掌門，那麼今天……我就當一回吧……」

他掬起長青池的湖水，奮力灑向天空。在晶瑩的水上升時，他熟稔地念起咒語，手一翻，火焰霎時從指尖竄了出來，將正上方的水瞬間氣化成霧。他快速舉起瑤鏡劍往空中一劃，鋒利的銀刃連水氣都能劃開。

當其餘四散的水珠跟著他的眼淚滑落時，他恭敬地對掌門的衣冠塚，悠悠念道：「水歸水，風歸風，捨非離，緣自逢。如舟於玄，心清則明。玄清派第二十六代弟子陳山河，就此別過！」

他雙膝跪了下來，重重磕了三響。蒼茫山澗裡隨之響起回音，彷彿在與他揮淚告別。

陳山河渾身為之震動，愴然涕下。

那一刻，他知道，從此世間再無玄清派了。一如它幾百年來遺世獨立、默默無名的存在……

良久，當他再度起身時，淚水已乾。

此刻他終於完成了掌門師父的囑託，但他卻不知接下來該何去何從。他突然好想念冬梅和那五個孩子。光是這幾天與家人的分離，就足以讓他日不思要，夜不成寐。但他又怕會禍及妻兒，於是回家這個念頭才剛萌生，他就猛力搖頭，彷彿如此便能甩開所有牽掛似的。

此時夕陽西下，粉中帶紫的彩霞映照在長青池清澈的水面。清風徐來，波光粼粼，如畫般的水天一色，兀自美好著，人世間的苦難都與之無關，令心碎的人忍不住埋怨它的冷漠。

離開時，陳山河再度循著鳶凌河下山。縱使對道觀與龍隱山有著無限的懷念和不捨，他始終不曾回頭看。

再看我就走不了了吧。他惆悵地想。

突然，一道金光閃過。「叩」一聲，有東西打到陳山河的頭，又彈落到他跟前。他揉揉頭頂，定睛一看。想不到砸中他的竟是先前被德玄偷走的引魂燈！

他抬頭四處張望了半天，卻沒看到德玄的屍首。心下正納悶，天光卻澈底暗了下來。此時引魂燈發出螢綠的幽光，照亮了四周的獸徑，彷彿是怕山河丟下它不管，急著展示自己的本領一般。

他哭笑不得，只得彎腰撿起寶物。沒想到，將其拿在手中時，另隻手的瑤鏡劍竟也閃了一下金光，像是興奮地在跟老朋友打招呼，令他嘖嘖稱奇。

只不過，心中滿是悲苦的他，平白獲得兩樣曠世神物，卻絲毫沒有半點興喜之情，有的仍是那無助的孤獨。

＊＊＊

走了好久，當陳山河再度回到鳶凌河下游時，已經是第五天的清晨了。

山腳下沒有山中的寒意，而是晴朗無雲的好天氣。溫暖的陽光照在鄉間小路上，此處水聲潺潺，岸邊一排綠柳隨風搖曳，地上的光影也隨之跳起舞來。

一個打著赤腳，身穿粗布，看來年僅六、七歲的小沙彌，正蹲在河邊專注地洗菜。

筋疲力盡的陳山河，步伐越來越不穩，一個踉蹌就要摔倒的瞬間，一雙幼小的手緊緊抓住他，而山河也趕緊穩住重心。

他鬆了口氣，轉頭一看，原來是剛才見到的小和尚。

「謝謝。」山河說完，決定先休息一下再走。就靠在一旁的柳樹下，席地而坐。

小和尚看他背著一個破布包，蓬頭垢面又渾身污血斑斑，以為他是流浪漢，在乞討時遭人欺負。他不禁皺起眉頭，悲憫地問道：「你……沒事吧？」

山河輕輕搖了搖頭

「我叫德卿，你呢？」

山河一聽立刻激動不已，頓時又紅了眼眶，眼淚不禁潸然落下，總覺得冥冥之中，老天爺又安排他與德青掌門重逢了。

「啊！你你你幹嘛哭啊？」小德卿被他突如其來的反應嚇到，講話都不自覺口吃了。

「沒，」山河擦擦淚，「覺得你名字取得真好聽。」

「是嗎？」小德卿害羞地摸摸光頭，「你名字很難聽嗎？」

山河聞言不禁破涕為笑。

「你還好嗎？餓不餓啊？餓的話，來我們那吃頓齋飯吧！」

山河莞爾，對他感激地點點頭，任由他牽著自己走進一座古老佛寺。

也許未來這漫漫長路，沒有想像的那麼孤獨吧……

第七章
混沌七域

老師父葉德卿邊說邊露出溫暖的笑容：「當年，我在鳶凌河邊遇到了師父。我佛慈悲，住持見他無處可去，就請他留下來，幫忙照顧我們這些孤兒。」。

聽了潔弟都為他們捏把冷汗，忍不住說：「你們也太沒有戒心了吧！怎麼隨隨便便收留流浪漢啊？萬一是通緝犯怎麼辦？寺裡沒有其他大人嗎？」

「呵呵……只有住持一個大人。」

「太誇張了吧！」

「當時是戰後，百廢待興，民不聊生。很多年輕人去前線打仗之後就再也沒有回來。我們不像沿海地方那麼富庶，得不到任何物資援助；這一帶又都是山區，不像平原可以種植作物。還記得，在遇到師父的前幾年，老下豪雨，動不動就洪水、土石流，沒死的人都棄村跑了。要不是住持收留了我們，大概早就被扔在荒野自生自滅了。」

「這樣啊……」潔弟點點頭，「那後來呢？你又怎麼會來到這白鶴寺？」

老師父說，他們原本有寺廟能遮風避雨，種些菜苟且溫飽，生活暫時無虞。沒想到，時隔不久，古剎就慘遭滅頂之災！半夜一場土石流來得又急又快，不僅沖垮了寺廟，還帶走了住持和好多孩子。最後活下來的老道陳山河眼見這地方已不能再待下去，遂帶著他們這些倖存的孩子另闢家園。

最後尋尋覓覓、幾經波折，機緣巧合之下，終於遇到肯收留他們的和尚，便從此落腳在這白鶴寺。而這些無家可歸的孩子，也總算得以安身立命、長大成人。老道更是將憑生所學授予老師父，只不過老師父天資平庸，是以功夫火候遠不及老道。

潔弟恍然大悟地說：「原來如此！難怪，我就想說你明明就是學佛的，怎麼還懂那麼多道術。老道明明就是道士，卻也好像懂很多佛理。」

「是啊！只是可惜啊，我這一身功夫也就後繼無人了……」老師父搖頭嘆息。

潔弟挺胸說：「太沒禮貌了吧！我就坐在你面前耶。把我放在哪裡？」

老師父皺著眉，表情很為難：「可是……妳資質……很差……」說完還低頭小聲地補充，「簡直就是沒有天份啊……」

「什麼！你跟老道不是說我命格奇異嗎？」

「呃……那是兩回事啊。更何況，修道之人命中都犯五弊三缺，很苦的！難道妳想要這樣的人生嗎？」

「唔……你先說一下什麼是五弊三缺好了。」

「五弊就是鰥、寡、孤、獨、殘，三缺就是命、錢、權啊。」

「這也太慘了吧。師父你是不是唬爛我啊？」

「出家人不打誑語。」

「可是，」潔弟還是想再爭取一下，「你們不是說我天生就有穿梭陰陽的本事嗎？」

「可以來去陰陽不代表就能隨意進入混沌啊！真要說的話，混沌可是比陰間更危險啊。」

「怎麼說？」

「陰間是邪物橫生，但空間本身卻是靜止的。可混沌卻是不斷變動的虛空啊！天地初分的時候就形成了，從古至今沒人能澈底參透，我們對它唯一的了解就是『混沌輿圖』和九字訣。」

「我聽不懂耶。」換潔弟皺著眉。Sin θ、Cos θ已經是她的極限了。

老師父突然正襟危坐，嚴肅地跟她說：「今天就是要把它們交給妳了。」

他的眼神如同鷹隼一般，是從未有過的銳利，頓時令她感到一股龐大的壓力。

「啊？」

「就是這個。」他拿出了一匹布，上頭繪製著奇怪的圖案和不明所以的文字。

「這是？」

「引魂幡。也有些道派叫它招魂幡。」

「呃……這你不用給我，我要的話網拍買就好。」她把他手上的那塊布推回去，「還是先收起來吧。這招魂幡不是喪家招魂用的嗎？你拿出來萬一招來什麼怎麼辦啊？」

「招魂憑的是道術，巾幡只是形式。真要招魂的話，往生者生前穿的衣物都比這布有用。而且啊，我要給妳的不是這布，是上面的圖案。」

「什麼意思？」

經老師父細心解釋，潔弟才知道輿圖的由來和引魂幡的正確打開方式！

一般民間通用的招魂幡可以說是加密過的版本，如果不知箇中奧祕，根本無法破解。

因為這巾幡上印製的並不是最早先的「混沌輿圖」，而是混沌七域的路線全部疊加起來的圖案！

「師父，那記不住路線怎麼辦啊？」

「記不住也得記！妳當時的情況就是在路線之外！一旦走出去，就得接受那層域界的考驗！」老師父認真地說道。

若考驗不過，則魄形將永世困於其中，直至能量消散，化為純然的熵。

「太可怕了吧！」她不禁頭皮發麻，「好險你那個時候及時出現救我！不然我就要失去一魄了！」

「不，妳通過了那層考驗。如果我沒去救妳，妳也不會失去魄形，但很快就會被轉到下一個域界。」

「是這樣啊？」她想了又想，「難怪我跳出那個恐怖的公寓之後，香就不再燒了！」但是心中還是有很多疑問沒想通，於是她又問，「那師父，我到底是怎麼通過的啊？那個時域，到底是要考驗什麼？要怎麼破解？」

「難就難在混沌是變動的，破解的方式沒有一定，只能大約抓到每個域界的規則，所以玄清派才有所謂的『九字訣』，來搭配這混沌輿圖。」

「喔～你的意思是說，連混沌也有後門？」

「後門？什麼後門？」老師父困惑地看著她。

「你沒看過電影《駭客任務》嗎？就是那個電腦程式的後門啊？」

老師父灰白的眉毛又糾結在一塊，潔弟也懶得解釋太多，又問了另外一個問題，「那如果不走出路線，不就不用背這些破解的口訣了嗎？」

「要那麼容易就好啦！」老師父激動地拍了一下大腿，「古人說它是生物或神獸都不為過！當你逆行七域的時候，混沌一定會發現，只是時間的早晚罷了。一旦發現，整個時空都會產生變動，此時早已偏離真正的路線，但我們是看不出來有任何差異的。」
「太過份了吧！」換她激動地喊道，「那豈不是在整人嗎！」
老師父繼續說：「光有『混沌輿圖』還不夠，還要先能判斷出自己的方位。」
「對厚，只有路線又不知道自己在哪個位置，怎麼知道要往哪個方向走。」
「修行者需要開天眼後，再觀想出自身的方位。」
「聽不懂。天眼就是陰陽眼嗎？」
「不，呵呵呵……」老師父發出招牌的敦厚笑聲，「不過無所謂，時候到了，妳天眼自然就會開啦。」
「是嗎？」
「嗯，」老師父點點頭，接著說，「妳只要記得『天圓地方』。」
「啊？」
「妳到時候就會知道了。」老師父慈祥地摸摸她的頭。
「又在那邊……」她正要表達不滿，突然想到一個前提，「等等，你剛才不是說，東晉的那個張道士後來慘遭滅門嗎？什麼經書、圖卷都下落不明了，那後代的人怎麼會知道『混沌輿圖』長什麼樣子？民間流傳的版本該不會是假的吧？」她指了指他手上的招魂幡。
「說來也跟我師父的狀況很像。」提到老道，老師父的語氣總是溫柔帶點感傷。
「你師父？老道？」
老師父點點頭，對她說：「別急，慢慢聽我說。」

「慢慢?不會吧!」她抬頭嚷叫著,「師父你說快一點吧!我很餓啊!」

「呵呵呵……」老師父摸了摸頭,「我盡量吧。」

抱怨歸抱怨,潔弟還是認真地聽他說起另一樁往事。

***

時間又回到了東晉末年。

張道士修行的道觀慘遭滅門,無一倖免。那一具具的屍體順水而下,流到了一個小村落,被一名正牽著驢子到河邊喝水的道士撞見。他看那些擱淺的屍體衣著好似也都是道士,一時之間,也不忍心就這麼離開,幾番猶豫後,決定為其殮葬。

在掘土埋屍體的時候,他發現其中一名道士的背部有些古怪,破爛的衣袍下,除了幾道深長的刀痕外,好像還有什麼污漬般的墨色印記。

他好奇地將碎布揭開,才發現那是刺青。刺的正是「混沌輿圖」!

而那好心的道士就是後來在南北朝創立玄清派的始祖——陳渡。

陳渡後來憑著輿圖窺悉七域,悟出九字訣。但他的想法與東晉時的張道士截然不同。唯恐「混沌輿圖」再度失傳,陳渡將圖、訣一起加密繪成引魂幡,並將之流傳出去。

在南北朝時期,引魂幡在民間就已廣為人知,許多道士都會以此巾幡招魂殮葬,卻無人真正知其所以然。

只有玄清派的歷代掌門才得以將真正的混沌輿圖刺在背上，並授予九字口訣。

＊＊＊

「確實跟老道埋葬掌門時的狀況很像啊！」潔弟驚訝地說，「那你背後該不會也……」

「沒有。」老師父神祕地笑了笑。

「喔……那你說完了嗎？」她試探地問道。肚子依舊不屈不撓地發出「咕嚕」、「咕嚕」聲。

我該不會要得胃潰瘍了吧！她愁眉苦臉地想。

「呵呵呵……」

聽他一笑，她就有不好的預感。果然，接著他又有話要說。

「還沒呢。還有非常重要的『九字訣』！」

潔弟瞪大雙眼，心想：又來了又來了！這銳利的眼神！

「師父在世時說過，他的掌門曾將九字訣傳授予他。我又是他唯一的弟子，所以這個口訣也就輾轉流到我這了。」

第八章 九字訣

天地多幻處，造物盡顯奇。

「萬物環環相剋、相生，至陰即陽，至陽反陰。雖然混沌無形、無定，但只要知其道，則萬變不改其宗。」老師父對潔弟說。

混沌七域分別為「光」、「捨」、「悔」、「善」、「懼」、「時」、「空」。每個域界都有對應的「九字訣」。

例如，「時域」就是「香依時，光有慧，丈甎離」。也就是說，衡量考驗時間的正是當時所有乘客手中的香！

香是人在這空間中的狀態。意即，香燃人在，香斷人亡。當香突然開始加劇燃燒，考驗即開始，進入此域者必須想辦法延長香燃燒的時間，並在香燒完前找出破解迷陣之法，否則必失一魄！

當潔弟受困在寂靜陰森的公寓時，外頭是永恆的黑夜與狂風，若不是手中持續燒逝的香，時間對她來說根本已不再具有任何意義。

在時域裡，「光」是丈量時間的唯一標準，更是這個域界的定位錨。依她當時遇到的情況來看，「街燈」就是光甎！

幸運的是，當她沮喪地蹲坐在樓梯平台時，剛好注意到窗外的街燈。不僅靠它定位，更不顧一切地賭一把跳出窗外。當她逃離公寓魔爪的瞬間，就代表著重新掌握時間，因而意外破了這一局！

當時老師父為了救潔弟，親自涉險進到混沌，一個域界、一個域界地找。找到後又施法將她從混沌帶回陽間。逆行混沌的過程中，潔弟之所以看到一幕又一幕不同的場景畫面，便是因為老師父像遊樂園的「快速通關」一樣，施法帶她快速穿梭其他五個域界的緣故。

不過有一點潔弟覺得很奇怪。

「師父啊，我又不想當道士，也不想出家。你剛才又說我沒天份，學不會法術，那你跟我說這麼多幹嘛？」

老師父悶不吭聲，慈悲的眼神中帶著一絲藏不住的憐憫。

剎那間，潔弟懂了。

「我還會……再死……一次？」她嚥了一下口水。

這句話有語病，人生自古誰無死，但老師父懂她的意思。他垂下視線，輕輕地點點頭：「但命不該絕。」

聽他這麼一說，她簡直要崩潰了，當即抱頭喊道：「不會吧！又要死啊！我怎麼這麼衰啊！很恐怖耶！」

她想：為什麼是我？為什麼！天公伯啊！這九字訣十分晦澀難解，若不是自己親身經歷，再加上九成九的運氣，根本無從得知該如何應變。而且，就如老師父所說，每個人、每一次遇到的情境都會不同。如果下次又面臨這種生死關頭，也難保還能這麼幸運逃過一劫。那我就算知道「混沌輿圖」和「九字訣」又有什麼用？真能僥倖還魂嗎？

潔弟拉拉老師父的袖子說：「那師父你到時候再來救我不就好了嗎？」

有師父在，她就安心了。

「唉……我恐怕沒辦法再走一次了……」

老師父不僅是個溫暖又熱心的人，從小到大，更是待她如親孫女一般，能力所及不會不幫的，這肯定另有隱情。

「什麼意思？我不管啦，你一定要來救我！」她搖晃著他的手臂，死皮賴臉地求他。

說起來，潔弟這個人沒什麼長處，就是臉皮厚到連火箭筒都打不穿。

豈料，老師父低頭看著自己的雙手，憂傷地說：「師父以前常說，道法自然，天人合一。我妄自以道術將妳帶回陽間，就是違反了定律，不僅會耗損陽氣，更會減壽。如今，我也沒有下一個……」話說到這裡，他就打住不說了。

那遍佈硬繭、傷疤的蒼白掌心，滿是風霜。

這答案令她震驚不已，一時之間竟語塞了：「師父……」

老師父抬頭看著她，對她淡然一笑。那笑容依然溫暖的如同徐徐春風，此刻卻令她看得更加揪心。

「相逢即是有緣，緣份有深有淺，不必拘泥也不必難過。」老師父講到一半，又再次摸摸她的頭，「來吧，肯定餓壞了吧？我話終於說完了，先去吃飯吧。」

他說完，便兀自起身，而她仍坐在禪室裡望著他拉開糊上障子紙的木門，緩緩步出。他的背影瘦削而直挺，宛若庭院那株松木，流露出一股堅毅的氣息。

她突然意識到老師父這幾年真的蒼老了很多。想想也是，他今年也已經八十歲了。

王母坐在門外的廊道上剝著橘子，與擦身而過的老師父點頭微笑。

「你們居然還在這等我！我還以為你們早就先下山吃飯了！」潔弟驚喜地說。

「傻孩子，」王母邊說邊將一瓣橘子塞到她嘴巴裡，「早就吃完了！誰知道你們要講到什麼時候啊。」

「吼~很過份耶！你們吃什麼？」潔弟咀嚼著香氣四溢的橘子，覺得好像越來越餓了。

「火鍋啊！我跟妳講，山下有一間新開的火鍋店，好好吃喔！肉超多！我吃得好飽喔！」

「妳不要太過份喔。」潔弟瞇著眼對媽媽說。

站在樹下跟老師父說話的奶奶，走過來對她說：「潔弟，有件事要跟妳說。」

奶奶神情嚴肅，潔弟也不自覺地緊張起來。

「怎麼了，媽？」王母聽了，也好奇地湊過來。

「潔弟她將會有場大劫，我跟德卿師兄都希望能提早做些準備，也許……」奶奶哽咽道，「有……挽回的餘地……」

王母一聽，臉蛋刷一下變得毫無血色。

「妳說什麼？她才剛出院啊！怎麼又有大劫？」她轉向老師父，抓住他的臂膀搖晃，「師父，您一定要救救她啊！您那麼厲害一定可以救她對不對？」

「媽……」潔弟輕輕地將她的手拉開，「師父這次已經為了救我減壽了，他做得已經夠多了……」

王母驚愕地看著潔弟，再看看老師父，突然不知該說什麼。

潔弟怕他們擔心，刻意佯裝堅強地說：「沒關係，不管怎麼說都要試一試！奶奶，怎麼準備啊？」

老師父向她解釋：「妳已經知道了『混沌輿圖』和『九字訣』。現在，還需要學會一些手印。可惜，妳沒有資質和道行，結印的效果很有限，所以需要刺青輔助才行。」

「刺青！」潔弟跟王母異口同聲地叫著。

腦海中馬上想到黑道大哥刺滿猙獰龍虎的裸背和臂肌，潔弟不自覺地抖了一下。

應該不是刺那種吧？她想。

「對。」老師父似乎看穿她的心思，點點頭道。

心裡非常抗拒的她，忍不住頂嘴說：「那你為什麼不用刺啊？」

「那是因為我的修為透過符咒輔助，就可以達到一定的效果。」

「那……要刺很大嗎？是刺什麼樣子啊？」王母勉為其難地問他。

潔弟偷偷瞪了王母一眼，心想：我又還沒說我要刺，幹嘛問啊？

「你們等我一下。」

不久，老師父便從禪室後方的藏經閣走了過來，手上拿著一本泛黃破損的薄冊。書背的印字大部分都已消磨得無法辨識，只能勉強看出最下面的「元玉鑒」三字。

他翻頁的時候，潔弟注意到書上記載的都是手印和一些抽象符號，看來應該是某種語言的咒文。

她暗自鬆了一口氣，心想最起碼不是要她刺什麼關公或羅剎之類的。

老師父的手倏地停在其中一頁，他指著書上的符號給他們看。

一看到圖案潔弟就放心了，比想像的美太多了。

「怎麼樣？」奶奶問潔弟和媽媽。

媽媽看了之後，也安心不少，便對老師父說：「她的命是您撿回來的，我相信您。如果真的有用，那就刺吧。」

潔弟在老師父、奶奶和爸媽的陪同下，一群人就這樣浩浩蕩蕩地走進刺青店。

不過，老師父指定的位置卻出乎潔弟一家的意料之外，是刺在十指上！

「您確定嗎？」王母問老師父。

「呵呵……別怕，頂多只是沒用而已。」老師父說。

「什麼啊！刺青可是終生大事啊！」潔弟越想越不可靠，心想那還是刺米白色的好了，反正她本來皮膚就偏白，只要不曬黑，刺青應該不會太明顯才對。

刺好之後，潔弟對於成果非常滿意。手指上那看似沒有意義的繁複符號，在結不同手印時，就會產生不同的組合圖騰，有些角度看起來甚至似印度的 Henna 花紋彩繪一般，既瑰麗又低調。連一旁正在刺青的女生看了也相當心動的樣子。

步出刺青店後，老師父交代潔弟要盡快開始學習咒語，如此結印才能發揮作用。下一次她遇劫時，可沒有他和老道在身邊護著。

「真是的，一下要學輿圖，一下要學口訣，一下要刺青，現在又要背咒語！怎麼這麼麻煩啊！」

沒想到，潔弟一時無心的抱怨，奶奶卻反應很大。

「德卿好心幫妳，妳還！」

「潔弟！不准沒大沒小！快道歉！」媽媽看奶奶慍怒的臉色，直扯著潔弟的袖口。

潔弟一時拉不下臉，便嘴硬地說：「我又沒要他幫！」

奶奶怒不可遏，狠狠甩了她一巴掌，激動地破口大罵：「妳這個不知感恩的死小孩！」

「奶奶……」潔弟愣道。

從小到大，別說是打，奶奶連罵都沒罵過潔弟。現在卻當街這樣打罵，令她錯愕不已。

老師父以身護住潔弟，對著奶奶搖搖頭。媽媽則牽住奶奶的手，輕撫她的背，想緩和她的怒火。

下一秒，奶奶的淚水竟突然潰了堤，對著老師父直道歉，自責自己沒有把孫女教好。

潔弟在一旁聽了感到難受，但又覺得奶奶這樣反應也未免太大。

後來回到家，奶奶的心情已經平復，像往常一樣在陽台澆著花。

爸爸一直把潔弟推過去，用表情示意她去跟奶奶道歉。

儘管潔弟不認為自己真的該挨打，但她很討厭有個疙瘩一直卡在那裡，索性先低頭，衝到奶奶背後大喊：「奶奶對不起我錯了！請原諒我！」

奶奶提著花灑的手停在空中，她轉過來看潔弟一眼，眼眶仍是泛著淚。

「潔弟啊，妳沒有對不起我，妳是對不起德卿。」奶奶的另一隻手舉起來摸摸潔弟的頭，就像是老師父一樣，「我也……對不起他……」淚水又開始慢慢滑落她滿佈皺紋的臉頰，「他這一生……承受太多了……」

奶奶丟下了花灑，蹲下來失聲痛哭。再也背負不了沉重的愧疚，她將關於潔弟的祕密通盤說出。

老師父曾告訴潔弟，世間萬物都是相生、相剋。但他唯獨漏了一句，潔弟自己就是他這一生的大劫之一！他們兩個人的命數猶如冬蟲夏草般的寄生依存關係。為了能讓潔弟平安長大，必須汲取他的生命作為交換。

在潔弟心裡，早就把老師父當成爺爺看待了。實在做夢也想不到，自己竟會是他的剋星。

「妳這麼說……那……師父他……到底這次為了救我犧牲多久的壽命？」這個問題如此的難以啟齒，以致於潔弟問得結結巴巴的。

奶奶哭喪著臉，抬頭看著潔弟說：「十年……」

潔弟驚恐地嘴巴張得老大，卻啞口無言，只能愣愣看著奶奶，心想：十年！我原本以為是幾天啊！這個世上誰會願意為了救人而白白犧牲自己十年的壽命？就連我的親生父母都不一定做的到，何況是去救一個不相干的人！

這種宛若師徒般的生死情誼來得猝不及防，讓潔弟受寵若驚。她在那一瞬間明白了為什麼奶奶會如此憤怒。對於老師父的感激之情更是油然而生，從此沒齒難忘。

那一晚，奶奶的一番話澈底地終結了潔弟的叛逆期。

她想，自己的命是用老師父的換來的，所以不管怎麼說都要拚命保護。既然沒有天份，那就要比任何人都還努力才行。

往後的日子，潔弟每天早上起床後的第一個小時就是背誦老師父教她的那些咒語、臨摹「混沌輿圖」

和練習結手印。

唯一等的，就是開天眼的那天了。

第九章
梅不老

老梅村口有家掛著醒目招牌的「梅不老名產店」，那一圈閃著五顏六色的跑馬燈，在佔地超過百坪的店前，猶如車頭大燈一般，經過想不看到還真只能自戳雙目了。

「一百、一百、通通一百！」門前一排大聲公二十四小時、全年無休地輪播大聲到刺耳的錄音。那混著季青島主要方言口音的國語，一聽就知道是店老闆——陳大頭親自錄製的。

「一百塊買不了吃虧、買不了上當！走過、路過、絕不錯過！」

那不停傳出破音吆喝的大聲公總是如此理直氣壯，好像自命守護著季青島東北海防的砲台一樣。哪個冒險搶灘的軍隊，只要一登陸就會被固若金湯的大聲公魔音傳腦，七孔流血而死。

近幾年，這一帶的變化可不小，隨著附近的熱門景點和旅遊觀光的風行，原本沒落的老村人氣才重新扶搖直上，不可同日而語。

十年前，「梅不老」不過是這條濱海公路上，其中一家兼賣雜貨的小檳榔攤。老闆陳大頭不僅頭大，腦袋也特別精明。憑著過人的生意頭腦察覺觀光客所需，又懂得拉攏旅行社，與導遊、司機交陪。久而久之，陳大頭不只積攢了些錢，更將店裡的生意越做越大，成為這個路段唯一一家店，幾乎可以說是獨佔老梅槽所有的觀光收益。

儘管如此，陳大頭在面對客人或是導遊時卻完全沒有大頭症，反而是十年如一日地畢恭畢敬。畢竟與散客比起來，交通不便的老梅村主要還是仰賴旅行團的客源。導遊就是衣食父母，是千千萬萬不能得罪的。

「哇這不是我們家潔弟嗎？真難得咧！自從妳開始帶商務團之後就好久沒來囉！」一身福態，polo 衫塞進卡其褲，皮帶繫得高腰的中年男子，事必躬親地走到店門口迎接潔弟和吳常。陳大頭那雙小小的眼睛閃著賊光，不停地前後打量公路，找尋遊覽車可能停放的位置。

「別看了！」潔弟在陳大頭眼前揮揮手，招回他的注意力，「我今天是來找你的，不是帶團給你衝業績！不介意吧？」

「說那什麼傻話！」陳大頭笑容滿面地回答，「我們都認識多久了！儘管來找我聊天啊！」其實潔弟心裡清楚，他現在的意思是：沒帶客人來還不快閃遠點！別妨礙我做生意！要換作以前的話，一看見他們這些導遊帶著觀光客上門，陳大頭肯定一個箭步從店裡衝出來，不停地九十度鞠躬迎客，故意氣喘吁吁、浮誇地說：「歡迎歡迎！潔弟啊，您一來，我們這簡直蓬蓽生輝啊！」然後一定把導遊捧得像活菩薩一樣領進店裡坐，再端茶奉餅，好生招待一番，只差沒在他們面前擺個香爐早午晚插香拜拜。

「那，到底找我有什麼事啊？」陳大頭雙手交握，絲毫沒有要招待他們入內歇坐的意思。

「你聽過〈老梅謠〉嗎？」吳常直接打開天窗說亮話。

只見陳大頭原本堆滿笑意的臉瞬間垮了下來。他皺起眉，表情略為防備地打量起面前長相過份好看卻又態度冷漠的年輕人。

「喔，我還沒跟你介紹，他是我表哥，念季青島史研究所的。」潔弟又隨口胡謅一下，「畢業論文寫的就是巽象市近百年的發展史，所以要到處做田野調查。」

看陳大頭的臉色似乎不太想理會，於是她假裝不經意提起：「啊對了！我忘了說，他可是市議員吳大慶的兒子喔！」

吳大慶是最積極推動觀光的巽象市議員，他任內最著名的就是提議觀光巴士，間接促成東北角觀光路線的成型。最重要的是，他剛好姓吳！也就被潔弟拿來借用攀關係啦。

幸好吳常很識相地沒有戳破她的謊言，不然第一個田調對象恐怕就只能到此為止了。

陳大頭聽到「議員」兩字，眼睛登時發光，連忙伸出雙手想跟吳常握手，又來那套「蓬蓽生輝」的說詞。

「啊原來是議員的兒子啊！原諒我眼睛糊到蛤仔肉，沒認出您啊！您一來，我們這簡直蓬蓽生輝啊！」

果然如此。潔弟無奈地想。

吳常冷漠地把雙手放到後方，面無表情地盯著陳大頭。讓後者懸空的手好生尷尬。

「來來來，快進來坐啊！」陳大頭熱情地招呼他們入內。

當吳常把陳大頭的手拍掉時，潔弟才知道陳大頭剛才想把手搭在她肩膀上。

幹得好！她心裡默默給吳常按讚，決定要認真找家好吃的糯米腸獎勵他。

＊＊＊

陳大頭將他們帶到櫃檯後方的導遊司機休息室，練達地拿起茶具泡起老人茶。

須臾，茶香瀰漫，讓人聞之神清氣爽，就連吳常的表情也放鬆了不少。

琥珀色的茶液前後注入兩個清雅的釉綠瓷杯。

「來來來，喝喝看真正的白毫烏龍！這可是有得獎的喔！」陳大頭對他們做出「請用茶」的手勢，再往後坐定。

吳常向他點頭致謝，將杯子就口，品茗一番。潔弟則是怕燙，摸了摸杯子，手又縮了回來。

「它的由來。」吳常說。

「〈老梅謠〉啊……」陳大頭也喝起了茶，「知道這個的人也不多了。你們想知道什麼？」

「由來？不就是在講老梅的過去嗎？」陳大頭轉起眼珠子，思索著，「我記得，有幾句是在講這一帶的風光啊，還有幾句是嚇小孩不要亂跑的啊。」

「我換個方式問好了，」吳常將茶杯放下，向後倚靠椅背，習慣性地交叉手指放在腿上。「老梅為什麼叫老梅？是因為種梅花嗎？如果有，梅花又在哪？」

「這……」陳大頭面色尷尬，「我雖然是土生土長的老梅人，但這我還真的不知道啊。」

「那陳家呢？這裡有哪戶有錢的大戶人家姓陳嗎？要好幾代以前就很有錢或是曾經很有錢的。」吳常不放棄地追問。

「喔對了，我忘了告訴你，」潔弟對吳常說，「老梅村又稱『陳村』，在這裡，陳姓從很久以前開始就是大姓了。」

她端起茶杯小啜一口，便陶醉在茶葉的芬芳之中。

好好喝啊！她心裡吶喊著，感覺自己在雲霧繚繞的梯田中開心地奔跑。謝謝你吳大慶！這一切都是託你的福啊！她不禁感謝起素未謀面的吳議員。

「為什麼？難道他們都是同一家族嗎？」吳常認真地問，完全沒發現潔弟的心早就飛到外縣市去了。

「說對了一半！」陳大頭繼續用他濃厚的在地口音說，「以前這裡有戶人家姓陳，非常非常有錢。〈老梅謠〉裡講的『金山』就是說陳家的錢多到像座金山一樣！那個時候啊，什麼採礦啦、進出口啦、河運啦，只要你想得到的，都是陳家的生意啦。啊附近又有個大港，戰爭逃難到這一帶的人很多，孤兒也很多，不要說是姓了，很多人連名字都沒有，都是大家自己亂取的。啊大家都在陳家底下工作，很多人到外地都會說自己是陳家的，一是因為好辦事，二是因為愛面子！反正講到後來，也就真的把自己當成姓陳的了。」

「這樣戶口不會亂嗎？」潔弟好奇地開口，掩飾那點心虛；自己剛才也瞎說吳常是吳議員的兒子。

「不會啦！想太多！」陳大頭揮揮手，「我聽我阿嬤說厚，那個年代很亂又很窮，很多人連房子都沒有，哪來什麼戶口！」

「那，那個陳家在哪啊？近嗎？」她問。

「呃……近是近啦……」他頓了頓，「不過妳問這個要幹嘛？妳該不會要帶他過去吧？」陳大頭用下巴指一指她身旁的吳常，順便再幫他們把茶添滿。

「對啊，近的話就順便去看看啊。」她說。

「哎有什麼好看的！早就是廢村了，裡面房子都沒住人，雜草一堆，別去別去！」

「沒住人？不是很有錢嗎？都搬走啦？」

「搬走？這我不知道。反正啊，那裡一直都沒住人。」陳大頭又補充了一句，「那附近都沒住人。」

「那麼荒涼啊……」

想想也是，老梅村這麼大，但唯一稱得上有人煙的也就只有靠濱海公路一帶的村口，村裡沒什麼人住也很正常。

「反正啊，村裡啊，邪門的很！」陳大頭兩邊嘴角下壓，大手一揮，彷彿連提到那裡都嫌晦氣，「平常不會有人走到那麼深，你們外地人啊還是在這裡訪問一下就好，跑進去萬一迷路就完蛋了！」

「這樣啊……」

光是聽到陳大頭說「邪門」這兩個字就讓潔弟打退堂鼓了。她有點膽怯地望著吳常，暗示他：我只有要陪你調查到這裡。

他感受到她的視線，僅淡淡瞥她一眼，平靜的表情沒有吐露太多思緒。

「邪門是指什麼？」吳常問。

不會吧！

潔弟抖了一下，半杯上等的烏龍茶差點就這麼被她打翻。

還繼續問是想去嗎！人家陳大頭這個地頭蛇都說邪門了耶！你到底懂不懂得趨吉避凶啊糯米腸！

「要怎麼說咧……」陳大頭苦惱地抓抓頭，「裡面那塊地厚……只要一靠近就讓人很不舒服耶……」

「是心理作用吧。」吳常說。

「十幾個小孩一起嗎？小時候不懂事，不聽大人的話跑進去，結果大家都覺得不太對勁、很不舒服，回來每個人都生了一場大病，」陳大頭搖搖頭，好像也不認同兒時的胡鬧，「好險被大人帶去大廟裡收驚處理，才撿回一條命。」

第十章 牧羊人

陳大頭的一番話並沒有嚇到吳常，他冷靜地說：「會不會是細菌或病毒引起的傳染病？」

「細菌、病毒？」陳大頭如海苔般的粗眉糾結起來，「也許吧，誰知道？反正，我們這裡的人是很忌諱啦。」他又喝一口茶，才接著說，「潔弟啊，聽我一句勸，妳表哥畢竟是議員的兒子，出了什麼事怎麼辦？做研究嘛，做做樣子就好啦！真要問的話，我們這一排住這麼多人，也夠你們問啦。不要沒事惹事，村裡真的有太多古怪啦。」

「嗯，有道理！」潔弟大力地點頭附和。

「調查就是要實事求是，心態不可以偏頗，訪談對象更不可以怕麻煩就有所侷限。」吳常神色嚴肅地說。

你還真把自己當文史學者啊糯米腸！她心想。

「哎呀，你怎麼這麼固執咧！」陳大頭煩躁地拍了一下大腿，「你可以說我們老梅人迷信，但是村裡是三不管地帶，是事實！治安不好是大家都知道的！我跟你說啊，這村裡大部分的房子都是廢墟，多少乞丐、逃犯，還是什麼吸毒的都往裡面躲！一旦跑進去，連警察都不會抓的！」

「為什麼？」

「聽說啊，只有真正的老梅人才出得來！其他人進去是會被困死在裡面的！」

吳常嗤笑一聲：「荒謬。」

「信不信隨便你！哼，」陳大頭又喝了一口茶，「要不是看在你是議員兒子的份上，我才懶得跟你說那麼多！」

氣氛越來越尷尬，潔弟看這樣僵下去也不是辦法，就起身跟陳大頭道謝，將吳常拉走。

＊＊＊

濱海公路上，車輛接龍似地呼嘯而過，氣流捲起紙屑和塵土；吳常那如黑夜般的頭髮也跟著飛揚起來。

公路旁的村口，除了梅不老名產店以外，是一間間此起彼落的住家；房屋外觀不是二至三樓的透天厝，就是鐵皮屋、貨櫃屋。

潔弟追上吳常的腳步，與他並肩走著：「糯米腸，你真的要進村裡啊？」

「當然。」他把她從馬路邊，拉到靠內側住家那邊，「也許〈老梅謠〉的歌詞就是在影射老梅村的陳家。」

「謝謝，」她對他靦腆地笑一笑，「想不到你這麼貼心。」

「不用謝。我來這是要查案的。如果妳受傷了，那我很麻煩。」他用一貫平淡的語調回答。

「呃……嗯。」雖然不想承認，但她好像已經習慣吳常毫不修飾的講話方式了。

我真是個充滿韌性的人啊！她想道。

「那，我先走囉！」她指了指客運站牌的方向。

吳常皺著眉看了她一眼，說：「妳難道不好奇村裡的狀況？」

「一點也不！」她斬釘截鐵地說。

「好吧。」他說完就率性地繼續往前走。

潔弟聳聳肩轉頭往客運方向邁步。只是不知道為什麼，心裡卻開始莫名擔心起吳常了：他一個人進去，迷路了怎麼辦？

想到這，她下意識回頭一望。

沒想到，才幾分鐘的時間，一個大男人就這樣憑空消失在公路上！

也太快了吧！人去哪了啊？

她回頭跑了過去，視線掃過附近的幾棟透天厝，卻都沒看到人影。看來是走進住家與住家間的小巷弄了。

管他的，都這麼大的人了。迷路的話，應該會用google maps找路吧？大不了打電話報警？

一想到吳常有可能在幾小時後，紅著臉打電話報警說自己迷路，她就忍不住竊笑。

正當她打算繼續往站牌走時，「嗑啦──」細微的聲響從她腳底傳來。她低頭一看，竟然不小心踩到手機了。

她馬上蹲下把手機撿起來，發現是新款的iPhone plus，突然有種不好的預感。

不會吧……

按下home鍵，螢幕隨之亮起，是台銀白色的鍘刀車門超跑，車頭標誌是鐵灰橢圓牌上寫著PAGANI，左上角有著天藍色塊。

糯米腸的手機！

不論是領隊還是導遊，最重要的天職就是牧羊；必須隨時隨地確保群體的完整，保護團員免受如狼似虎的偷拐搶騙。而這職業病現在讓她開始焦慮地手心冒汗。

現在他沒了手機，真的迷路哪有辦法求救啊？不管了，還是先打電話給志剛吧。

「喲，怎麼啦小妞？開始帶團了沒？」電話那頭傳來楊志剛痞痞的口吻。

潔弟懶得跟他廢話，急著說：「志剛，吳常不見了！他手機也掉在路上被我撿到了！」

「那又怎麼樣？」

「楊志剛！我不是跟你開玩笑的！」

「他都幾歲的人了，會自己想辦法吧。」志剛笑了笑，「妳幹嘛？想他啊？妳在哪？」

「老梅村口。」

電話那頭突然沉默了。

「喂！你有聽到嗎？我在老梅村口！」

「嗯，我盡快過去。妳去梅不老那邊等我。」志剛語氣明顯變得急促。

潔弟還來不及問他幾點到，電話就被掛斷了。

為什麼他一聽到是老梅村態度就變了？難道老梅村真的……

她想得正出神，吳常的手機突然響起，害她嚇得差點把它拋出去。

她定睛一看螢幕，來電顯示是「Lumiere」，又是一陣錯愕。

Lumiere 不是吳常的外文名嗎？

還在猶豫要不要接聽，電話就已經自動接聽了，而且還是視訊電話。

「是妳，太好了。」畫面傳來模糊的影像正是吳常。

他背後是一片白，她一開始以為那是一面牆。

「混蛋！原來你有兩支手機啊！」她邊說邊想：而且一定猜到我會掉頭找你，才故意丟下手機！剛才真是白擔心了！

「潔弟，妳快報警！」

聲音聽得清楚，但視訊累格得很嚴重，畫面一直卡住。

「我應該是在老梅村的主要幹道上……」

視訊沒了，變成一般語音通話。

「……沿著這條路往村裡走四分鐘，前方就開始起大霧。我才往前走幾步，發覺霧太濃看不清楚路，打算回頭的時候，就發現怎麼走都走不出濃霧……」聲音開始斷斷續續，而且越來越小聲，「妳……快找志剛……不……」

「什麼？喂？」潔弟把耳朵貼近手機聽筒。

「妳別來……」電話像是被某種電波干擾似地出現雜訊，「危險……滋——有……在這……不對……滋——」

「你說什麼？我聽不清楚。」

「妳別過來……滋——」電話被掛斷了。

「喂？喂！說話啊！」她對著通話早已結束的螢幕吼著，「要報警不會自己報啊！」

現在怎麼辦？

她抬頭看，天空依然是藍天白雲，晴朗得不像話。

她突然想到吳常剛才說的話：大霧？

季青島東北角的確會有起大霧的時候，但那是公路靠山那頭，而不是靠海這邊，更不會在這風光明媚的六月午後。

她突然想到剛才陳大頭說，那些罪犯逃進村裡，連警察也不會進去抓。

那志剛和小智呢？他們會不會進村去救？我到底要不要乾脆趁天黑之前先進去找他？大白天的，應該沒什麼好怕的吧？

她開始掙扎了起來，心想：連吳常那麼聰明的傢伙都走不出來了，我進去會不會找不到他，自己也跟著迷路？

接著，她想到了自己被禁團的原因：前幾天帶的高級商務團入住金沙渡假村，兩名團員慘遭殺害。這起命案不僅嚴重打擊旅行社的信譽，讓她的名聲蒙上一層陰影，更成為她不堪回首的遺憾。

在他們遇害當晚，其中一名團員的魂魄曾來到她房門口，敲門呼喚她。但她當時太害怕，根本不敢開門關心。

如果那個時候再勇敢一點就好了……說不定還可以救回葉先生和林先生……

想到這裡，她心裡也有了答案。

導遊的天職就是牧羊！

＊＊＊

也許是天生的，也許是自己刻意訓練出來的，潔弟的方向感非常好。

不論是在錯綜複雜、高低起伏的羅馬小巷，還是在放眼望去四處皆同、暗無月光的加拿大針葉林區，她都能在偏離原本的道路後，不靠指標或地圖，憑直覺再自己走回來。

同行的前輩有的時候都會誇讚她的舌燦蓮花和方向感，說她是天生吃導遊這行飯的。

只不過，對於現在被禁團的她來說，這些誇讚反而顯得額外諷刺。

至少現在用得上了。她安慰自己。

梅不老名產店的左邊就是當地人稱的「大路」，也就是進出村的主要道路。雖說是叫「大路」，路卻一點也不寬，僅能勉強讓小客車開過；若是對向有來車那肯定是怎麼都閃不掉的，因為兩旁無數條岔路都非常窄。

在村外就看得出這條大路沒什麼人在走了。不僅雜草叢生，道路兩旁原本應該是水溝的地方也長出高高的暗綠茅草。

果然很適合藏通緝犯啊。她想。

而村口豎立的木頭指示牌也因年代久遠，早已腐爛不堪，不僅文字無法辨識，連木樁本身都被蛀得所剩無幾。

此時潔弟站在路口思考著：這大路草都長這麼高了，裡面肯定也很荒涼，吳常到底要怎麼找到童謠說的陳家？難道歌詞中有指出方位或是什麼地標嗎？

多想無用，她嘆了一口氣，想打給志剛又怕被罵，索性將剛才吳常說的話和她目前的狀況用 line 傳給志剛。

將手機重新收回口袋，她大聲為自己加油打氣：「出發吧！王導！」一個人沿著大路往村裡走去。

第十一章 老梅村

歷盡難中難，心如鐵石堅。

硬著頭皮往村莊深處走去的潔弟，初時覺得自己猶如前往北海牧羊的蘇武一樣悲壯，就只差沒飲雪吞氈了。

走進村裡以後，除了牛仔褲黏滿鬼針草以外，什麼事也沒發生。原本她還擔心會有蛇突然從水溝裡面竄上來，結果連隻蚯蚓都沒看到。

哎都是自己嚇自己。她想。

這麼一想，原本緊繃的心情也慢慢緩和了下來。

放眼望去，幾處閩南式傳統四合院被荒煙蔓草的田埂隔開，散落在各處。有些外觀結構仍相當完整；兩端高翹如燕尾的屋頂是破洞褪色的朱瓦；房屋正面外牆也用與屋頂顏色相近的紅磚砌成；門框空蕩，木門早已腐朽成碎柴；兩側與後方的牆面則是用在地的砧硓石建造，牆上的白漆都脫落得差不多了，露出砧硓石原有的黑灰色，幾處縫隙還長出了野草。

這季青島早期村莊的典型景象，讓潔弟想起了一部在離島取景的老電影《桂花巷》。

儘管如此，身處其中並未讓她發思古之幽情，反而覺得有點毛。因為大部分的房屋都是斷垣殘壁，只剩幾處堅固的砧硓石牆在歲月中屹立不搖。

那幾處黑壓壓的砧硓石，不仔細看還以為是墳墓咧。

因為周遭的茅草太高，時不時阻礙視線，潔弟能看到的範圍很有限，所以走在大路中央的她，一邊用路上撿來的樹枝撥開雜草，一邊前進，尋找吳常的身影。

「吳常！」潔弟雙手圈成喇叭的形狀，對著不同的方向大喊著，「你在哪裡啊？」接著，仔細聆聽，怕錯過任何一絲的回應。

荒野中，蟲鳴依舊，唯不聞人聲。

「討厭，一定是你們太大聲了啦！」她埋怨起吱吱叫的蟲子，繼續往前走。

過不到幾分鐘，所處的環境有些不同了。

原本寸步難行的大路，像是雜草被人拔光一樣，露出原本的石磚道；視野也跟著變得寬闊了。真奇怪，難道陳大頭搞錯了？這裡面還有人住？會不會有其他路可以從外面走進村子裡呢？

她注意到前方交叉口的右邊還有個紙箱大小、由三片石板疊成的磊型廟。

想上前象徵性地拜上一拜，求個心安。走近彎腰一看，廟前的小石碑還能依稀看出「福德正神」這幾個字。不料，廟裡是空空如也，既沒有神像也沒有香爐。

潔弟也沒多想，聳聳肩，打算繼續往前走。沒想到，一抬頭，就注意到一排排田埂的前方突然起了大霧，而且濃得幾近全白！

天啊……真的有大霧！

她奔跑了起來，大聲呼喚著吳常，卻仍得不到回應。

這團霧氣後面是一片未知，像是一面高聳長牆擋住窺探的視線，又像是抵禦外人的侵入。

同時她也注意到，濃霧上方的天空竟也陰雲密佈，絲毫不見天光；彷彿與她身後的晴空所處不同時空一般，將整個村子顯得更加詭譎。

吳常就在這裡面吧。

潔弟一面因眼前所見而卻步，一面又擔心吳常的安危。

將手深入濃霧中，一股涼意來得鮮明而直接，迅速包覆她的手。她訝異地把手抽回來盯著它看，好奇這是不是科學能解釋的物理現象。

不過，只要我繼續沿著這條路直走，遲早都會遇到他吧？

這麼一想，事情就簡單多了。

當她鼓起勇氣走入霧中的時候，奇妙的事發生了。

眼前的霧竟像是有生命一般，感到有人前來而自動散向兩旁，開出一人可通行的窄路！

簡直摩西分海啊！

她看得目瞪口呆，簡直不敢相信自己眼睛所見。

不過，無霧的路只開到前方大約十米處的位置，再過去，也一樣被霧遮得密密實實。

不知道吳常來的時候，是不是也遇到一樣的狀況？

她嚥了嚥口水，開始有點緊張地邁開步伐。

兩側的霧牆裡，時不時有黑影漫天飄動，越走越讓人覺得毛骨悚然。

一道黑影一直在她右邊來回徘徊。原本還離她有段距離，下一秒卻突然直衝到她面前！

「啊！」她輕呼一聲。

突然意識到這些黑影都是人型的輪廓，她嚇得差點就摔進另一側的霧牆裡。

儘管已被嚇出冷汗，她卻反而稍稍安心了。

這幾道人影雖然忽近忽遠，卻始終未曾穿過霧氣，逾越分毫。

也許祂們只能在霧裡移動？潔弟猜測著。

既然如此，只要遠離霧氣，就沒什麼好怕的了。

「加油！」

她為自己打氣，想著吳常說他一看到濃霧就掉頭，沒想到霧氣一下子就將他包圍。這代表他應該是剛進到霧裡不久才對。

很快就會找到他的！

「吳常！」潔弟繼續喊著他的名字，「喂！有聽到嗎？吳常你在哪？」

她環顧一圈時，發現背後、往村口的方向，竟是一團白霧。也就是說，剛才走過的地方，霧氣又再度聚合，只在她身後留下大約一米的無霧空間。

好詭異啊。咦，等等，這裡怎麼這麼安靜啊？

剛才在霧牆外，那偶爾吹過茅草的風聲、那吵到讓人心煩的蟲叫聲、還有早已習慣到被忽略的海浪聲……所有聲音都不見了……

她不自覺地打了個冷顫，這才發現四周變冷了。越往村子深處走越冷。

她邊走邊環抱住自己，微微發抖著。

原本以為路到了底，沒想到是轉彎了。

往右一看，又是一條約十米長、兩側同樣是霧牆的窄路。從地面平坦的石磚道來看，這條濃霧隔開的路也是沿著原有的道路而開。但是與剛才的路不太一樣。村子一進來的時候，除了中央這條縱向的大路以外，橫向的窄路都是田埂，是隆起的硬土，而不是石磚鋪成的。

唯一的可能，就是來到四合院聚落了。

只要我彎進右邊這條路，那麼兩旁應該就是比鄰的房屋。

意識到這點，她莫名感到一股壓迫感，總覺得沿著霧氣隔開的路走有危險。

心中有好多疑問：到底是誰在指引我？要我去哪裡？而且，吳常就在前方，我要是轉彎就會偏離了筆直的大路，那樣我哪能找到他啊？

於是她又大聲呼喚他，但還是沒得到任何一點回應。

「唉……」她無奈地嘆口氣。

＊＊＊

梅不老名產店與鐵皮屋中間的防火旁巷裡，陳大頭站著三七步，一手叉腰，抽煙碎念著：「這都幾點了！那個死老太婆還不來！」

一陣刺耳的警笛聲打斷了他的咒罵，他好奇地將頭探出巷外張望。看到一台警車停在他店門口，馬上大吸一口煙，將煙蒂丟在地上踩熄，快步走出去。

一名身材高大魁梧、穿著白色襯衫的便衣刑警一下駕駛座就往他奔來。

小智劈頭就問：「陳老闆，有沒有看到一個女導遊，小小隻、白白的，可能還綁著馬尾。」

「女導遊？你是說潔弟嗎？」陳大頭還來不及對警察說些恭維的話，思緒就被這問題給牽著鼻子走。

「對！就是潔弟！」

「有有有！她剛才有來，帶著她表哥來做研究，說是什麼念歷史的。」陳大頭笑了笑，說，「帥得好像明星咧！」

話還沒說完，陳大頭的目光就被接著下警車的人給吸引住了。

靠北怎麼會是他！這下肯定沒好事！陳大頭心想。

刑事組第九偵查小隊隊長──楊志剛可是這一帶出了名的流氓警察，得罪他比得罪黑道還可怕。

「那人咧？」小智的問話拉回陳大頭的注意力。

「啊？喔，我不知道啦，可能跑去別家訪問了吧？」陳大頭隨口一說。

身穿鐵灰色襯衫、深藍色牛仔褲的楊志剛一聲不吭地走到他們身旁，將墨綠色飛行員眼鏡摘下，用那雙充滿殺氣的濃眉大眼盯著陳大頭，嚇得他頓時後退一步。

「他們來問你老梅村？」志剛問陳大頭。

「對。」

小智看志剛還有些話要問，先跑到公路旁找尋潔弟和吳常的身影。從警察局離開以後，他們兩個人的手機就都打不通了。

「幾點離開的？」

陳大頭備感壓力，認真思考著：「呃……大概一個小時前吧……」

小智回來找志剛，對他搖搖頭，示意沒看到潔弟和吳常。

「現在怎麼辦？他們會不會已經跑進村裡了？」小智慌張地說。

「有可能喔，他們一聽到〈老梅謠〉提到的陳家就在我們村子裡面，就說要順便去看看。」

陳大頭原本以為自己說這些話能有點貢獻，營造出熱心助人的形象，博得警察的好感，沒想到志剛掃過他一眼，竟突然揪住他polo衫的衣領，猛將他撞到店門旁的牆上！

志剛動作粗暴，表情卻額外陰森冷靜地說：「你沒有跟他們說老梅村有問題嗎？為什麼沒阻止他們？」

陳大頭害怕地揮揮手，急忙解釋：「哎我能說的都說了，他們還是不聽，我有什麼辦法？」接著又補充了一句，「而且這只是猜測，他們又不一定真的進去了。」

「該死！」志剛咒罵道。隨即手鬆開來，爬梳著瀏海。

陳大頭的領子一被鬆開，就拍著胸膛，大口喘氣。

「這個潔弟！」志剛握緊拳頭，「還有吳常！」

「隊長，現在怎麼辦？」小智問他。

「上車。」他回頭往警車走去。

「啊？你該不會是要開進去吧？」

「快點。」志剛發動車子，繫上安全帶。

「隊長，你應該也知道老梅的傳說吧……」

「快點！」志剛難得情緒失控地大吼，「天黑就來不及了！」

第十二章
迷霧

濃霧中的吳常與潔弟通話到一半就斷線了。

這不是收訊不良造成的斷訊。他想。

因為他在電話中不斷聽到「滋滋」的電波干擾聲。但根據他事前的地理調查，這一帶應該沒有高壓電塔這類足以形成干擾通訊的電磁場才是。

身處伸手不見五指的白霧之中，他雖然一度感到詫異，但依然冷靜地思考著，試圖再往前探索。

手機的 google maps 不僅定位功能失效，連地圖右上角的指南針也在不停地左右跳動，摸不著方向。

正當他打算沿著大路邊緣的水溝繼續往深處走時，突然左眼眼角閃過一道黑影。

他轉頭往左一看，黑影又消失了。環顧四周，卻發現四、五道黑影正在附近飄蕩著；身型似人，卻移動得像在水中悠遊自在的魚。

真有趣。

魔術師的本性讓他著迷於各種特殊、怪異的現象。不過，他也敏銳地觀察到，這些黑影與他一樣正在打量著自己。

也許這就是鬼魂也說不定。吳常淡定地猜想。

祂們有意無意地接連靠近，像是在試探他是否可以作為獵物。

第一道黑影明明離他還有一條臂膀的距離，但當祂從右側掃過的瞬間，他卻能真切地感受到一股刺骨的冷風颳來。

第二道黑影不知從哪冒出來，等到吳常注意到時，祂正伸出雙手往他的面門撲來。那是漆黑如焦炭的人影，帶著彷彿被時間凍結的僵硬臉孔，露出驚恐的神情。

吳常側身閃過的同時，順手一抓，那黑影頓時如墨般化開，溶於霧中。

有形無質。那就不足為懼。吳常想。

他看向空無一物的手心時，第三道黑影悄悄劃過他的左腿，令他猝不及防。他直覺有異，低頭一看，深色卡其褲管竟被劃破了！

為什麼我傷不到祂們，祂們卻傷得到我？

還來不及思量，幾道黑影從白霧中現身，同時向他襲來。他先是俯身避開略過頭頂的人影，再側身閃過另一道時，下意識迴旋反踢人影一腳，卻又再度落空。

眼看濃霧中又突然憑空出現幾道黑影，他知道必須盡快想出方法防禦自己。

吳常一直認為這個世界上還有科學尚未企及的領域，但科學的重要貢獻之一，就是讓人在面對常理無法解釋的危險時，能多一種應對的選擇。

如果這些黑影真的是鬼魂，那麼也許……

從過去讀到幾篇來自世界各國的研究論文，他發現這些資料都有共同的論點；鬼魂可能「是」或「近似於」電波的能量波。而此刻他也洞悉出這些黑影是在白霧出現後才形成的，那麼這就代表祂們與霧氣有著依存的關係；相對的，這也代表祂們的活動範圍也被霧氣侷限。而這濃霧會干擾手機訊號的特性，也給了吳常揣測的著力點。

既然如此，只要我能屏蔽電磁波……他在心中快速地盤算著。

穿著休閒西裝外套的吳常，這趟出門並非沒做事先準備；事實上，他身上總是充滿常人意想不到的小機關。

姑且一試吧。

吳常當機立斷，手直接伸向背後的領口，將亞麻材質表布和內裡之間的防彈內襯拉出來。不同於「克維拉（Kevlar）」、「迪尼瑪（Dyneema）」……等常見的防彈纖維，是鋁合金纖維與蛛絲蛋白編織成的防彈布料，柔軟堅韌、薄如蟬翼，不時泛著銀灰色的光澤。

內襯完全攤開之後面積比床單還大，長得拖地。他再抽出藏在袖子、褲管裡的四支不鏽鋼魔術棒，將它們一節一節完全拉展開來，變成四支細如鐵筷、高度足足有兩米的長杆，將其一端插入地面，另一端撐住內襯的四角，組成臨時的法拉第籠（Faraday cage），隔絕外部的電磁波干擾。

果然如他所料，道道黑影不斷撞上他的複合纖維襯布，卻頻頻不得越過。

他隔著細密的網孔盯著襯布外面的黑影，確定祂們不得近身之後，便按下腕上機械錶的其中一個按鈕。藍寶石水晶鏡面立即彈開，露出下層的阻尼機芯指南針。再同時打開手機的google maps作比對。手機上的電子指南針仍舊不停地晃動，但幅度明顯縮小許多，與手錶上的指南針指向相近，顯然在法拉第籠裡仍能感應到地磁。

吳常用頭頂著襯布，雙手俐落地收回支撐的魔術棒，打算用手頂著襯布再往村裡前進。

此時，他突然聽到一些聲響，於是停下動作，往音源望過去。

只見濃似白漆的霧氣之中，不停傳來尖叫聲。

「啊——」聲音似乎出自一個孩子。

吳常不免心有懷疑：是圈套嗎？

但轉念一想，又不太像。那聲音從遠至近，漸漸清晰。如果是要引誘他離開安全的所在，那音源應該會從近處漸漸拉遠或是一直維持在同樣的距離。如果是要攻擊他的話，又何必事先發出刺耳的聲音打草驚蛇。

想到這裡，他加快收拾速度，魔術棒一收回原狀，便雙手頂著襯布往音源跑去。

與此同時，尖叫聲也越來越近，吳常隱約看到濃霧裡，一個小孩的身影正朝自己奔來。那速度快得不可思議，卻未聽到腳步聲。

他再次起疑，刻意放慢了前進的速度。

孩子的輪廓逐漸清晰，不停揮動著雙手，像在掙扎一般。

吳常也注意到，有一道黑影正如影隨形地黏附在小孩的上方。

原來如此。

吳常再度加快腳步，往小孩的方向跑去。

幾秒後，一個身穿短袖、短褲、打著赤腳，看起來大約五、六歲的小男孩就從霧中浮現。面色驚恐、渾身是血的他肩頭正被一道黑影攫住，飛快地往村子深處拖行。

「啊——」男孩依舊害怕地發出稚嫩的叫聲。

吳常邊跑邊拆開一節魔術棒往黑影扔去。

那節不鏽鋼條打到影子的瞬間，影子又化成了虛態，小男孩隨之摔落地面。

吳常掀開襯布的前方，對小男孩招手，要他也往自己的方向跑。

衣服滿是破損、全身是傷的小男孩，盯著好看到不真實的男人，不知道該不該相信。

此時他們兩人的距離已經拉近不到十米了。

「快過來！」吳常看出他的猶豫與惶恐，對他大聲吼道。

小男孩站起身，抿起破皮的嘴唇，決定相信吳常。正當他握緊拳頭，朝吳常奔去的同時，身後的黑影再度襲來，從濃霧中伸出那枯枝般的五爪。

小男孩用盡全力往吳常身上飛撲，卻還是不夠近，黑影硬是從吳常眼前將小男孩往後拖行而去。

「啊——」小男孩兩隻手掙扎地在地面上抓出十道指痕，「救命啊！」他害怕地哭叫，嗓子都快喊啞了。

吳常不放棄，皺起眉頭，更是加快腳步直奔。他算好角度，再拆開一節魔術棒，往黑影擲去。不鏽鋼條沒入黑影的同時，小男孩再次掉下地面，吳常順勢滑壘過去他身旁，用襯布罩住他。

隨之而來的黑影撲了空，不甘心似地不停在襯布外來回徘徊。

＊＊＊

正當潔弟站在原地躊躇不已時，突然濃霧裡傳來一陣低音，但又與吳常通話時的干擾雜音不同。

「嗡——」

咦？原來在霧中還是能聽到其他地方的聲音啊。那發出聲音的東西是什麼呢？

她好奇地往前方白霧裡張望，卻還是只看到躁動的黑影。

聲音越來越近，她發現是來自前上方的濃霧裡，便奮力地往上跳，卻還是被霧氣給擋住。

可惡！這白霧實在太欺負人了！

倏地，一台銀白色的微型裝置從她前方的濃霧裡竄出，略過她正上方的天空！

是空拍機！

雖然外型不同於常見的四到八軸螺旋槳機型，而是小得像麻雀的迷你直升機，但那球型攝影機還是很好辨識。

空拍機沿著大路往村口的方向飛去，馬上就撞進潔弟後方的濃霧裡，很快就不見蹤影。

看到那現代文明的產物，一種強烈與外界取得聯繫的衝動油然而生，潔弟正猶豫要不要追上它時，大路前方濃霧中傳來一陣急奔的聲響。

「沙沙沙！」

什麼東西啊？

她聽得心驚膽顫，不自覺地蹲低身子，雙手將樹枝抓在面前，做好防禦姿勢。

「沙沙沙！」

越來越近了！

她抓緊樹枝的手開始冒汗。

「沙沙沙！」

啊！不管了，好可怕！

潔弟害怕到沒有辦法再待在原地，轉身拔腿就往村口的方向開始跑。

對不起糯米腸，我真的盡力了！

「救命啊！」潔弟扯著嗓子大喊，「救命啊！有沒有人啊！救命啊！」

突然間，她好像聽到了什麼聲音。似乎是人講話的聲音。

她轉頭一看，濃霧之中，正有幾道黑影急速往她這邊衝來！

嚇得她又轉頭以百米衝刺的速度全力往村口跑。

第十三章 逢

突然有東西從潔弟身後撲過來，猛力箍住她的肩頭！

「鬼啊——」她害怕地閉上雙眼，放聲尖叫。

一時之間忘記攻擊來自後方，手拚命地往前亂揮一通。

「不要抓我啊！我投降我投降！」她骨氣全消地求饒著。

「唉……」身後傳來一名男人的幽幽嘆息，好像相當無奈。

嗯？這聲音好耳熟喔。

她一放下動作，肩膀受縛的力道也當即消失了。她好奇地瞇著眼睛慢慢回頭看，發現來人正是吳常！

他掀開宛如金縷衣般充滿光澤的薄布，將之當成斗篷一樣披在自己的寬肩上，隨之顯現的臉龐俊逸非凡。

要不是因為她已經看習慣了，此刻肯定滿腦子又都是粉紅泡泡。

「阿姨妳冷靜一點好不好！」吳常旁邊一個看起來幼稚園大班左右的男孩，無奈地說。

「誰是阿姨啊！」潔弟冷靜了下來，「要你管啊！」

小男孩聳聳肩，邊擦著鼻血，邊好奇地左顧右盼。他那如幼犬般的圓眼骨溜溜地打轉了一會，疑道：「咦？妳這邊怎麼沒有霧啊？」

「誰知道啊。」她沒好氣地說。

接著小男孩抬頭問吳常：「你是不是大明星啊？」

「不是。」吳常蹲了下來，拿出襯衫口袋中的手帕，為他包紮起膝蓋上的傷口。

潔弟這才驚覺小男孩身上傷痕累累，吃驚道：「小弟弟，你怎麼會受這麼多傷啊？」

小男孩很哀怨地大聲嘆了一口氣，正打算回她話的時候，吳常突然開口：「出去再說。」

吳常包紮好小男孩的傷口，再次站起身。

小男孩抬頭用那雙澄澈晶亮的眼睛直盯著吳常，像是把他當成超級英雄一樣，又崇拜又懼怕地囁嚅道：「謝謝。」

潔弟可以明白這個小弟弟的感覺，當人帥到天理不容的時候的確就有距離感。

雖然接觸以後，才知道他講話才是真正的天理不容。

吳常如同冰塊轉世一般，仍是一貫的面無表情。只是摸了摸小男孩的頭作為回應。

「趕緊走吧。」他冷眼瞥了她一眼。

「幹嘛這樣看我？」

「叫妳別來了。」

「我……我又沒聽到！」她心虛地扯謊起來，不想他察覺她的擔心與在意，「你打給我的時候訊號那麼差，誰知道你在說什麼！」

說到一半，潔弟就臉紅地加快腳步，馬上就走到隊伍最前端。

吳常又在她背後輕嘆了一口氣，但她實在不好意思再回頭看他。

＊＊＊

警車在老梅村大路上奔馳著，車外是不停向後倒退的荒涼景色；零星的黑色廢墟像是一隻隻蹲伏的野狗，靜靜在角落注視著擅闖村子的車輛。

車上，小智話都不敢吭一聲，只時不時不安地偷瞄隊長志剛。

駕駛座的志剛開著車，眼睛直視著擋風玻璃外的村景，對小智下命令：「等下你待在車上，有問題就直接倒車開回村口叫支援。」

「隊長……」

「無論如何都不准下車，聽到沒！」

「聽到。」小智不自覺地摸摸腰際的警槍，心中已打定主意：等下要在後面掩護他。

＊＊＊

「小豪啊——」

潔弟一行人的右前方傳來一陣陣的呼喚，聲音聽起來有段距離。

潔弟、吳常和小男孩的左右兩側都是濃霧，只看得到正前方的窄路。雖然聽得到右前方的聲音，卻看不到喊叫的人。

潔弟停下腳步，側耳傾聽。

「小豪啊——」聲音老成、沙啞，像來自有些歲數的婦人，「你在哪裡啊——」

「你們有聽到嗎？」她手指著右前方，轉頭問吳常和小男孩。

吳常點點頭，表情淡定。而小男孩只是揉揉惺忪的睡眼，安靜地躲在他的斗篷底下。也許是剛才經歷了什麼，全身髒兮兮的他看起來筋疲力盡，隨時會睡著的樣子。

「繼續走吧。」吳常對她點點頭，鼓勵著她。

她握緊樹枝，緊張地繼續往村口移動。

不一會兒，就看到迷霧的盡頭了。

她振奮地跑了起來，卻剛好撞上突然從右前方濃霧跑出來的人。

「啊！」潔弟怪叫一聲。

「啊——」被撞得站不穩的老婆婆，食指指著潔弟，驚恐地大叫，「鬼啊！」

「妳才是鬼咧！有沒有禮貌啊妳！」潔弟不悅地說。但畢竟對方是老婆婆，又被自己撞到，因此還是關心道，「妳沒事吧？」

「妳真的……不是？」老婆婆神情略微惶恐地問她。想伸手碰碰她是不是實體，卻又不敢，手一時懸在半空中。

「鬼有這麼美的嗎？」潔弟指著自己說。

老婆婆愣了愣，不知該作何反應。

唉……最討厭憨厚古意的人了，逗起來都不好玩。潔弟心想。

「咦？這裡……」老婆婆環視一圈，「怎麼沒有霧啊？」

「不管有沒有霧，這裡都不安全，我們快離開吧。」潔弟勸道。

「我不能走，我得去找小豪。」老婆婆搖搖頭，突然想到什麼似地，攫住潔弟的手說，「妳有沒有看到小豪啊？」

那手勁之大令潔弟頗為詫異。即使老婆婆身穿寬大的碎花棉布與九分闊腿褲，也能看出她皮包骨似的四肢，令潔弟難以相信她竟有這樣的力氣。

「誰是小豪啊？」潔弟輕輕掙脫開老婆婆的手，輕拍她瘦骨嶙峋的背，安撫道，「妳先冷靜一下。我們邊走出去邊說好不好？」

剛才聽到那陣陣呼喚想必就是這位老婆婆吧。潔弟猜想。

老婆婆的臉忽然皺成一團，大哭了起來：「小豪啊，你去哪啦？阿嬤找不到你啊！」

原來是找孫子啊。可是這裡危險啊。

正當潔弟在考慮要不要強行把老婆婆帶出村時，小男孩突然從吳常的斗篷底下冒出頭來。

「阿嬤！」他驚喜地叫道，「妳怎麼在這？」

老婆婆聞聲抬起老淚縱橫的臉，一看到是自己的孫子，立刻衝上前抱住他。只是這下哭得更慘了。

「我的寶貝孫子啊！」她激動地連聲音都顫抖著。

反倒是人小鬼大的小豪，拍拍她瘦弱的背：「阿嬤妳冷靜一點好不好！」

***

「嘎咿——」荒野中傳來刺耳的煞車聲。

警車倏地在一道霧牆之外停住，速度急遽地歸零讓車上兩人都明顯慣性地往前晃。

志剛手勢一比，示意小智換坐駕駛座。接著俐落地掏出警用手電筒，毫不猶豫地開門下車。

小智立刻坐了過來，盯著志剛往車前的霧牆跑。趁志剛停下來打量的時候，拿起警槍取出彈匣確認子彈。

「喀！」彈匣再次被推回槍枝中。

小智已經準備好。等志剛一進入濃霧中，他就跟著下車進去。

***

志剛跑到濃霧前，對於眼前的景象感到不可置信。這是他第一次進到老梅村，更是第一次親眼見到局裡老一輩說的霧牆。

他首先注意到大路正前方隱約有一區霧特別稀薄，能看見路面。不過與村口過來時那野草橫生的狀況不同，前方的路幾乎沒有雜草。

他倏地想起局裡老鳥耳提面命的話：那些逃犯要是跑進村裡就別追了。鐵定出不來啦。那是活該、是報應、是命！不用同情他們，誰叫他們要往那跑咧！警察千千萬萬別進去，進去了，就是陪葬啦！

志剛打開皮夾裡的照片。照片中，一個穿著舊式警服的中年男子對鏡頭微笑著，一手搭在一個小男孩肩上，另一手豎起大拇指比「讚」。小男孩笑得燦爛，雙手則是比著勝利的手勢。

志剛的目光聚焦在穿警服的男人身上。

爸，保佑我吧。他心裡默念著。

收好皮夾，隨即走入霧中。

***

潔弟看著這對祖孫正感到暖心時，吳常再次催促道：「走吧。出去再說。」

潔弟攙扶著老婆婆走的時候，前方又突然傳來腳步聲。

「誰？」老婆婆驚慌了起來。

眾人往村口方向望去，只見一個身材與吳常一樣高䠷，但更加魁梧的男子邁步走到霧的盡頭處。

「志剛！」潔弟大聲叫著。

站在霧牆邊緣的志剛一認出潔弟、吳常，頓時鬆了一口氣，對他們招招手說：「快出來吧。」

不料，潔弟一行人左、右邊的霧氣不知為何瞬間湧向他們，尤其是接近霧牆盡頭那裡！

「啊！」老婆婆和小豪齊聲尖叫，開始向外奔跑。

潔弟呆愣了半秒後，打算追上去時，卻被背後的吳常拉住。

「等等，」他說，「事有蹊蹺，先不要輕舉妄動。」

就這麼幾秒間，白霧就澈底將他們兩人、老婆婆和小豪、志剛給隔開。

潔弟迅速環視四周的變化，發現儘管霧牆盡頭現在已跟兩側一樣都是濃到無法看清，但她和吳常站的位置仍然沒有半點霧氣。

這其中的邏輯是什麼，她實在想不通。

「試試往前走，」吳常說，「慢一點，看白霧會不會再開出一條路。」

「嗯。」潔弟慢慢踏出一步，又一步。果然，前方的霧氣又慢慢消退，讓出路給他們走。

不過，情況並未因此樂觀，潔弟隱約看見前面的白霧中開始憑空聚集黑影，而且數量非常多，簡直就像是要把他們的唯一出路堵死一樣！

第十四章　霧中仙

濃霧裡，雜訊般的噪音「滋滋」大作，霧氣隨著潔弟的腳步快速向兩旁散開，直到看見前方被黑影團團包圍的志剛，潔弟才發現他周圍的霧氣仍舊濃密，絲毫不因她的腳步而有所退讓。

此時志剛正奮力掙扎著抵禦黑影的撕扯抓刮。祂們都有著人一般的漆黑形體，臉孔卻各不相同；有的是驚恐，有的是悲慟；有的是憎恨，又有的是純粹的猙獰；表情皆像是被冰凍般僵凝著。

瀰漫的霧氣之中，潔弟突然看見一個小如水管的黑洞從另一頭冒出來。

糟了！

一股初萌生的念頭還沒形成，莫名不祥的預感就先狠擊心頭，她心跳倏地加劇跳動。

「不要！」志剛甩開黑影，往潔弟、吳常的反方向伸出雙手，作勢要飛撲過去。

「碰！」一聲悶響傳來，猶如工地常有的重物撞擊聲。

時間宛如被放慢了數十倍一般。潔弟清楚看見一顆子彈從槍口射出，彈殼瞬間往槍身的方向飛。可是她反應不夠快，來不及控制身體閃開，甚至來不及尖叫，只能眼睜睜地看著彈頭以螺旋彈道往她這邊飛來！

她倒抽了一口氣。就在它即將沒入她的身體時，一道銀白色的金屬織布搶先遮住了她的視線。

「鏗！」彈頭撞上了吳常的防彈衣，響起清脆的金鳴。

潔弟心臟好像漏跳了一拍，腦袋一片空白，雙手慌亂地摸著身體上下左右，確認自己有沒有哪個地方中彈。接著，她不自覺地用力大口深呼吸好幾次，身體直打哆嗦，因剛才真的離死亡太過接近而一陣後怕。

前方盡頭的霧氣也在志剛飛撲出去的瞬間散了開來。在吳常將舉起防彈衣的手放下時，潔弟看到霧牆以外，渾身狼狽不堪的志剛搶走了小智手上的槍，而小智被自己差點射中她的舉動而嚇得呆若木雞。

「走吧。」吳常拉著有些腿軟的潔弟走出霧牆盡頭，再度回歸正常的世界。

潔弟一出霧牆，老婆婆就激動上前對她說：「老梅人！太好了，謝謝妳！我現在才想到！」還邊說邊拍手，「原來是這樣！」

「什麼？」潔弟困惑地問她。

老婆婆講的方言她雖聽得懂，但因為口音的關係有幾個字她不太確定。

「妳是老梅人啊！」老婆婆開心地對潔弟露出笑容。當她興奮地拍潔弟手臂時，手卻這麼硬生生穿過去！

她們目瞪口呆地看著彼此，一下子震驚地說不出話。

潔弟這時才注意到：一離開濃霧，老婆婆就漸漸變得透明，而她身旁的小豪也一樣！

祖孫倆驚恐地注視著彼此的變化，跟潔弟一樣不明所以。

難道他們也不知道自己已經……

隨即，他們澈底消失。潔弟看著地上那原本繫在小豪左膝的格紋手帕，感到有些鼻酸。

好不容易找到彼此的……

這時，耳邊傳來了「轟隆、轟隆」聲響，好像厚厚的烏雲低空聚攏時發出的嗡鳴，像是為即將來臨的大雨或閃電揭開序幕。

「快走！」吳常拉起潔弟的手往警車直奔。

潔弟還來不及回頭，就先被吳常塞進車裡。

「碰！」吳常和志剛同時關上車門。

和吳常一起坐後座的潔弟，往中間探出頭看著前方。

擋風玻璃外，超過十米高的濃密白霧如洩洪般快速湧來！

奇怪，剛才進村裡的時候，濃霧還沒那麼高啊。她心想。

「隊……隊長……」副駕駛座上的小智指著窗外不可思議的景象，結結巴巴地說。

好在車子未曾熄火，駕駛座的志剛鎮定地將N擋打到R擋，直接倒車往村口急速移動。

兩側車窗外，一座又一座如墓碑似矗立在雜草中的廢墟快速往前掠過，逐漸被排山倒海襲來的濃霧吞噬。

警車很快就突破重圍，退出村口駛回濱海公路，停在梅不老名產店外。

窗外仍是進村前的萬里晴空，此刻夕陽正於海天交際之間緩緩沉下，將遠方海平面照得波光粼粼、金光閃閃，斜斜的陽光照得車裡一片暖黃。

方才驚魂未定的潔弟，現在總算敢鬆口氣，任由身體虛脫似地癱倒在後座上。

志剛打到P擋，正要拉上手煞車時，小智突然急忙衝出車外，不停地大口喘氣、來回踱步，試圖撫平剛才驚見鬼影幢幢的濃霧的恐懼，還有緩和差點誤傷潔弟的罪惡感。

沒想到，志剛趁機拉上副駕駛座的車門，將車子鎖上。

車外的小智完全沒發現，只是逕自在名產店前無意義地走來走去。

潔弟不明就裡地看著志剛的舉動，再望向吳常。他仍是一號木頭表情，但眼神中流露出一股篤定，顯然清楚志剛為何鎖門。

也是，吳常這傢伙精得跟猴一樣。她心想。

「說吧，這是怎麼回事？」志剛問他們。

「呃……吳常跑進村裡調查，」潔弟手指向大路路口的方向，「我又在路上撿到他手機，所以也跟著走進去找他，然後就……」

「他要問的不是這個。」吳常打斷她的話。

「然後就被困在霧裡？」志剛語氣盡是揶揄，透過擋風玻璃上的後照鏡，挑眉看著她。

「哪有，」她挺起胸膛說，「那是你一進來，霧才又聚在一起好不好。本來有一條路可以給人進出的。」

「不是給人，」吳常饒富興味地說，「是給『妳』走的。」

「給我？」她納悶地皺起眉。

「老梅人。」吳常又丟給她一個提示。

「什麼？你怎麼跟那個老婆婆說的一樣？」

「她什麼時候說這句？」

沒想到吳常連眉頭緊鎖的樣子都十分俊秀迷人。

「就在你拉著我走出霧牆的時候啊。」

吳常沉默了幾秒，才淡淡地說：「那是對妳而言。對我來說，我們走出霧牆的時候，他們就已經消失了。」

「不對，」志剛插話，「潔弟的出生地和戶籍地都在天龍市。」

潔弟震驚地瞪著志剛，心想：等等，你現在是暗地裡調查我，然後還在我面前大剌剌地談起我的身分背景嗎？還要不要臉啊楊志剛！

「也許是祖輩？」吳常猜測。

從他毫不意外的眼神當中，她懷疑他也曾經暗中調查過自己。而這個想法讓她非常不滿。

「不可能，」志剛偏著頭思索著，「我剛在霧牆外看到一區霧特別淡時，也是這麼想。但是，這裡傳說的老梅人是指在老梅村裡出生的人，與祖籍無關。而大部分老梅人在二、三十年前就開始人口外移，剩下的只有幾戶住在濱海公路這一排。」志剛頓了頓，接著說，「而且，真正的老梅人是絕對不敢進去村裡的。除非是不懂事又不聽勸的小屁孩。」

「為什麼？」吳常問。

志剛閃避後照鏡裡的吳常視線，低下頭沒答話。

「我不希望你對我有所隱瞞。」吳常冷冷地說。

潔弟聽得出他語氣中隱含的抱怨，有點擔心這兩人的關係是不是朝BL的方向發展。

志剛抬起頭，不過仍不敢與後照鏡裡的吳常四目交接，而是看著前方擋風玻璃外的公路景色。

「因為，」他握著方向盤的手指用力到泛白，彷彿下了決心似地閉上雙眼說，「他們的長輩當年好不容易才從那裡死裡逃生。」

「什麼！那……那霧中的黑影……」一股恐懼感又再度浮上心頭，潔弟雙臂環抱住自己，既好奇又害怕知道答案。

「不知道，這誰都說不清了。」志剛邊敲著煙盒邊解釋。

當地人普遍謠傳：平常從村口看進去，村子裡是不會有白霧的。只有當人走進村裡，越過某個交界時，白霧才會突然出現，然後慢慢往人的方向瀰漫過去，直到將人澈底吞噬為止。即便站在霧牆外，也能看到霧中有黑影在飄動。沒人知道那些黑影是什麼，但都尊稱祂們為「霧中仙」。

「呃……太誇張了吧。」潔弟試著用常理來解釋，「這霧會不會只是剛好反潮啊？」

吳常一臉無奈地看著她，眼神明顯在同情她拙劣的推理能力。

「妳看看我這身傷，」志剛舉起手臂，「像是水蒸氣幹的嗎？」

那被割得支離破碎的袖子滲著條條血絲，著實令人怵目驚心。

他不過靠近白霧邊緣沒多久，就已傷痕累累。相較之下，毫髮無傷的潔弟跟吳常實在太幸運了。

「從來沒有外人進去白霧之後，還能再出來的。」志剛似乎不把滿身傷當一回事，雙手枕在頭下，調侃道，「你們兩個啊，真不知道是走了什麼狗屎運。」

「那……那個老婆婆，還有那個小豪呢？」潔弟拍拍前座的志剛追問。

「叩叩叩！」小智的敲窗聲打斷了他們的談話。

志剛將副駕駛座的窗戶降下，順便開了小智那邊的門鎖。

小智從窗戶探頭進來說：「有狀況。」

志剛挑挑眉，慢條斯理地走出車外。

潔弟跟吳常都好奇地往車窗外看，外頭的聲音可以從副駕駛座的車窗傳進來。

第十五章
失蹤

「我們這邊幫忙打掃的阿婆好像也失蹤了。」陳大頭說。

「然後呢？」志剛一臉皮笑肉不笑的樣子，明顯表達出他完全不在意這件事。

「呃……」陳大頭沒預料他會這麼說，一時之間不知作何反應。

「就這點破事你把我叫下車？」志剛面無表情地問小智，眼神充滿殺氣，「你要不要順便幫忙失智老人和失學兒童？要不要順便幫忙抓蛇、抓姦、抓小偷？」

「呃……」小智感覺生命受到威脅，一下子說不出話來。

「你是刑警，就給我拿出刑警的樣子。我問你，」志剛輕聲說話，表情卻充滿惱怒，「現在是什麼狀況？」

「呃……」這下換小智開始緊張了，他吞吞吐吐地說，「我……我是想這搞不好是什麼重大案件啊……」

「分析的依據是什麼？」

小智低下頭，不知該如何回答長官的話，心想：就直覺啊！要不然咧！

志剛不屑地白了他一眼，轉頭問陳大頭：「你是要幫她報失蹤？還是有別的事？」

「呃……就是失蹤。她已經兩天沒來啦。」陳大頭冒著滿頭大汗，依然著急地搔抓著臉，對志剛和小智說，「她在這邊做這麼久了，從來沒有曠工過啦！」

「別著急，會不會是家裡臨時有事，所以沒辦法過來？」小智積極地協助釐清問題。

「那也總該打個電話吧？而且阿婆家離我的店這麼近，有事情走過來講一聲也好啊。」

陳大頭說。

「唉，」志剛嘆口氣，吩咐道，「小智，跟局裡確認一下這兩天有沒有失蹤案件。」

「是。」小智立刻從口袋掏出手機打電話。他就知道隊長是刀子口豆腐心。

「對對對，那阿婆的孫子也大了，出了什麼事應該會打電話報警才對。」陳大頭點頭稱是。

「確定都聯絡不上？」志剛漠然地問他，「阿婆的家人呢？」

「唉阿婆家就只有她跟孫子兩個人，當初就是同情他們才給她一份工作糊口，誰知道……」

小智講完電話，對志剛搖搖頭，表示沒有接獲類似的報案。

「這下糟啦！會不會連那孩子也出事啦？」陳大頭說。

他原本只因店裡這兩天沒人來打掃感到不滿，又電話聯絡不上阿婆，剛好警察經過就順便通報一下，但現在狀況好像越來越複雜了。

「陳老闆，失蹤案件不在我跟他的職責範圍內，小智等下會幫你轉給局裡負責這個業務的同事處理。」志剛拍拍小智的背，「沒什麼事我先上車等你。」

「去看看，」吳常冷不防從志剛和小智的背後出聲，「她家不是就在附近嗎？」

「啊！」小智嚇得鬼叫一聲。

志剛表情沒有太多變化，只是不耐煩地說：「咕！又來多管閒事！」

＊＊＊

阿婆本名黃招弟，因為學歷不高，年事又已高而找不到工作。為了扶養孫子長大，她竭盡所能地想辦法謀生。除了每天到附近的觀光景點撿垃圾做回收，也會帶著孫子到海邊撿海菜。

本來靠著政府的補助金，日子還勉強過得去。只是孫子一天一天長大，阿婆開始煩惱自己沒能力供他就學，怕耽誤他的將來，便厚著臉皮到鄉里有名的大老闆——陳大頭那求個鐘點清潔的差事。

出乎她意外，陳大頭不但豪爽地一口答應，更要她當天就開始上班。

這個機會得來不易，阿婆又是雀躍又是感激，一心想著：只要多了這些錢，寶貝孫子的學費就有著落了。

每當她走進店裡骯髒惡臭的廁所，她就會想像孫子在學校認真上課的模樣，馬桶的味道就變得沒那麼濃重了；每當她徒手將垃圾分類時，她就會想像著孫子上台領獎驕傲的模樣，穢物的觸感就變得沒那麼噁心了。

若是身體不舒服或膝蓋疼痛，孫子會孝順地扶她坐下來歇息，請她請假別去工作了。但她總會咬著牙關，逞強說她沒事，依然準時到店裡報到。

＊＊＊

而陳大頭，其實他哪是佛心大發呢！

像阿婆這樣的人來當黑工對他來說簡直再好不過！不會挑剔工作性質辛苦、髒亂，不知道清潔工的行情和勞、健保的權益，更會因為珍惜這份工作而任勞任怨，比請移工還划算。此外，雇用她，陳大頭還能在鄰里間博個愛心美名，塑造慈善楷模形象，怎麼算都百利而無一害。

也果然如他所料，從那天起，阿婆每天都勤勤懇懇地工作，從不遲到，從不抱怨，更從未摸魚過，簡直就是他心中的理想員工！

要不是現在無故曠工兩天，又好像出了事，我還真想繼續雇用她咧。陳大頭心想。

他怕自己搞混，還先跑回店裡跟其他店員確認阿婆家的位置，才帶著一行人前往阿婆家去察看。

＊＊＊

招弟阿婆家也一樣在濱海公路旁。不過與老梅村口周遭的透天厝和平房不同，它藏身於一間鐵皮屋和木頭搭設的臨時工寮之中。

鐵皮屋的屋況看來相當老舊，屋簷和外牆到處都是斑斑褐色鐵鏽；海風一來還會微微震動，好像隨時會散架一般。朝馬路這邊的窗戶外有著格狀鐵窗，裡頭的霧面玻璃看不清屋內的狀況。褪色的朱紅鐵門看來也有些年份。

屋外的木製欄杆看來十分粗糙、滿是蛀孔，應該是阿婆撿拾海邊的漂流木枝回來釘成的。欄杆上整齊地掛著海菜、菜脯和酸菜。而屋簷下的兩邊鐵柱則都綁著各種分類過的回收物，氣味酸中帶辛，奇臭無比。

陳大頭一手捏著鼻子，一手嫌惡地揮開滿天飛舞的蒼蠅，上前敲著鐵門，對屋內喊著方言：「阿婆啊！是我啦，我是妳頭家陳大頭！在嗎？」

眾人等了半晌都沒回應，正當吳常從袖口抽出兩段合金鋼絲打算背著公路將門撬開時，志剛突然按住他的手，開口說：「小智，你先送陳老闆回去，把車開過來。」

「喔。」小智應聲。心想：不知道隊長又在打什麼主意了。

小智和陳老闆走遠後，志剛趁這個路段沒人、車經過，從鞋跟底下抽出一串百合匙，三兩下就俐落地將門鎖打開。

百合匙又稱萬能鑰匙，是鎖匠的必備工具，開這類構造簡易的門鎖可說是不費吹灰之力。吳常一看見志剛拿出如此專業的開鎖工具，雙眼頓時為之一亮，大方地點頭給予讚賞。

開放式的屋內陳設非常樸實、簡陋，沒有牆面區隔客廳、廚房和臥房空間；一張低矮的折疊麻將桌和幾張小板凳就拚湊出基本的客廳輪廓。木牆上的白漆斑剝，貼著幾張卡通海報，看來應該是招弟阿婆的孫子喜歡的人物。

志剛和吳常四處察看，視線同時被冰箱上的一張拍立得吸引。照片中，孫子捧著一個小蛋糕，吹熄上頭的蠟燭；阿婆則和周圍的人在他身邊開心地拍手。從人物和背景來看，應該是阿婆和梅不老名產店的其他店員正在店裡幫她孫子慶生。

兩人同時也注意到，阿婆和孫子的模樣正是在村中白霧裡撞見的身影。他們互看一眼，心照不宣。

吳常環顧四周，留意到涼蓆床面上有本薄薄的簿子和廣告原子筆。他掀開一看，裡頭重複寫滿了密密麻麻的「李家豪」三字，字跡歪曲又少了幾撇筆劃，看來是本練字本。

「的確是他。」吳常闔起簿子，遞給志剛說，「那個老婆婆在霧中喊她孫子的時候，都是叫小豪。」

「稀奇。我們都在霧中看見他們兩個，但過幾秒他們又同時人間蒸發。」志剛也打開本子，瞥了兩眼。「都死了。」

「嗯……命案啊……」志剛闔上本子，放回原位。

「八九不離十。」

「那我們當時怎麼會看見那兩人活蹦亂跳的？」志剛正色地說，「我們兩個又不像潔弟一樣有陰陽眼。」

「是霧。」吳常的瞳色再度轉為藍紫色，興奮道，「那霧非比尋常。」

＊＊＊

回到車上後，志剛告訴潔弟，她在老梅村濃霧中見到的那對祖孫就是陳大頭通報失蹤的阿婆——黃招弟和她的孫子——李家豪。而且很有可能，兩人都已不在人世。

潔弟知道志剛加註「可能」兩字是想給她些希望。但她比誰都清楚，在那樣的情況下，他們不可能是活人。因此多少有些惆悵。

「至少他們的身分得以大白。」志剛這句安慰顯得蒼白無力。

從小智那裡聽到這對祖孫的身世，潔弟覺得他們的存在就像是幽靈人口，又像是生死無寄的浮萍。

「也是，」小智感嘆地說，「如果我不是警察，根本無法想像季青島每年會有這麼多失蹤人口。」

「尤其是這裡。」志剛補充說。

「對。」小智附和道，「其實不只是老梅，整個石門、金山一帶，常常都有很多人失蹤。這裡治安實在令人堪憂啊。」

「下次要調查前先說一聲。」志剛交代潔弟跟吳常。

「嗯。」潔弟點點頭。

在經歷這件事情之後，志剛的話對她來說有了不同以往的份量。

「如果還有下次的話？」小智看著她憂心地說。

「那當然。」吳常修長的手指來回翻轉著銅板。

詭異的濃霧並未讓他知難而退。相反地，他越來越感興趣了。

「我倒覺得，」他雙眼再度轉為藍紫色，閃耀著炙熱如火的光亮，富有磁性的醉人嗓音說，「濃霧裡的惡鬼橫行只是幌子，怕人來尋訪才是真。」

第十六章　線索中斷

清晨的陽光透過落地窗灑進了金沙大飯店的P07總統套房。

仰躺在駝色麂皮沙發上醒來的瞬間，吳常才意會到自己又在客廳睡著了。

「唉。」他嘆口氣，心裡埋怨身為人類的痛苦。

儘管人類自詡是高等生物，而且已是近親動物中睡眠時間最短的，但仍舊擺脫不了必須休息的事實；這對他來說無非是種困擾。

他多羨慕睡覺時可以大腦輪流休息的海豚。但轉念一想，推理這種心智活動還是需要左、右腦整合的思維才能進行。

過去他一直以為有遠見的科學家們會為了未來人類文明與文化的高度發展，而想辦法提升人體運作的效率，進而澈底終結睡眠。他甚至因這種可能而對未來人類暗自嫉妒不已。沒想到這麼多年過去，竟然沒有一個科學家提倡做這件事。

難道這些科學家都不討厭睡覺嗎？

吳常一度提出這個令自己震驚萬分的假設，隨即又因這念頭太過荒謬又難以理解而打消。

奶茶色喀什米爾地毯被散落一地的文件堆壓得動彈不得。

深褐色茶几上，由螢光藍雷射光束勾勒出的全息立體影像正是老梅村佈局，看得出濃霧外圍的荒野地形和建物。

這個構造複雜的3D模型是由客廳天花板和牆面兩處的微型投影機共同投射出來的三軸科技結晶。AI系統將空拍機拍攝村子的影片解構、分析、逆向運算出建模參數，精確度超過

85%。可惜空拍機拍不到濃霧籠罩的區域，且那日吳常設定空拍機往村口的方向飛，所以空拍機也沒拍到村子底部靠懸崖的區域，因此這個村落模型並不完整。

這偏僻古老的村落裡，街區大致是以整齊的棋盤式建造，且方正的四邊還各自剛好垂直東南西北四個方向。雖然吳常對風水一竅不通，但即便是外行人也不難看出村子當初是經過精心規劃設計的。更令他驚奇的是，正如潔弟所猜測的，這村子除了當天他們進出的東西向「大路」以外，其實還有另一條寬度相仿的南北向道路。不過那條路與其他田埂小路一樣也是極為不平坦，看來也是不常有人走的荒僻路徑。

黃招弟、李家豪這對祖孫究竟是怎麼進到村裡？又是何時死去的？死因和進村的動機又是什麼？

依潔弟轉述那天與黃招弟的對話來看，這兩人應該都不是土生土長的老梅人，而是後期才從外地遷入的。

越來越多接踵而至的謎團，令吳常越發興奮。

雖然這對祖孫遇害的前因後果可能再也無法知曉，但他們的背景有可能過不久就可從志剛那裡得到答案。真正吸引吳常、讓他搜尋一整晚資料的其實是空拍機「拍不到」和「沒拍到」的區域。

〈老梅謠〉提到的「陳家」會不會在濃霧裡？還是在村子底部、靠近懸崖一帶？

他邊揣測邊將所有能找到的季青島東北角發展史、地方誌和所有陳姓名門望族通通看過一遍。結果折騰一整晚也沒查到什麼相符的人士或家族。唯一的收穫是對早期東北角產業與貿易有了通盤的了解。這是目前看來最易發展的線索。畢竟一個家族有錢到富甲一方，必定要有一定規模的家業。他期望可以從當時的經濟活動下手，再反向順藤摸瓜，找出那個傳說中坐擁金山的陳家。

手邊蒐集到的資料仍不夠齊全，吳常決定要再跑一趟老梅問個清楚。

不過，眼下他需要先來一杯熱咖啡。想到這裡，他傾身按下沙發邊角桌上的電話快捷鍵。

「來杯熱咖啡。我馬上要出門，道具清單我留在桌上。」

「好的，」電話那頭傳來廖管家溫和的口氣，似乎對他的需求早已習慣，「除了熱咖啡以外，是否一併幫您準備早餐呢？午餐或晚餐需要幫您準備嗎？」

「直接送早餐過來。午餐不用，晚餐照常，謝謝。」

結束通話後，吳常站起身，邊伸展僵硬的四肢邊走到落地窗前。

窗外海天一色的美麗沙灘讓他想到了不久前，這間飯店所在的渡假村發生的謀殺案，也讓他想到了潔弟。

看來不學方言不行啊。

不過就現階段而言，他還是需要潔弟的協助才行。

＊＊＊

一名身形修長高䠷的黑髮男子走在塵土飛揚的濱海公路上。背著黑色大背包，穿著休閒黑白 polo 衫、深色牛仔褲和白色 adidas 休閒鞋，從背面看起來就跟普通大學生沒兩樣。吳常還故意戴上黑框眼鏡，把頭髮用得凌亂，企圖給人一種認真研究、無暇顧及打扮的邋遢學者印象。

只可惜，他忘記一切的重點還是在臉。潔弟心想。

「叮咚！」吳常按下梅不老名產店隔壁的住家門鈴，開始了他的第二位田調訪談對象。

「誰啊？」屋裡傳來一個沙啞的男性嗓音，講的是吳常不懂的方言。

沒幾秒就有個年齡約五、六十歲的男人開門，探出頭來警戒地盯著吳常、潔弟看。

「你們是什麼人？」

「你好，我們是研究地方歷史的，想訪談一下這裡的居民。」潔弟說。

「不知道不知道！走開！」他不耐煩地揮揮手，頭縮回去，又「砰」一聲把門關上。

潔弟聳聳肩，對吳常說：「走，下一家換你試。」

接下來十二家不是沒人在，要不就是像第一家一樣講幾句話就把他們打發走。

不過令潔弟訝異的是，像吳常這種萬眾矚目的魔術師，心情似乎不受影響，還是一貫的冰山表情，看不出任何起伏。

「還要繼續嗎？」潔弟問他。

「當然，」他說，「不是只剩兩家了？」

最後兩家房屋的外觀很像，都是三層樓的別墅，前門附帶花園和露天停車場。只不過倒數第二間是白色外磚的美麗洋房，最後一間則是外牆砌上淺灰色石磚的樓房。

他們站在白色別墅的籬笆外，按下復古立式郵筒旁的門鈴後，隨即有個相貌約七十左右、打扮簡樸卻不失優雅的老婦緩緩開門。

待他們告知身分和來由之後，嬌小而微微駝背的她便慢慢走出家門，沿著各色波斯菊、番茄和薄荷的花圃小徑，推開籬笆來見他們。

老婦人皺著眉對他們說：「可以是可以，不過我恐怕能回答你們的不多。」

「姐姐，」只要需要，潔弟稱呼陌生女性長輩永遠都叫姐姐，「妳別這樣說，妳願意讓我們訪談，我們就很高興了！」她摟著她窄小的肩膀說。

「呵呵呵……這邊先坐吧，孩子們。」老婦人指著花園裡的桌椅，「我去泡個茶。」

吳常挑了下眉，頭偏向一旁，似乎對潔弟大膽又親暱的舉動感到意外，又似乎在思索著「姐姐」這個稱謂究竟能起多大的化學變化。

出乎意料地，老婦人端上來請他們吃的是一大塊非常美味的提拉米蘇，配上用 1000ml 啤酒杯盛裝的冰摩卡咖啡，上頭還擠了點鮮奶油。

潔弟舔抿著唇上的鮮奶油鬍子，覺得好幸福，有股衝動想大力拍桌叫好。

一頓茶點下來，老婦人對吳常的問題是有問必答。只不過，十五年前搬來這裡退休養老的她，確實如她自己所說，知道的很有限。

沒得到太多有利的線索倒不意外，但是老婦人對吳常過份的熱情，讓他坐立不安。畢竟他向來不喜歡跟人有肢體接觸，潔弟可說是罕有的例外。

「你跟我老公年輕的時候長得好像啊。」老婦人手橫過桌面，想去碰吳常的手。

潔弟起身伸手將吳常桌上吃一半的蛋糕端過來吃，藉機擋掉老婦人的手。

妳還記得妳有老公啊！潔弟心裡罵道。

「是嗎？」潔弟若無其事地問她，「姐夫應該更帥吧？他在家嗎？」

老婦人搖搖頭，說：「唉，他五年前就走囉……」

「啊真抱歉，問了不該問的。」潔弟急忙道歉。

「自從他走了以後，我一直都很寂寞……」老婦人邊說邊伸出玻璃桌下的腳想去碰吳常。

「啊！」潔弟伸直腳再度擋住她的攻勢，「我好像被蚊子叮了。」一手在膝蓋上抓癢。

「我想問的都問完了，謝謝招待。」終於受不了的吳常站起身，向老婦人點頭致謝。

「這麼快！再坐一會兒嘛！我還有很多好吃的啊！」老婦人也急切地站起身。

「那個……姐姐不好意思，因為我們還有很多訪談工作要做，真的要先走了，謝謝妳啊！」潔弟一邊對她點點頭，一邊推著吳常往前走。

「唷，妳孫子啊？帥的咧！」與隔壁灰色磚房交界的籬笆上，突然冒出另一個身影。是一位外貌看起來約莫五十出頭、體態豐腴的短髮女人。話一說完，便推開自家籬笆，走到吳常跟前，上下打量著他。

「才不是！我哪有那麼老！」老婦人瞇著眼對鄰居說。

「那他是誰啊？」短髮女人伸手作勢要捏吳常的臉，他反射性地閃開，躲在潔弟身後。

這個反應讓短髮女人很沒面子，她撇撇嘴，意識到吳常與眼前這個嬌小白皙、看起來甜美玲瓏如大學生般的女人熟識，不情願地瞪著她。

「那妳這個小不點又是誰啊？」她指著潔弟的鼻子，口氣有些逼人。

那副嫉妒又看不起人的眼神讓潔弟非常不舒服。

「請妳講話尊重一點，」潔弟直接打掉短髮女人的手，決定將謊言貫徹到底，「我表哥不喜歡沒有禮貌的女人！」接著更抬頭挺胸地說，「更不會喜歡家人不喜歡的女人！」

「喔，原來你們兩個是親戚啊。」太太態度馬上軟化許多，「怎麼會來這裡啊？」

「我表哥是文史學者，今天是來訪談這一帶的居民的。」潔弟壓抑下怒氣，盡量不帶表情地說。

「這樣啊，那應該來問我才對啊。我跟那個大頭從小一起長大的，這裡的事我熟得很。大頭妳知道吧，就是那個梅不老啊，很大一家、賣土產的老闆陳大頭啊。」

潔弟信以為真，驚喜地說：「真的嗎？妳都知道啊！」

看來今天還不算完全沒有收穫嘛！她振奮地想。

「要不，來我家坐坐，順便……吃個午餐吧。」短髮女人對吳常說，說完還臉紅地低下頭。

這又是什麼狀況？好像不太妙。可是搞不好真的可以打聽到什麼……潔弟猶豫地想。

「不必了，謝謝。」吳常倒是乾脆地直接拉著潔弟走。

當他們步出老婦人家的花園時，隔壁的短髮女人一個箭步過來，展開雙臂站在吳常面前擋住他們的去路。

「別急著走嘛。」短髮女人說。

「就是啊！我家還有波士頓派、黑森林蛋糕，還有那個……重乳酪起士蛋糕！」老婦人邊追上來邊對他們喊話，眼神閃爍著愛慕與希望。

「那多甜啊！現在是中午時間耶，妳以為是下午茶啊！」短髮女人大聲嚷道，「我告訴妳，我中午就打算來煮個空心菜炒羊肉宮保雞丁蝦仁炒蛋五更腸旺麻婆豆腐梅干扣肉！」一口氣念完，眼睛連眨也不眨。

厲害！潔弟心裡鼓掌叫好。

「香噴噴又下飯！」短髮女人邊說邊浮誇地閉上眼陶醉在自己的廚藝之中。

嗯是有點餓了。潔弟心想。

她低頭看自己的肚子，卻發現小腹微凸，只好洩氣地放棄大飽口福的盤算。

「妳一個人吃還不撐死妳！」優雅的老婦人動了氣，對短髮女人叫罵道。

「誰說我一個人吃？我就偏要小鮮肉陪我！妳才該一個人做甜點做到心臟病發吧！」短髮女人不甘示弱地回嗆。

眼看這次的田調訪談變成一場鬧劇，潔弟聽著她倆吵架的聲音，一股無名火在心裡竄得越來越高。

「哼，妳也不看看自己多大年紀了！妳以為妳還是什麼美少女啊！」老婦人邁開八字腿，一手叉腰，一手指著短髮女人罵。

「比妳年輕！比妳美！」短髮女人故意用尖酸刻薄的語氣回敬。

潔弟心中的怒火再也壓不下來，對她們怒吼：「妳們矜持一點好不好！」

兩個女人被這突如其來的高分貝聲音給嚇得愣住了。

吳常趁機拉著潔弟往前走，她想再多罵幾句，力氣又比不過他，只好邊走邊回頭罵：「人家臉都綠成這樣，妳們還一直蹭過來，都不會不好意思嗎！兩個可惡的女人！來啊！來打架啊！氣死我了妳們……」

第十七章 意外阻撓

回到了金沙飯店，潔弟仍氣呼呼地對吳常說：「你這個紅顏禍水！幹嘛那麼客氣啊！如果剛才我不在，你早就被脫到連褲子都不剩了吧！」

「我不太理解她們的意思，」吳常蹙眉煩惱道，「也不知道她們為什麼要一直碰我。」

「對厚，你聽不懂方言啊！」潔弟這時才突然明白為何吳常剛才反應這麼木訥，「那她們吃你豆腐，你總可以反擊一下吧！」

「不打女人。」吳常搖頭說道。

「這種時候就不需要保持紳士風度了吧。」她握拳激動地說，「你就應該狠狠跟她們說你是gay，澈底斷了她們的意淫才對啊！來，學我比一下這個！」

「嗯，也許。」吳常認真地學她比出蓮花指，面有愁容地說，「我只是沒想到自己走到哪裡，都剛好是當地女性喜歡的類型。」

「嗯……」潔弟看著比出蓮花指，又嚴肅正經地對自己傾訴煩惱的吳常，她臉憋笑憋到快抽筋了。

「吳先生，志剛和小智來訪。另外，您要求的道具都幫您準備好了。」

廖管家的即時出現拯救了潔弟的顏面神經，她大吐一口氣，勉強平復笑意。

「謝謝，請他們進來吧。」吳常邊說邊把黑框眼鏡摘掉，炯炯有神的雙眼再度顯現。

＊＊＊

「怎麼樣？說好的資訊互通呢？」志剛一進門就開門見山地問吳常，「去訪談又不講一聲。」

「你們來的時間真不湊巧，我正要排練待會的表演。」吳常語氣冰冷而堅定。

潔弟對他的態度感到意外，不知道自己是不是錯過了什麼。

吳常怎麼突然對志剛這麼冷漠？兩人有吵架嗎？這聽起來就是逐客令啊。她想。

坐在一旁沙發上的她，感到大為不解。

小智突然走到潔弟面前，忐忑地對她說：「潔弟，那個……」

望向他稚氣的圓眼，潔弟心頭一緊，很怕他是來跟自己告白的。

「對不起！」小智對她九十度鞠躬道歉，「上次差點就打中妳了！」再抬頭時，又是一雙誠懇的水汪汪大眼，叫人完全無法生氣。

「呃……算了啦、算了啦！你又不是故意的！」潔弟揮揮手，「反正我也沒受什麼傷。」

吳常的眼神充滿不屑和惱怒，不滿潔弟那麼輕易就原諒小智。

志剛挑挑眉，臉色微微一變，看了一眼小智和她之後，又恢復平常吊兒啷噹的嘴臉，對吳常說：「不會耽誤你太多時間！我們速戰速決！來來來！」

他又拉又推地把吳常帶進一旁的餐廳，並帶上拉門。

「這是幹嘛啊？還把門拉上耶。」潔弟好奇地問小智。

「誰知道？」小智聳聳肩，翻起桌上一本金絲裱褙的菜單，「哪道菜好吃啊？」

吳常雖然惜字如金，但金錢上卻非常大方，完全不介意他們這些人一天到晚到他房間叫客房服務送餐。潔弟甚至懷疑志剛和小智找他找得這麼勤，根本就是為了來蹭飯。

她心想：雖然我不是為了這個原因才天天來他這報到，但如果有好吃的，那我一定得分一杯羹才行！

於是她吞了吞口水，將頭湊到小智身旁，看起了菜單，說：「我看一下……」

她的思緒一下子就被菜單上的清燉牛肉麵、焗烤龍蝦佐乾煎鵝肝醬和肋眼蓋老饕牛排給吸引走了……

＊＊＊

吳常套房內的餐廳，不久前才因渡假村謀殺案，被拿來當作調查案情的臨時戰情室。現在又再度成為另一謎團的討論室。

「你們這趟發現了什麼？」志剛把吳常拉到長桌旁問道。

吳常面無表情地看著志剛。

「好啦好啦，怕你啦！」志剛拍拍他的肩，示好地說，「那個招弟阿婆啊，十幾年前為了躲家暴的丈夫，逃來老梅。李家豪是她女兒在外的私生子，原本要棄養，但阿婆於心不忍堅持要帶回家養。後來孫子就跟著她，由她帶大。局裡的弟兄們調查後發現，他們最後一次出現的時間就是陳大頭報失蹤的前兩天傍晚。阿婆那個時候跟平常一樣，帶著孫子跟幾個當地人一起在海邊採海菜，但是不知道孫子跟阿婆講到什麼，他突然往老梅村的方向跑，阿婆叫他也不停，她也馬上追上去。然後當天在場的人就再也沒看到這對祖孫了。」

「沒人報警？」吳常問他。口氣聽不出任何情緒。

「有啊，陳大頭啊。」志剛接著說。

「不打算進村查了吧。」吳常說的不是問句，他清楚志剛這次是動用自己人脈私下調查這對祖孫。

「不可能，」志剛搖搖頭，「這件事就到此為止，只能也以失蹤作結。」

吳常撇撇嘴。事情果然跟他想的一樣，恐怕再也無法真相大白了。

「換我問你，查到什麼了嗎？」志剛問他。

吳常依舊面無表情地看著志剛。

志剛見吳常態度未有好轉，又問他：「怎樣？我還有什麼沒說嗎？」

兩人彼此無言地互瞪了十秒後，志剛舉雙手投降。

「對，想也知道你肯定猜到了。」志剛說。

「太明顯了。」

「那是對你來說！那個潔弟肯定連個屁都沒聞出來！」

吳常懷疑，以志剛的身分和背景，老早就知道一些當地人不會清楚的事情。卻又始終冷眼旁觀，既不主動協助，又三番兩次積極向吳常探聽調查的進度。原因就是志剛清楚他們是在白費力氣，不了了之不過是早晚的問題。

所以，志剛有意無意地關心這件事，並不是擔心他們查不到什麼，而是怕他們查到了什麼。

「既然你也意識到我刻意留了一手，這件事就算了吧。」志剛勸說著。

「你爸爸當年到底發生了什麼事？」吳常冷不防冒出這一句，「還有你爺爺。」

志剛對這些問題並不感到意外。辦案能力遠在他之上的吳常，只要有意，將他家三代的帳都翻出來也不是難事。

「別問了，」志剛聲音乾澀，「也別再查了。」

「你放棄了你爺爺和爸爸一直堅持的事，」吳常輕聲說道。話語本身卻是極為沉重的控訴，「你放棄了死者。」

「我爸他，」志剛頓了頓，「他死前交代我，不要再查了。」

他突然抬起頭，咬緊牙關的下巴線條猛然收緊，像是欲抑住某股強烈的情緒一般。接著轉身拉開門，走了出去。

他的回答超乎吳常的意料之外。吳常向來不懂人情，只隱隱感覺志剛是面冷心熱的人。他所表現的一切，包括痞子般的態度、流氓般的口吻、奉承地拍馬屁等等。這一切都是為了某個目的。

吳常起先以為志剛之所以這麼做，都是為了繼承他父親和祖父的遺志，而不得不為之。

不過現在看來，他猜錯了。

＊＊＊

「我幫你叫了牛肉麵！」小智一看到志剛走出餐廳，就急著邀功。

「才怪！明明就是你自己想吃！」潔弟毫不猶豫地揭穿他，「想也知道志剛這麼重口味，愛吃的一定是紅燒，怎麼會是清燉！」

「喔不，我最喜歡清純學生妹了。」志剛神色如常，壞壞一笑，走過來硬是坐在潔弟跟小智中間。

「走開啦變態！」潔弟叫道。

「吼唷很擠耶！」小智說。

吳常隨後也跟著步出餐廳，走進旁邊一間專門排練魔術的房間。

志剛看了一眼吳常的背影，臉上仍掛著笑意，眼神卻變得略為憂鬱。

他不禁心想：到底我們兩個的過去，哪一個比較慘？

第十八章
賊神廟

「該死！」志剛低聲咒罵著。

這小白臉真他媽該死的聰明！他心裡怒吼著。

當他一點完早餐，走進店裡看見那雙異常修長的手指撐著全開的報紙時，就知道今天不交代不行了。

那雙手的主人一翻頁，俊美五官登時從紙間露了出來，正是吳常。

志剛不動聲色地假裝拿櫃台的筷子，趁勢用餘光瞥過一眼牆上的木櫃。

果然如他所料，鎖已被動過手腳。

他再回頭時，剛好跟抬頭的吳常對上眼。後者神情自若，一副理所當然的樣子，讓志剛恨不得當場掐死他。

志剛再怎麼攻於心計，也敵不過吳常的縝密思考。深知他背景的吳常，不但知道其精於開鎖，更能揣測其性；一朝作小偷，終生怕被偷。

這世上沒有無堅不摧的鎖，造價再昂貴的住所都有可能被家賊洗劫一空。所以防竊最好的方式就是財不藏屋。

然而，若重要的東西無法存入銀行又該如何是好呢？

「貝比哥」這家中藥行改建的古早味早餐店，安靜地座落在異象市金沙區的老巷裡已超過一甲子。外觀陳舊樸實，裡頭依舊保有傳統中藥行的擺設，除了密密麻麻的木櫃以外，可說是毫不起眼。但它其實頗有來歷，是道上的「賊神廟」之一。

店名便是由商代鐘鼎文的「賊」字解構出的貝、匕、戈，再以諧音「比」、「哥」二字分別取代。

若懂門路的仔細查看，便會發現櫃檯後上方的小神龕，供奉的不是一般商家拜的五路財神或土地公，而是賊神普薩；即《水滸傳》的第一百零七條好漢——鼓上蚤時遷。

來這上門的除了不知情的街坊鄰居，還有來自五湖四海的小偷、盜賊、盜墓人，甚或是竊取商業機密、國家情報的間諜。

江湖流傳，「貝比哥」的密室裡有著數不清高及天花板的保險箱，但一般沒有背景的手藝人只能用店門進來座位區的這一排中藥櫃。而這裡不僅是賊神廟，更是各路人馬逢難時的浮木，很多人會將重要身家或機密藏於此處。

若不是中藥櫃那大大小小木格抽屜上的合金鎖造型過於奇特，外人也無從察覺異樣之處。那外觀看似木頭的材質，其實都是厚達一公分的貼皮不鏽鋼櫃。櫃上每個方格不像車站置物櫃般以數字編碼，而是以中藥材來命名。

這櫃有個名堂，由需者自行開櫃存入、取出，唯一的規矩就是「解」；能解者得其櫃中物。一旦解開了鎖，櫃中物也歸開者所有。故在選櫃時，除了考驗運氣、手藝，更看櫃主的性格。

有的人技巧高超或想存放的東西貴重，自然會挑選難解的鎖來存放；有的人手段較生澀或寄物價值不高，則會選門還沒帶上的空櫃先嘗試解簡單的鎖。

狡猾的志剛既選難也選易。當他發現鐵櫃只有最外面的六面是不銹鋼，內部的間隔是一般的木板時，便直接把難鎖給破壞掉，讓人無從解起；再從隔壁一格的易鎖拆開隔板，將物品存入難鎖那格，蓋回隔板後，再將易鎖的櫃子上鎖。是以，他真正存放的難解鎖櫃，這麼多年來從未被開啟過。

但是現在，東西不但被拿走，鎖還被挑釁地修好了！

魔術師都該死！志剛心裡再次咒罵。

「你怎麼知道我是哪一格？」他未看向吳常，只是在自己的位子上舉止自然地在蛋餅上擠上番茄醬，口吻卻是咄咄逼人。

「猜的。」吳常繼續低頭看報，頭抬也沒抬一下。

「怎麼猜？」

「壯陽的。」

志剛聞言「噗」的一聲將滿口紅茶噴了乾淨，吳常即時舉起報紙擋過一劫。幸好店裡只有他們兩人，店員又忙著招呼外帶客人，未留意店內情況。

「怎麼可能剛好猜對！」

「機關算盡太聰明。」

「快點還來！」志剛仍未看吳常，只是低頭胡亂將嘴巴擦乾淨，氣呼呼地說。他最好趕快把蛋餅吃完閃人，不然被店員看到這滿地的紅茶，他可就難交代了。

畢竟江湖上所有賊神廟的店員都不是普通人啊！

「有本事來拿。」吳常道。

「幹，偷東西還算男人嗎！男人就該光明正大啊！」

「給我一個理由。」
「你先還我再講！」
「那算了。」
「幹別在這邊嗆聲啦！到外面講！」志剛倏地起身，「老地方見！」
他怒氣沖沖地丟下零錢在櫃台，便先匆匆離去。
藏在報紙後面的吳常，嘴角淡淡勾起了一個弧度。

＊＊＊

金沙渡假村內，志剛一進到吳常的套房，就見到他好整以暇地坐在客廳沙發上喝熱咖啡，而且還換回了居家的便服。速度之快，令人咋舌。
噎死你！志剛餘怒未消地想。
「幹，你到底還不還！」他再度開罵。
「坐，」吳常指了指桌上那杯為他煮的咖啡，「說吧。」
「該從哪裡開始……」志剛聽到自己的聲音，腦袋卻還轉不過來。
如果在一個月前，有人這麼問他，他會毫不猶豫地拒絕。但不知為何，此刻面對眼前這個還未認識超過兩週的人，志剛卻動搖了。

曾經，他以為這輩子都不會跟任何人提及過去。提及那些該被他帶入墳墓的往事。

「都可以，我們有的是時間。」吳常說。

第十九章 父子

志剛的爸爸叫楊玄白，是一名普通到不能再普通的基層員警。雖然工作忙碌，常要輪班、加班，但一家三口氣氛還算和樂。本來有可能就這樣平凡地過一生，直到有一年過年，楊玄白偶然從親戚口中得知父親楊正的事。

楊正的死一直是楊玄白心中的一個疑問，一個結。

楊正與楊玄白不同，生前是位檢察官。早期司法受日治時期的影響，檢察官的權力極大，道上聞之色變，地位非同小可，人人皆稱其為檢座大人。

楊正為人向來剛正耿直，為官後更是公私分明，雖得罪了不少人，卻也獲得黑白兩道的敬重與美譽。

至少在檯面上是如此。

然而，在他承辦當年一宗轟動全島、手段兇殘的滅門血案後，不久，便因叛國罪而被軍方就地槍決。

楊玄白的母親說什麼都不相信自己正直的丈夫會做任何對不起國家的事，便跑去軍委那要求給個交代。卻從此斷了音訊，再也沒有回來，最後以失蹤作結。

當年還處於白色恐怖時間，長輩、鄰居們人人自危，誰也沒敢再多吭一句，這件事情也就這麼不了了之。

而當時才剛學會走路的楊玄白，則由善心的親戚扶養長大。

楊玄白成長的過程中，長輩們對於當年的事一直避口不談。直到他成家後，有一年過年，親戚酒過三巡才不小心脫口而出。

雖與父母無緣，但楊玄白卻繼承了父親正直的特質。為了追求真相，他開始將所有空閒的時間拿來調查父親在世時的人際關係與經手案件，希望能查到些蛛絲馬跡，以還他們楊家一個清白。

然而，他卻忽略了需要陪伴、保護的妻兒，將所有心力都投入在過去之中。

妻子無法認同，於是與他漸行漸遠，直到同床異夢。

天資聰穎又早熟的楊志剛，儘管還是個不經世事的高中生，卻早已先一步察覺媽媽變了心。

當時的他對男女情愛還似懂非懂。滿心以為，從小溺愛自己的媽媽，就算有天要離開爸爸，也會帶上自己。

他怎麼也沒想到他與這個家一樣都是媽媽追求真愛、追求幸福的絆腳石。

儘管如此，那個時候整顆腦袋都被查案佔據的楊玄白，就連妻子離開也絲毫不覺心痛，反倒認為還給彼此自由是件好事。

當志剛看著媽媽頭也不回地背對自己坐上一台陌生轎車離去時，他才終於認清自己和爸爸一起被拋棄的事實。

而長久以來對父親的疏離感，也在那一瞬間轉念成了恨。

志剛他恨，恨爸爸追求正義，恨他冷落媽媽，恨他害自己被媽媽拋棄，更恨他讓自己有機會恨小時曾視為英雄的父親。

高中畢業那一天開始，已成年的他再也沒有回家。他選擇了與多數對家庭失望而逃家的孩子一樣的路，混進了街頭。

江湖上本就三教九流、龍蛇雜處。少了父母的庇蔭，想要有容身之處，就得各憑本事。缺錢又不想傷害人的志剛，第一個選的就是做小偷。

賊仔都是狀元郎。憑著過人的機智和練習，志剛不僅從未失手，更是意外在道上混出了名氣。

有一回，他在一群狐群狗黨的起鬨之下，在路邊熱炒攤即興表演矇眼開鎖，沒想到正巧被搖下車窗抽煙的黑道堂主——雄哥給瞧見。

雄哥一時興起，便要車上幾個手下下車把他「請」上來聊聊。

沒想到年紀輕輕的志剛，不但神色自若、處變不驚，更是在車上與所有人談笑風生，令雄哥印象深刻。閱人無數的他，聊沒幾句就摸透了這小伙子：本性不壞，既有才能，又有點文底；最重要的是，夠貪心又沒有野心。

這種人收來當得力助手再恰當不過。雄哥心想。

而志剛當然也不是一張白紙，他曉得良禽擇木而棲的道理。出來混，若沒有後台是很難走得平穩的。於是他也就這麼順水推舟地加入幫派，結束了四處偷竊、漂泊的浪子生活。

然而，幫裡的組織與彼此之間的利害關係卻遠比志剛想像的複雜。

不論國、內外，幾乎所有黑道幫派都是按照相同的順序發展：從一開始的「組織化」，到「企業化」，再到最後的「合法化」。

致力將本業合法化的雄哥，本來就與幫裡其他既得利益的堂口有著矛盾和衝突，志剛這個半路冒出來的小毛頭，一入會就當上雄哥的特助更是讓許多堂主多了分猜忌，紛紛開始差人探聽其身家背景。

除此之外，堂裡本身也上演著派系鬥爭。雄哥既有的特助已有三個，但雄哥心裡明白，他們三個都是其他大老刻意安插在自己身邊，怎能信得過。於是他才想再自己親自挑選一個。

原本大家引薦的幾個人選，都因能力不足或被雄哥看出是幾個不安份手下的心腹而通通否決。這次選了個來路不明的屁孩，殺得堂口幾位長輩措手不及；沒人想到雄哥會來這招。

這下子大伙急跳腳，各自多年的暗中佈局就此亂了套。權宜之計只能先禮後兵，先架空志剛的工作。他們柔性勸說堂主先觀察志剛一段時日，確認不是所用非人，再委以重任。

那雄哥也非泛泛之輩，自然是聽得出手下的弦外之音。冷靜細想，有些諫言也不無道理，於是便答應諸位的提議，先讓志剛輪流到各單位熟悉堂口業務。不過，他有個前提，在名義上，志剛仍是他雄哥的特助。

各掌權的手下一聽堂主採納建議，唯一的條件只是讓志剛當個有名無份的特助，自然知所進退，不敢得了便宜還賣乖。

志剛這下反倒成了權力鬥爭下的得利漁翁，不但不用擔事，還可以名正言順地到各單位晃悠。生來就帶狐狸心的他，城府是天性。

光是跟著兄弟到各盤口收帳，他就練得一身街頭搏擊，更自行觀察出堂口與堂口、幫派與幫派間微妙的利益糾葛與派系間隙。

＊＊＊

當楊玄白得知他的獨生子志剛走上歹路的那一刻，他才突然發現自己是孑然一身，無所依倚。只剩一個人的家，還叫家嗎？

他氣妻兒不能體諒為人子想找出當年父親遭槍決的理由和母親的下落；他難過兒子選擇與妻子一樣離開自己；他更自責沒多花時間和心思來陪伴孩子長大，陪伴他度過茫然、叛逆的青春期，讓他行差踏錯，入了黑道幫派。

即便如此，父子之情卻如血脈相連般無以斷絕。木訥、不擅表達的他，選擇用自己的方式，默默關心著身處黑暗勢力的兒子。

＊＊＊

志剛的父親是警察。

當他的背景被有意傳開來時，幫裡彷彿炸開了鍋，謠言、攻擊滿天飛。眾人的態度改變了；有人防備，更有人唾罵或找碴。

但雄哥卻反常地睜一隻眼，閉一隻眼；既未表態力挺，也未示意攆走。八風吹不動、眾口鑠不金、內外猜不透。

志剛當然也知道情勢有變，更恨警察父親像個甩不掉的標籤一樣如影隨形地跟著他。但狡猾的他並未方寸大亂，也未如坐針氈。他知道在這個時間點，他必須有所作為。若這危機利用得當，那麼就有可能是轉機了。

他效仿雄哥以靜制動，仍然常常出入堂口，時時四處收帳。不過這幾次，他故意弄出點雞毛蒜皮的小事。每當他即將被帶到警局時，楊玄白總是如他所料，即時跳出來解圍。

一時之間，志剛的把戲奏效了。幫裡對他的態度又改變了，不少弟兄對他的提防轉為嫉妒，也有不少人開始對他示好、裝熟。重要的是，他替雄哥掙回了點面子。

對於父親楊玄白，志剛恨歸恨，心裡卻怎麼也無法當他不存在。他的近況，志剛並非不聞不問，只是不需要自己去打聽；幫裡的兄弟和熟識的慣犯總是到處八卦著小道消息，他們跟警察太熟了。

街頭就是一本日記，紀錄著黑白所有的線條和圖形；誰升了官、誰喪了命、誰生了子、誰離了婚，這些他聽得一清二楚。

黑白兩道之間的灰色地帶，遠比他小時候想像的還寬廣。說穿了，不過都是混口飯吃罷了。

志剛以為自己的所做所為會讓父親顏面丟盡，生不如死。

但他錯了。他後來才知道，父親在自己面前是多麼的卑微。

＊＊＊

楊玄白每每見到志剛，心裡的大石總會稍稍放下。他心想：還能鬧事，就代表還活著。只要活著就好。活著。

這就是一個一生奉行公正、廉明的警察對兒子的唯一期望。

＊＊＊

志剛接著被調派到詐騙業務。不僅練就一口油腔滑調的嘴上功夫，也順道一窺組織背後龐大的金流與跨國洗錢網路。

越來越受賞識的他，在庫房那更是趁著見識各種槍枝時，學會射擊與組裝。沒幾個禮拜，即便料號被磨平，光是看槍枝的外型、脫膜孔和子彈膛線，他也能夠說得出是哪家廠做的。

這段時間，他曾是人人奉承的堂前燕，也當過人人喊打的過街老鼠。他感受到了世間的人情冷暖，經歷了與他同年紀正享受大學生活的學生們所領略不到的黑暗與光明。

他楊志剛，不再只是一個只會開鎖的賊了。

不久，他被派去了解毒品業務。

理論上來說，他應該是獲得了幫裡多數大老的信任，否則不可能讓他有機會觸及這條命脈。但不知為何，總有股預感告訴他，即將有性命之憂。

在他才剛弄清楚海內外走私的接口時，意外發生了。他們的毒品倉被舉發，引來了警方的追捕。還來不及逃，便發現已被攻堅小組團團包圍。即便他再怎麼詭計多端，這下也插翅難飛了。

外頭的擴音器不斷傳來勸降的說詞，聲聲講得他們心浮氣躁。接著攻堅小組開始倒數，其中幾個血氣方剛的年輕人不聽志剛的指示，硬是要賭一把，靠火力殺出重圍。

事實與他們想像的好萊塢英雄式火拚槍戰不同。外頭的攻堅小組是有備而來，全是精銳，一開槍便打得他們落花流水；三人當場斃命，其餘殘眾只好再退回倉庫。

子彈即將告罄，這下他們後悔也來不及了。而一直待在倉裡的志剛則急得像熱鍋裡的螞蟻，不知該如何才能保全大家。

而警方這邊，不再給他們投降的機會，決定直接攻堅。

「砰！砰！砰！」撞門槌一下又一下地撞擊著厚實的倉門，整個鐵皮屋都響起了低沉的共鳴。

當志剛突然被其他平日以兄弟互稱的男人拿槍抵著頭，要他出面擔下所有罪責時，他才知道自己過去有多天真。

那一刻，無情的背叛比任何子彈打來都還要痛。

患難與共？別傻了！

什麼兄弟、義氣通通都是騙人的。死到臨頭時，還不都是各自想方設法構陷出一個替死鬼來背黑鍋。

不論是誰，出來混久了，絕對清楚成年與未成年受的法律刑責有哪裡不同。志剛知道這次他若認罪，這輩子就真的毀了。

只是他萬萬沒想到，這個名叫楊玄白的人會為他做到這個地步。

當他被上銬、壓入警車時，爸爸居然又出現了。

他跟在一位西裝筆挺、看來頗有地位的中年男子身後。那位男子指了指志剛，不知同攻堅隊長說了什麼。那隊長雖明顯表現憤怒，卻也似乎不得不聽從指令。而後，那位陌生男子轉頭對父親點點頭，而他也點頭回應。

當楊玄白抬頭看志剛的瞬間，志剛感受到父親的神色有異；那寬慰、果敢又凜然的表情，好似下了壯士斷腕的決心。

志剛當時不明白，那是一場與魔鬼的交易。

出乎他意料的，單獨載他一個毒犯的警車在開到無人山道時，車子倏地緊急煞車。身旁的攻堅隊員打開車門，將他的手銬解開，粗魯地把他推下車。

「滾！」他對志剛咆哮著，「再讓我抓到，就一槍斃了你這畜生！」

隨即「磅」一聲，車門被用力甩上，警車再度快速駛離山道。

志剛再次全身而退。

不過這次，他愣了愣，不敢相信自己的好運。

之前，父親為了他不斷地低聲下氣，一個個在同僚面前下跪，一次次哀求局裡銷除他的紀錄。是以，這幾年的行徑雖然荒唐，他始終未曾留過半點案底。但他很清楚父親的份量，出了這麼大的事，是決計不可能壓下來的。

志剛魂不守舍地回到了幫裡，成了一時紅人。表面風光，但他心裡的不安反增。

到底那個死老頭是怎麼做到的？

他越想越不對勁。與此同時，堂口對他來說已不是歸屬，而是不知何處去而暫時棲身的居所。

沒多久，江湖上的流言蜚語再次進了他耳裡。這幾天的惶惶不安也終於有了解釋。

他早該想到的，那些熟悉的伎倆。

賄賂、包庇走私，那些明眼人一看就知道是栽贓的罪名被加諸在楊玄白頭上。而他也出奇地供認不諱，隨即鋃鐺入獄。

這下，志剛終於成功了。

父親多年的清譽全被自己毀了。
然而他卻開心不起來，相反地，他被這個消息震撼到說不出話來。

第二十章
寒蟬

志剛透過一些關係，爭取到探監的機會。

他曾經想過無數次未來與父親上演大和解的戲碼，重溫兒時的回憶與親情。也許情景會有點灑狗血，但不代表就不真誠。只是沒想到境遇讓他這麼快就想要主動見父親一面。

志剛與楊玄白隔著防彈玻璃坐著。父親先是觸碰了一下話筒，又宛如被燙到般馬上縮回了手。他對志剛搖搖頭，像是要表達無話可說，又像是欲言又止。

父親瘦了一大圈，穿著寬鬆的囚衣，帶些白絲的額頭髮際線又往後退，多了皺紋的黝黑面容顯得十分疲憊。

志剛太久沒有好好看看父親了。忘了自己在長大的同時，他正在逐漸老去。而他現在如此狼狽，說到底還不都是自己造成的。

看著他，志剛不禁有些心酸、有些愧疚，可是自尊心還不允許自己這麼輕易就對曾經憎恨的人好聲好氣。

「喂，老頭，」志剛拿起話筒，敲了敲玻璃，開口輕聲說道，「我有話要問你。」

原本低下頭的楊玄白，抬頭望著兒子一、兩秒，才勉強地拿起話筒。

「這到底是怎麼回事？」志剛問他。

楊玄白皺眉深思，像是不知該如何說起，還是不知該不該說。

「喂！」志剛無禮地用指節敲敲窗，「死老頭，問你話！」

父親並未因他的舉止而露出任何不悅。他只是凝視著玻璃另一端的身影，默不吭聲。

須臾，他才突然點點頭，說：「你長大了。」

不知為什麼，志剛莫名有股想哭的衝動。

「頭髮弄這樣很好，很適合你。」楊玄白再度讚許地看著他，微笑地點點頭。

志剛為了這次的見面刻意將過耳的頭髮剪短，把金髮染成深褐色。他希望父親不會注意到，但心裡又有那麼一點期盼父親會發現自己哪裡不一樣。

當他聽到父親講這句話的時候，他先是感到一陣困窘，不習慣疏遠的父親這樣稱讚自己而臉色發燙。接著，他知道自己眼眶紅了，所以努力平抑自己的情緒。

「是不是拿了什麼交換？」志剛問起當日自己被攻堅小組放走的事，「你查出了什麼對不對？爺爺當年辦的案子。」

「小剛啊，答應我，」父親沒有直接回答他，「不要去管那件事。」

「你還沒回答我。是不是因為查那個案子才——」

「不要再問了！」父親猛然打斷他的話，反應激烈，「也不要去查！」

「什麼意思？」

「好好活著，」也許是意識到自己太激動，楊玄白語氣緩和了下來，「活著才是最重要的。」

「為什麼不能查？你不就是已經查出了什麼才——」

「答應我！」父親又打斷了他的話。

志剛忘了父親的脾氣頑固得跟牛一樣。

「答應我！」他看兒子不回答，又問了一次。音量大的引來管理員的注意。

志剛揮手，向管理員客氣地說：「沒事、沒事！」再轉頭對父親說，「好啦、好啦！」

即便他語氣極為敷衍，楊玄白仍舊滿意地點點頭。

神經病！志剛心想。

「那我可以放心去了。」父親說完便掛上電話，站起身。

志剛呆愣了半秒，不確定自己是否會錯意。

「爸！」他急忙也跟著站起來，喚住玻璃對面的人。

儘管掛上了電話，玻璃上一圈圈的氣孔還是足以讓楊玄白聽到呼喚。他停下腳步，瞪大雙眼，難以想像這輩子還有機會聽到兒子這樣叫他，稱他一聲爸。

什麼都值得了。楊玄白心想。

他不敢回頭，不想讓兒子看見自己像個孩子一樣哭喪著臉。相反地，他挺胸，抬起下巴，踏著堅定的步伐離去。

「爸！」

志剛望著他的背影猛拍玻璃，還想說些什麼，卻被管理員禮貌地請離開。

等到志剛坐上計程車後，才想到自己竟忘了問最重要的事。

算了，改天再來好了。志剛心想。

* * *

沒想到才過兩天，一封罕有的公文來函，告知他父親的死訊。

信中簡短扼要地說明父親在獄中上吊自殺、請家屬節哀順變、後續程序的辦理等等。

志剛覺得天要塌了。

剎那間，無數個念頭充斥腦海；在監獄裡自殺有那麼容易嗎？到底是被默許還是被自殺？

縱然千頭萬緒，沮喪的他知道這個答案沒有人可以給他。

不管是到監獄領遺物，還是回老家整理舊物時，生活簡樸、節儉的楊玄白，東西簡陋的令志剛不勝唏噓。

他十九歲那年就開著雄哥送他的ＢＭＷ滿街跑，二十歲那年生日更是收到各方送來的名貴禮物。

而這些，都是父親不曾享受過的。

但他那樣，才像個人。志剛心想。

他探監時忘了問，爸爸心中到底有沒有過他這個兒子。

但當他進到自己的房間，看到房間的擺設與他離家時一模一樣，而且被擦拭得一塵不染時，就知道根本不需要開口問了。

他知道答案了。

早就知道了。

父親楊玄白的喪禮沒有任何一位警察到場，他甚至不能下葬在警察公墓。他令分局蒙羞，是警界之恥。

當志剛交尾款給喪葬人員，發現昔日街頭一起切磋開鎖的熟人早就背著他先將錢偷偷塞給禮儀社時，他不知該哭還是該笑。

＊＊＊

時間一到，靈堂也該撤了。

現場人員禮貌性地徵詢同意，志剛淡淡點頭答應撤收。

還在等什麼？她不會來了。他心想。

他為自己在喪禮的前晚還暗自期待母親的到來感到可笑。

他還以為自己什麼都行、什麼都懂、什麼人都摸得透。但其實自己根本不懂人情，也不懂世道，無知的像當年看著媽媽離去的男孩一樣。

志剛從頭到尾都沒掉一滴淚。他沒那麼脆弱。他抬頭看著靈堂上父親的黑白照片，看著這位頭戴警帽、面露緊張笑容、年輕英挺的警察。

他突然醒了。

這麼多年的不滿、委屈、迷惘、憤恨……通通都不再重要了。

＊＊＊

志剛決定退出幫派的那天，是個晴朗的冬季午後。

他對堂主雄哥開門見山地表明了去意。雄哥的表情沒有太多起伏，僅問了句原因。

「我想當警察。」志剛說。

沒想到他的坦白惹得雄哥哈哈大笑。

「有意思，」雄哥指了指志剛，「放著好日子不過，去當警察！原因咧？」眼睛銳利地掃過他，「你給我想清楚，講得好的話，我考慮放你一馬。」

「我想像爸爸一樣。」志剛聽見自己的聲音。突然這麼脫口而出，他自己也有點嚇一跳。

接著雄哥又是一陣雄渾的笑聲。

「我是在問你，為什麼我要讓你走？」雄哥臉色一沉，神情凶狠地說，「你他媽當這裡是飯店啊！想來就來，想走就走！」他大力拍桌，「你知道了這麼多，還想走！有可能嗎！」

「正因為如此，讓我在警界比直接幹掉我好。」志剛神色自若地回答。

雄哥眉毛輕挑，感興趣地說：「說下去。」

「幫裡的生意正在一步步合法化。」志剛頓了頓，像是要給雄哥幾秒鐘時間意會過來，「我在警界的話，就可以配合你們。」

「你現在是在跟我談條件？」

「正是。」志剛胸有成竹地說。

「嗯。」雄哥彷彿很滿意地點頭，「不愧是我當初親自挑的人。」

「是你們教得好。」

混江湖的形形色色，但凡黑道中人都有個共通點，那就是膽量。

雄哥嗅到一絲奇貨可居的機會，自然也不會放過。

「好！」雄哥豪爽地拍了一下志剛的手臂，「你腦子好，是念書的料。警校你儘管去報考，不用擔心他們那些身家背景調查。只要你成績能上，其他的我會處理。」

「謝謝雄哥！」志剛露出自信的笑容，「合作愉快！」

雄哥一言九鼎，真的助了他一臂之力。儘管他曾入過幫派，但並沒有因為這段背景而被認定資格不符，最後順利考上警大。然而，天有不測風雲。幫派的事業的確按雄哥的規畫成功轉型，但雄哥卻在志剛離開不到第三年就被其他幫派伏擊，一命嗚呼。幫派組織和營利分配也因此重新洗牌。而志剛當時還不過是個在警大啃書的老學生，根本引不起幫裡的注意。

走運的是，就在志剛大學畢業、當上刑警之後，幫裡也沒人想來暗算找碴，他才得以保住了小命。

而父親生前說的案子，志剛也因諸事忙碌而無暇想起，更沒有多大的興趣。

然而，真正勾起他好奇的，並非是爺爺和爸爸因其而喪命，而是一個無聊的午後。

他發現爸爸調查的那樁重大刑案的紀錄不在線上資料庫裡，便一時興起跑到檔案室裡查找紙本卷宗。

這麼一查又發現，不但沒有任何受理案件紀錄，連這樁滅門血案受害人的死亡紀錄都找不到；簡直就像是被人憑空抹去存在一般！

此時志剛才終於意識到，爸爸生前的告誡是想救他一命。

楊玄白的調查資料並未被志剛丟棄。他捨不得讓爸爸這麼多年的心血付之一炬，便將卷宗全數藏在貝比哥早餐店，由時間來將之塵封。

＊＊＊

「所以，算了吧。」志剛再度回到這個結論。

「那你能算了嗎？」吳常反問。

厲害啊。志剛心想。

那些他故意隻字不提的話。吳常卻在他敘述的同時就拼湊出來了。

志剛沒有正面回答，只是說：「何必呢？你合約上的義務都已經履行了，現在查案不過是好玩而已，有必要連命都不要嗎？非親非故的。」

「我就是想看看幕後黑手是何方神聖。」

志剛嗤了一聲，說：「到時候丟了命，不要怪我沒有提醒你。」他眼看勸不動吳常，也懶得再跟他廢話，便起身往門口走去。

「你自己死了就算了，別拉著人家潔弟當墊背。」志剛邊走邊說。

「你也是。別拉著小智一起死。」吳常說完，泰然自若地喝了口咖啡。

「廢話。」志剛揮揮手，開門離開。

志剛按下了一樓大廳按鈕。電梯關門，緩緩向下。

地獄，我一個人下就好。他心想。

第二十一章 斷頭案

推開總統套房內的書房房門，迎面而來的是灑進藍意的大尺寸窗戶，為整間房間帶來充裕的光線。窗戶兩旁皆是齊天花板的書櫃牆，豐富的藏書令人目不暇給。

以往書櫃裡擺放的都是些世界經典名著或百科全書。從泛黃的紙頁和清理時被忽略的死角灰塵，不難看出這些書自被購入至今，主要的貢獻就是裝飾。

現在因應吳常的要求，又特別將櫃中的三橫排改放英文鑑識、法醫、犯罪學……等書籍。離門較遠的書櫃牆前，立著一張巴洛克式黑胡桃木雕花辦公桌，深邃的巧克力色顯得沉穩又不失優雅。桌旁擺了座超過一米高的淺色復古地球儀，幾秒前被吳常無意識地撥動而正如月球自轉般緩緩旋動著。

案上亮著一盞老式的黃銅檯燈，橙光透過玻璃燈罩溫暖地傾瀉下來，美麗清晰的木紋不時因光線激盪出酒紅的漣漪。吳常的臉龐也因而被映照得更顯俊美、靜謐，猶如中古歐洲教堂裡的壁畫。

雖然窗外天光正亮，卻無法影響他書房點檯燈的習慣與偏執。

賊神廟裡摸來的檔案全數被攤開在桌上。此刻吳常背靠辦公椅，正專注閱讀著志剛爺爺楊正留下來的日記；那記載著最靠近一切悲劇的起點。

＊＊＊

時序回到季元四十五年年初。正值家家團圓的除夕夜，大人們特別允許孩子們可以晚點睡，他們自己則在自家四合院的廳堂嗑著瓜子，打著麻將、喝著熱麥茶聊天守歲。

今年過年特別冷，即使是孩子們平常最愛的仙女棒、沖天炮也沒能讓他們走出溫暖廂房。他們才剛脫掉厚厚的棉襖，便直打哆嗦著鑽進被窩裡睡覺。

原本楊正的姪子、姪女還吵著要他明早天一亮，帶他們一起在門口放鞭炮。但才剛過凌晨兩點，天公卻不作美地下起一場傾盆大雨。

楊正的親戚們慶幸此時孩子們已熟睡，不然現在肯定會聽到他們哀聲嘆氣、杞人憂天地擔心明早沒法放炮了。

楊正將手靠近炭爐取暖，聽著他們的話語，想像著再過幾年，兒子玄白大了，說不定也會跟他的堂兄、堂姐一樣爭著拿香點燃爆竹，不禁莞爾一笑。

屋外曬穀場低窪處積起了一塘塘小水坑。好在雨勢沒有持續太久，約莫一小時後，雨聲宛如正在演奏的二胡突然斷了弦般戛然而止。

楊正這才意識到，現在是大年初一了。

只是當時的他還沒想到，屋簷外那低矮的厚厚雲層，已然為一起駭人聽聞的血案揭開了序幕……

＊＊＊

深夜的老梅村比平常熱絡許多。家家戶戶因為過年的關係，罕見地在子夜過後還亮著燈，三三兩兩的笑鬧聲仍不時從各處院落傳出來。

巷內、田間還不乏有村民走動；有的喝醉了酒，邊唱歌邊騎著腳踏車回家；有的舉著火把才正要出門去鄰居那串門子，半路遇到熟識的不免又是互道一番吉祥話。

突然之間，路上一位老伯嘶啞的驚呼劃破了歡樂的氣氛。眾人紛紛朝他震顫的食指所指的方向看過去。

不遠處，村中一戶大院竟燒起了熊熊大火，火舌竄至天際，照亮了屋舍周圍的街道。

大伙一看，一時半刻全都呆站在原地不動。人人心想：那起火的人家可不是富甲一方的陳家嗎！

須臾，幾位反應過來的鄉親開始行動。有的扯著嗓子開始大喊失火，有的直接挨家挨戶地敲門請他們一起幫忙救火，有人則折返跑去通報義勇消防隊。

老梅村向來民風熱心，一知曉是鄰居起了大火，壯丁們毫不推辭，急忙抄起水桶奔去就近的灌溉溝渠打水要去滅火。

村民們提著沉甸甸的水桶往陳家的方向跑去。沒想到跑沒幾步，天空突然下起滂沱大雨，那席捲陳家的狂妄火苗在頃刻間沉至院牆之下，消失在視線之中。

大伙瞬間全淋得一身濕，愣在那邊不知這下子到底還救不救火。冰冷刺骨的北風一刮，便在冬夜裡冷得直發抖。

陳府那龐大的宅邸由黑花崗石與青斗石砌建而成，烏壓壓高聳的黑石牆既低調又氣派，對於純樸的鄉親來說總有股距離感和壓迫感。而這大戶宅院也不顯山露水，四面方正的長牆完全沒有窗眼可令人窺視。

老實的鄉民們又好奇裡頭情況，又不敢自行貿然進入察看，一時之間也只能在門外對內一聲一聲叫喊。不久，接獲通報的警察比消防隊早一步趕來。大家終於鬆了口氣，心想總算有人能作主了。

警察遠遠就聽見村民的叫喊，而陳府上下起了大火，不但沒有任何人奔出、求救，還始終悄無聲息，便驚覺出大事了。

一趕到面對街道的大門，發現門根本沒閂上，確定門的溫度不高後，兩名警察便急忙小心地推開大紅色的門扉。

那厚重的大門「嘎咿」一響，往內敞開。眾人無不屏息地引頸探看。沒想到，一進去便又是一堵橫牆擋住了去路。

大伙一時也看懵了，紛紛詢問警察這是怎麼回事。

然而，警察又怎麼能知道呢？即便是較普通鄉民稍微見多識廣些，也不見得就有機會了解這種大宅門。當時社會普遍貧窮，普通人尚且有個遮風避雨的平房，能有個三合院的就已經算是家境小康了，四合院那得是多大的福氣，若不是一般高級官員或從事大買賣的商賈根本連想都不用想；像陳府這樣的深宅大院就甭提了，普通人猜八輩子也不知道裡頭會有什麼玄機。

一行人隨即又發現，這道遮擋視線的「影壁」左、右邊都有扇垂直牆面的「屏門」。左邊的屏門半掩，推開後便是「窄院」。

甫進院子便能明顯感受到一股與屏門外不同的暖意。不過大家見院內沒起火，到處都被雨打得濕漉漉的，緊張不安的心也緩了下來。彼此互看一眼，都發現眼神鎮定了不少。

不過從院子的狹窄佔地來看，這僅是陳家的外院，肯定還有其他門路可以通到裡頭。

這時，所有人都注意到院子一頭長牆中，開著的「垂花門」。

那如大門一樣鮮豔的紅色，正如張著血盆大口的蟒仙，陰險地等待著眾人入口。

垂花門內一片漆黑，一點也沒有過年燈火通明的喜慶氛圍。兩名警察對看了一眼，年長的推了年輕那個一把，對他點點頭。後者只好嚥了嚥口水，提著油燈，警戒地往黑暗的二進院走去。

＊＊＊

陳家大小姐——若梅看見自己的影子突然從腳邊顯現，愣愣地回頭一望。

在油燈火光的照耀下，瘦得臉頰凹陷、顴骨突出的她更顯陰森可怖。她滿臉被燻得黑灰，頭髮因高溫而捲曲，及腳踝的裙擺明顯燒焦，手掌、手臂則多處被燙得發紅、起水泡。

警察和村民們雖被陳若梅憔悴的面容給嚇得心頭一緊，卻也沒忽略她身後那更令人驚駭的景象。

有的人見狀嚇得大叫；有的人倒退好幾步之後摀著口鼻跑出去；更有人因濃重的燒肉味、血腥味，忍不住低頭將年夜飯一股腦地吐在牆角。其他杵著不動的並非膽量過人，而是因眼前這幕過於驚懼而呆在原地。

那由前堂與東、西廂房隔成ㄇ字型的陰暗庭院裡，四處燃燒著零星的餘火。

廳堂、廂房與遊廊的梁柱皆因早先的大火而燒得倒塌、燻得焦黑。屋頂更是被燒出了大洞，黛瓦碎落一地，好似剛經歷地動天搖的地震。

尚未完全被大雨撲滅的橘紅火光隨風跳動，非但無法帶來溫暖，反而襯托出言語難以形容的詭譎氛圍。

一小撮、一小撮的火苗被血，大量半凝固的褐血切割成不規則的阡陌。而血的源頭，正是地上一具又一具倒臥的屍體。

無頭的焦黑屍體。

呆愣了半晌，年長的警察終於開了口：「把她抓起來。」甫說完便感到口乾舌燥。他知道這不是因為剛撲滅的火場高溫的關係。

「是！」年輕警察依言走上前，拿出手銬銬上陳若梅纖細的手腕。

若梅似乎被嚇壞了。她先是睜大著眼睛瞪著手銬一、兩秒，才突然清醒般對著警察尖聲叫道：「不是我！我是無辜的！」

「不是我！」陳若梅激動地掙扎，妄圖掙脫年輕警察如鐵鉗般的手，卻反讓被銬住的燙傷部位更加疼痛，「放肆！你還不放開！」她唾罵道，「你不知道我是誰嗎！我是陳家人你不知道嗎！」

「他不知道，大小姐，」年長的警察神情複雜地說，「不過恐怕他現在也不用知道了。」

心思機敏的陳若梅凜然一驚，馬上就會意過來他的話中有話；不可一世的陳家若是倒了，她也即將成為失勢的喪門犬。

她感到一陣痛楚，不知根源是起水泡的傷處，還是早已千瘡百孔的心坎。

還留在警察身後的村民們一時也搞不清楚狀況，紛紛對她投以困惑、憐憫或懼怕的視線，目送她踉蹌地離去。

滿地的屍體仍流淌著鮮血，然而生命卻早已消逝，來不及迎接大年初一的曙光……

第二十二章
小環

女子斷掌過房養，右斷掌剋六親。

開始有人謠傳，陳若梅的斷掌剋死了自家人。還有人猜測，她在花樣年華的時候被趕出家門，至今未嫁，是以積怨已久，最後發了瘋，在除夕夜裡，親手把家人一個個斬去頭顱，還縱火把他們燒得一乾二淨才能彌平怨氣。

街談巷語之下，消息很快便不脛而走。震驚社會的陳府滅門血案，在案發清晨便在東北角一帶傳開了。待早報上架，便立即成為季青島的新聞焦點，引起廣泛關注與議論。以往大年初一興奮、愉快，抑或放鬆的佳節心情已煙消雲散，老梅村村民紛紛感到惶惶不安。不知下手如此殘酷的兇手到底是何人，亦不知是否還有下一個目標。純樸的鄉民，如今只要一談到陳家，無不聞之色變。

倒楣的楊正，在天色未明之前，便接到上級指示，要求他即刻起開始協助辦理此案。妻子多少有點不滿。畢竟他楊檢座一年也沒幾天可在家好好陪伴家人。現在好不容易有年假，竟在大年初一的清晨就這麼被這起案件宣告結束了。

「什麼不做，偏偏要做檢察官！」妻子嘴上抱怨，卻還是幫楊正打好領帶，套上外套。

但他又能怎樣呢？這可不是尋常的案子，拖延不得。

他不敵妻子頻頻掃射過來的怨婦眼神，一接過她遞來的雨傘和裝著熱薑湯的熱水瓶，便小跑步踏出家門。

開車前往警局的路上，楊正思考著高層施壓，要求人力擴編並盡快於一週內結案的原因。

當時尚處政府威權統治時期，社會尚無針砭時政的自由，更不可能形成輿論壓力驅使相關單位調查此案。唯一能讓警方如此重視，甚至可說是備感壓力的原因，除了可能危及他們的面子與廉恥心之外，只可能是案件關係人的身分不一般了。

眾人皆知，陳家是地方首富。而自古以來，富商旺族嫁娶大多講究門當戶對；與陳家聯姻的更無一不是達官顯貴。雖現在陳家幾近滅門，且當年的陳當家——陳山河是孤兒出身，背後無家屬聞問，但姻親那邊的勢力卻個個不可小覷，有他們督促官員，辦案自然是不敢怠慢。

在抵達警局，與負責偵查此案的小組聯繫之後，事實恰巧印證了他的推測。幾位政商顯要皆在得知消息的第一時間，便出面要求警署給個交代。

不過，這麼多家姻親中，沒人關心陳家唯一還活著的若梅大小姐是否安然無恙。這讓楊正感到奇怪，辦案多年的豐富經驗告訴他，這裡面有些文章。

＊＊＊

「讓我見大小姐！我要見她！」一名年紀約莫十二、三歲的女孩，在警局裡大吵大鬧，固執地揮舞著一張書信，要求趕她走的警察通融放行。

當時平民老百姓對警察尚且懼怕，不但都喚其「大人」，進了警局更是畢恭畢敬。而此刻稚嫩的她，眼神卻絲毫不畏懼，令楊正印象深刻。

「妳是？」楊正聽見吵鬧聲，便上前一問。

「我是陳家的傭人——小環。」她直視楊正，將手中的書信遞給他，「他們說只要你們看了信，就會讓我見大小姐！」

這楊正倒是很懷疑。陳若梅現在是這起重大案件的關係人，甚至可以說是嫌疑犯。除非有高層指示，否則是不可能這麼輕易就讓她會見的。而這信封外觀顯然也非警署常用的公文封袋。

儘管如此，出於好奇，他還是接過來看。

此信是某位政要的手書，如果楊正沒記錯，應是陳家二少奶奶娘家的近親。信中用詞文雅、得體，是出自一位受過高等教育的人士。

信裡除了如其他已催促八百遍的顯要一樣，要求盡快查清案情之外，另一個要求很簡單也相當具說服力：讓陳若梅以前的貼身丫鬟——小環見她一面。在熟識的人面前，人比較容易敞開心房，警方也可以趁此機會探聽事情經過，對於調查也許會有重大突破。

主辦此案的楊檢座，當然知其輕重。立即帶小環去會見陳若梅。不過他沒告訴小環，他會在偵訊室的另一頭聆聽兩人的對話。

＊＊＊

待在小房間的楊正和調查此案的小組組長——孫無忌，隔著偵訊室的單面透視玻璃觀察著陳若梅和小環。

雖然偵訊室有錄音裝置，楊正仍細心地拿出紙筆記錄兩人對話的重點、反應，甚至是當日的穿著與生理表徵。例如，陳若梅削瘦的身材、焦捲的頭髮，以及她手上的燙傷。

「大小姐、大小姐！妳還好嗎？」小環一見到陳若梅便衝上前緊抓她的手，眼淚頓時撲簌簌地掉了下來，「他們有沒有對妳怎麼樣？」

若梅虛弱地搖搖頭，輕輕地推開她的手。小環看到大小姐手上多處貼著紗布，才想到她有多處灼傷。

「對不起！」小環自責道。

「沒事，他們對我很客氣，也馬上幫我處理傷口。」彷彿覺得自己講話不夠有說服力，若梅舉起手給她看包紮處。

「真是委屈妳了！」小環她不捨地說。

玻璃另一頭的楊正心想：小環還真是忠心耿耿啊。

不過，一個接著一個的疑問如同水中吐氣般，自他心中油然陡生。

為什麼稱呼陳若梅「妳」呢？難道他們之間的關係超越主僕了嗎？

若是如此倒也合理，這可以解釋為什麼小環對陳若梅如此關心。

只不過，若是如此，為什麼小環只是「曾經」伺候若梅？為什麼她現在的貼身傭人會換成小雀？除此之外，楊正對陳若梅的舉止感到訝異，她的表現是如此的平靜而理性。

根據手中的資料顯示，她的精神狀況極不穩定，偶爾受刺激甚至會發狂。

興許是她自小身體虛弱、曾經受過嚴重打擊、家庭關係不睦，又久病未癒，而心裡長年積累許多負面的情緒吧。

楊正見過太多像她這樣豪紳名門之家出身，患有心理病症的人。

「大小姐，」小環放低音量，環視周圍，像是怕被他人聽到一般，「昨天晚上到底怎麼回事啊？家裡怎麼會燒起來？我快嚇死了！」

這句話一出，便讓楊正和孫無忌兩人身體前傾，全神貫注地聆聽接下來的對話。

「一切都很混亂，」陳若梅輕輕地甩頭，神情苦惱，「當我到家的時候，地上全是屍體……我翻開他，大哥……他身上好多血、好多血……」她看著自己的雙手，右手一條深深橫跨掌心的斷掌線，「我想求救，結果突然，」她瞳孔擴張，摸著後腦勺，「我的頭被打了一下，就被打暈了！」

「真的太可怕了！到底是誰？為什麼要做這種事？」小環又驚又怕地罵道，「太可惡了！」她接著擔心起若梅，「大小姐，那妳現在怎麼辦？為什麼要把妳留在這？應該要送妳去醫院才對啊。」

「這要問警察大人才知道。」若梅自嘲道，「恐怕他們認為我就是兇手。」

「怎麼可能！」小環驚喊，「誰會把自己家人全殺了啊！太殘忍、太可怕了！」

楊正注意到，此時生性多疑的若梅，臉色突然沉下來，陰鷙地瞪著小環。他懷疑這是某種徵兆，但不知道它預警的是什麼。

「怎麼不可能？」若梅的眼神陰森，帶著一絲惡意。

下一秒，若梅雙手猛伸向小環那纖細的頸項，狠狠地掐住她，宛如要置她於死地！

「是妳！是妳！一切都是妳計劃好的！」若梅激動地大喊，「兇手！兇手！真沒想到，要陷害我的就是妳！妳這個賤人！」

「咳……」小環努力想甩開，無奈力氣太小，只能拚命揮打著若梅的雙臂。

楊正與孫無忌一看狀況不對，立刻衝進去偵訊室將若梅拉開。

豈料，似乎過於敏感的若梅對小環的誤會越來越深，她憤怒地咆哮道：「你們都是串通好的！都要來害我！都想我死！」

接著她胡亂地扯著頭髮，開始瘋狂地尖叫。聲音之大，連外頭走廊上的人都忍不住朝偵訊室的方向望去。

楊正開始懷疑起小環。

＊＊＊

陳府這麼大的一個宅院，必定需要很多傭人。而這家在鄰里間是出了名的待人仁厚，即便是簽了賣身契，一般傭人仍可每年允假返鄉過年，貼身傭人則可在除夕夜回家吃團圓飯。曾經是若梅貼身丫鬟的小環是名孤兒，所以是每年除夕夜裡，唯一會跟陳家人一同圍爐的傭人。

問題是，兇手知道嗎？知道除夕夜裡，絕大多數的傭人都早已離開？知道小環是唯一的例外？

而那個小環又是誰？真的只是一名毫無來歷的孤兒嗎？

為什麼若梅反應會如此激動，甚至說小環是兇手？難道單純是若梅精神錯亂、疑神疑鬼？

而小環大費周章地跑來見若梅，只是想親眼見見她，確保她沒事？

楊正察覺到這條新的線索，立即又請小組加緊調查。

結果，事實出乎大家意料。他們發現，陳小環竟是陳山河的私生女！

若是陳家大小姐，也就是除夕夜陳府大火中唯一倖存的陳若梅，當真被認定參與行兇而被判死刑。那麼按照法律，陳小環她，將是陳家最後財產的繼承人之一！

第二十三章 陳府

「那麼，現在問題來了。我們費了九牛二虎之力才得以確認陳小環是陳山河的私生女。那其他人知道嗎？或者至少說，懷疑過嗎？」楊正問調查小組組長，同時也是他多年的搭檔——孫無忌。

「我去觀落陰好了，」孫無忌暴躁地說，「我怎麼知道！全都死光了你要我問誰啊！」虎背熊腰的他一吼，彷彿大屯火山爆發似地，整個警局門窗都跟著震動。局裡的人無不為楊檢座捏把冷汗。大家都不明白，怎麼同樣吃地瓜長大，他孫組長就能長得跟神木一樣。體型中等的楊正面不改色，好整以暇地拍拍搭檔的肩膀。

「冷靜點行嗎？陳家沒有其他人可以聯絡了嗎？」

「有是有啦，老大陳若松有個兒子和女兒。但他們兩個現在都遠在美國念書。聽說因為遇到暴風雪，班機延誤，才趕不回來吃年夜飯。還好趕不回來，」孫無忌大力拍桌，「否則這下又要多死兩個！」

「所以他們兩個知道陳小環的真實身分嗎？」

「現在還聯絡不上啦。」孫無忌揮揮手。

「要不要嘗試用用你的腦袋啊？」楊正說話溫文儒雅，但言詞卻相當犀利。

「喂！」孫無忌豎眉怒視楊正，一把抓著他，大步走出警局。

一走出來，孫無忌便用手臂夾住楊正的頭，另一手握拳輕敲他頭幾下。

「講過多少次！不要在我組員面前削我臉！」

「抱歉、抱歉！」楊正舉雙手投降，打哈哈地說，「我情不自禁。」

「情你爸！」孫無忌鬆開手，叉著腰說，「你有屁快放！不然大家都元宵節再回家算了！」

「你確定這個案子可以拖到元宵節？」楊正又回了一句。

他知道孫無忌說到做到。過去他也曾經開口要求全體加班。不過這次，上面給的時限只有七天，也就是正月初七。如果他沒記錯，那可是七煞日，諸事不宜。想到這，他不禁對高層擇日的原因感興趣了起來。

「快講！」孫無忌作勢肘擊他，打斷了他的思路，「我猜應該沒人知道吧？」他試著說出自己的推論，「如果大家知道陳小環是私生女，怎麼可能還簽她賣身契，讓她做傭人？」

「不，至少陳若梅就知道。弔詭的就在這裡。」

「你也奇怪！我們都以陳若梅為兇手當前提在找相關事證，怎麼你一直懷疑那個小女孩！看她乳臭未乾的，怎麼可能是兇手？」

「不能找打手嗎？難道陳若梅就有可能親自動手嗎？」楊正頓了頓，繼續說，「你想想，九顆頭啊，那得砍多久啊？」

「唔……」孫無忌想到陳家大小姐那瘦骨嶙峋的樣子。

恐怕連斬雞都有問題吧。他心想。

「砍頭這麼麻煩，為什麼非要用這種方式置人於死地？」楊正質疑說。

「行刑式殺人啊！」說歸說，孫無忌的氣焰卻小了許多。

楊正一點，他也就通了。這種殺人手法對一個手無縛雞之力的弱女子而言非常困難。就算有幫兇協助，那得花多少時間、多少力氣？除非一次砍光，不然其他人見狀為何不阻止、逃跑或呼救？事發當晚沒人聽見陳府有什麼動靜。等到發現事情不對勁的時候，宅院火光早已照亮天際了。

「光憑那把兇器就定陳若梅死罪？我非常不以為然。」楊正表情十分嗤之以鼻。

他們在案發現場找到一把尖銳的刀，刀柄有若梅的指印。但那是印在半凝固的血上，而且指紋過於清晰乾淨。若真的是她持刀砍殺，那麼手指握住的地方就算沾到血，指紋也應該會因滑動而模糊才對。

再說，絲綢染了血是洗不掉的。若梅被發現時，身上除了裙擺、膝蓋處的裙子和手臂幾處沾血之外，幾乎沒有其他血跡。這符合她與小環提到自己曾碰過地上屍體的說法。而沾血和濺血的不同，他們還能分辨得出來。

「難道她有時間換衣服，卻沒時間逃跑？」

孫無忌突然想到了什麼，大聲反斥：「可是如果不是她，為什麼這樁滅門血案裡，她在現場卻沒慘遭毒手？」這回聲音顯得理直氣壯。

「陳若梅在被家裡人要求另外獨居之後，就再也沒回家過不是嗎？那麼她不在陳家吃年夜飯也不意外吧？我認為兇手沒預料到她會突然出現，特別是在他們下手之後。」

這次楊正的語調沒方才那麼篤定，因為他跟孫無忌都意識到同樣的問題：「那她為什麼前幾年都不回陳家，好死不死那天晚上、那個時候回家？」

楊正不語，低頭思忖著：對，她究竟是兇手、被設計成替死鬼，還是巧合出現與案情無關的局外人？線索太少，現在說什麼都還太早。

「所以我就說嘛，再怎麼說，陳若梅的嫌疑也應該是最大的才對！」孫無忌加重語氣地說，「她最有可能是幕後兇手！」

「不，」楊正不帶情緒地說，「所有人都可能是兇手。」

＊＊＊

楊正與孫無忌來到陳府實際察看命案現場。

街門那對大紅燈籠依舊高掛，只不過燭淚已乾。兩人都因頭一遭進到這種龐大宅邸，而對裡頭複雜的格局不斷嘖嘖稱奇。

不論是外頭氣派的倒座房、外院，美輪美奐的垂花門、遊廊，乃至富麗山水造景的庭院，在在顯示出樓宇設計者的匠心獨具。若非經歷一場大火，廳堂與東、西廂房肯定又是一番雕梁畫棟。

「真不愧是大戶人家啊！」孫無忌嘴巴張著可大了。

「庭院深深深幾許。」楊正點頭附和。

不過，若是一心想尋找更多線索，此趟可要讓他們失望了。

當年的鑑識科學還不發達，甚至非常陽春，能提供的破案線索很有限。兇案現場保護的概念也尚在萌芽。何況一場大火又接著一場大雨，現場許多跡證都慘遭焚毀、沖刷殆盡。

楊正與孫無忌站在庭院裡，看著滿地的瓦礫與焦柴，不由得因兇案現場被踐踏得亂七八糟而皺起了眉頭。

「搞什麼啊！啥都混在一起了！這幫人！我看現在除了看得出屍體位置以外，什麼線索都沒啦！」

庭院內的屍體已全數被移走。礙於泥濘遍地，特別用石頭在地上標出案發時，每具屍體的頭和四肢位置。每顆石頭上分別寫著「頭」、「左手」、「右手」、「左腳」或「右腳」。

楊正蹲在其中一具旁，仔細地比對地上的石頭標記和手中沖洗出的大幀照片。更多的疑問隨之浮出。

「找到頭顱了嗎？」楊正問身旁的孫無忌。

「沒有，唉煩死了！頭又不能賣錢，全部帶走幹嘛啊！」

「成年人的頭顱重量大約介於五到七公斤之間。九個人至少也要五十公斤。一個人是不可能徒手抱走的。」楊正推測。

「這麼說來，那還真的是有兩個以上的兇手！」

「或是有載運的工具。」

「說到底，動機到底是什麼啊？」孫無忌搔抓著頭，「我從來沒見過這種案子，什麼動機都不像，又什麼都像。」

「至少有件事我們可以肯定。斬首一定有理由，這不是出於義憤。」楊正停頓了一下，又想到另一個問題，「屍體身上的刀傷真的都是現場找到的這把刀造成的嗎？」

「比對結果還沒出來。不過這是現場唯一的兇器了。」

楊正戲謔道：「總不可能兩個以上的兇手輪流用這把刀砍吧？」他說完便站起身，環視一圈庭院。

「怎樣？又有什麼發現嗎？」
「起火點在哪？」
「到處都是起火點！」孫無忌揮著大手亂指一通，「這是刻意縱火啊！屍體都被燒成胡椒餅了！」
楊正聞言不禁哈哈大笑。
「靠你有病啊！笑屁啊！」孫無忌嫌惡地盯著他看。
「沒什麼。所以是淋上油之後再點燃的？」
「對，不然火勢不會在這麼短的時間內，燃燒這麼劇烈又這麼平均。我看八成是這個兇手想要毀屍滅跡。」
「你又怎麼知道縱火的是兇手？」楊正斜瞄孫組長一眼。
「我……」孫無忌一時語塞，只好把頭轉到一邊，想轉移話題，「你看，有錢人家真好啊！庭院還可以做個池子。你看，小橋流水！多詩情畫意啊。」
楊正回頭望去。宅邸西南方，也就是西廂與南面遊廊的夾角之處，座落著一潭佔地頗廣的鯉魚池。池中央一處觀景的亭台水榭，由兩座拱橋分別連接西廂房與南面遊廊。此外，還有竹林、假山、水車、石燈籠等園林造景。在冬季中，這些枯枝寂竹非但不蕭瑟淒涼，反而更流露一股超然風骨與東方禪意。
孫無忌見楊檢座微微蹙眉，以為他見不得富有人家鋪張，便揶揄幾句。
「怎麼？人家有錢啊，別說是做園林，做動物園都可以啊。」
「這方位不對。」

「什麼？」

「很少四合院會把水池建在這個方位。」

孫無忌想了一想，便說：「大概吧，不過茅廁不也是這個方向嗎？可能拉管線方便吧？哎，你管那麼多！有錢人行事作風自然跟我們不一樣嘛！這方位能有什麼問題嗎？」

「西南方是五鬼之地啊。」楊正淡淡地說。

第二十四章 說詞（一）

根據孫無忌手下的組員調查，若不計已失蹤多年而早已由法院宣告死亡的首代當家——陳山河與已亡故的陳老夫人，即陳山河之妻——陳王冬梅；陳府一家上下，包括此時尚在國外的家人僅十二位。

以大戶人家動不動幾十人的陣仗來看，可說是人丁甚為凋零。即便如此，僅是府上常駐的長工、傭人便多達十七位，足見其宅院維持之不易。

調查小組首先過濾掉一批僕役後，再交由楊正與孫無忌針對各隨僕與重大嫌疑人——陳若梅大小姐，進一步於小間會議室裡分開偵詢。

當然，兩人沒有忽略此家庭的組成。兒女出生的順序先後是：若松、若竹、若梅、若石與若荷。

若是陳若梅此次能全身而退，很有可能將是繼陳山河、陳若松之後的新當家。

＊＊＊

【王家小玉】

楊檢座問小玉：「聽說妳以前是陳老夫人的貼身丫鬟，跟著她從王家陪嫁到陳家。在她去世之後，妳的工作是什麼？」

小玉年過半百，個性是傳統婦人般的溫婉。現在正因此劇變而顯得滿臉愁容。

「挺雜的。就是照看、打理府上大小事。像是張羅府上的採買啊、佈置啊、宴席啊。有的時候也會進廚房幫忙，還有幫顧著家慶。幸好家慶大了，個性又乖！不然我老了怎能管這麼多事？對了，家慶您知道吧？就是三少爺的兒子。」小玉用方言——季語回答。

季青島的人口組成複雜，除了山地與平地原住民各部落外，尚且還有陸續由海外各地紛沓遷入的族群；再加上早期曾有列強爭奪與殖民，是以語系也相對多元。不過主要以鄰國季州和青州移民佔多數，而季語也隨之成為國語以外，主要的方言；其次才是青語。大部分的島民即便非原生的季語家庭出生，也能說上幾句季語。

「當然。妳與陳家感情似乎很好？我聽妳都直稱名字的。」楊正也轉用季語提問。

「是啊，」小玉淡淡一笑，單眼皮的眉眼如同彎月，「能進陳家是福氣啊！主人們沒當我們這些下人是外人，就連大少爺也都是叫我玉姨！只可惜啊……」小玉原本驕傲的表情因想到這起慘案，又不禁感慨了起來，「老天真瞎了眼，讓陳家遇到這種事！」

「聽妳這麼說，妳比較像是管家囉？」楊正不因小玉的情緒波動和離題而改變訪談方向，繼續循著原有思路提問。

「對對對，就是管家。」經楊正這麼一說，小玉才想到這個說法，點頭如搗蒜地附和。

「府上最近有什麼異樣嗎？」

「唉，還不就那樣嗎？自從老夫人去世之後，家裡就片刻不得安寧。」

這句話勾起了楊檢座與孫組長的興趣，兩雙眼睛同時亮起光彩。

「怎麼說？」孫組長急問。

「原本每個少爺都有各自經營的事業，彼此也都相安無事。但自從夫人走了之後，他們啊，就一個個想搶對方的生意！別看我老了、不中用了，就算沒人在我面前提起，我也能看得出他們那點心機。」

「妳覺得原因是出在哪裡呢？」

「唉大概是那幾位少奶奶吧？你也知道，那些親家不是當官的，就是做買賣的。嘴裡、心裡打的都是算盤！肯定老肖想吞下我們陳家的生意！」

＊＊＊

【陳家阿楠、古家小雀與小鵑】

「你就是陳家大少爺的隨僕——阿楠？」孫組長中氣十足地問道，「還有妳們兩個，是大少奶奶家來的丫鬟？」

「是。」三人點頭稱是，聲音細如蚊蠅。

興許是孫組長那鍾馗般的銅鈴大眼讓人難以直視，三人頭低到不能再低了。

「還是我來問吧。」楊檢座對孫組長說，接著轉頭看著三人，「你們陳當家的，本身負責海運對吧？」

「是的，檢座大人。」阿楠怯生生地抬頭看著楊正。

「那你們大少奶奶家呢？」

「是做船運貨櫃的。」

「原來如此。那最近碼頭生意怎麼樣？有沒有想擴展事業啊？」

「有，當家的想拓寬碼頭，再多開幾條航線。」阿楠接著補充道，「當家的不但事業經營地有聲有色，還很有抱負，想要做得更大。」

「別打腫臉充胖子了，還不是為了補二少爺那邊虧的嗎？」小鵑酸言酸語地說。

小雀扯了扯小鵑的衣角，想阻止她。但可惜後者話已脫口而出。

「說什麼妳！妳們女人家懂什麼！別多嘴！」阿楠怒斥道。

小雀和小鵑立即畏縮地低下頭，緊張地握緊拳頭。

楊正自然留意到這點。他對於阿楠在陳家的地位起了興趣。

「阿楠，請你先出去一下。我們想單獨跟這兩位女士談談。」

「這……這不太好吧？這兩個女人什麼都不懂，不如還是問我吧？」

孫組長見狀，大手「磅」一聲直接把配槍壓在桌上，槍口對著阿楠。

「還不滾！」他聲如洪鐘。

一旁的楊正想到局裡私下給他的稱呼「雷公孫」，急忙低頭忍住笑意。

「是是是！」阿楠既驚怕又有些不甘願地閃出會議室。

他一離開，小雀和小鵑兩人神情、姿態稍微放鬆了下來。這令楊正有點意外：她們寧願和兩名陌生的執法人員共處一室？

「那個，其實阿楠說的對，我們確實不懂生意的。」小雀語帶尷尬地說。

「沒關係，」楊正回以溫柔一笑，「我們不談生意。就來說說妳們的工作好嗎？」他看著小鵑，「妳是大少奶奶的貼身僕人對吧？」

「對。原本是小雀，但她現在是大小姐的貼身僕人，在她家照顧她。」小鵑似乎因楊正的微笑受到鼓勵，毫不保留地將所知告訴他。

「喔？」楊正轉望向小雀，問她說，「陳若梅好相處嗎？」

「謝謝檢座大人關心，大小姐待我很好。」小雀不慌不忙地說。

「聽說她有精神疾病？」

小雀眼珠稍稍動了一下，但面色如常。

「是的。不過不是什麼大毛病，大小姐平日生活起居與常人無異。」

她的反應讓楊正留了心眼：看來城府頗深，對我們有所防備。回答如此得體，用詞也不似一般未受教育的奴僕。

「才不呢！那個大小姐脾氣古怪！發起瘋來跟個神經病似的！小雀可委屈了！」小鵑為好姐妹打抱不平。

孫無忌彷彿也在思考著什麼，無意識地抓了抓連至鬢角的捲曲鬍鬚。

「妳在大少奶奶身邊多久啦？」楊正不動聲色地問小雀。
「十二年左右。」
「這樣啊，那她應該很喜歡妳才對啊，怎麼會捨得讓妳去服侍陳若梅呢？」
「這我就不清楚了。」小雀低下頭。
楊正確定她心裡肯定清楚。
「八成是那個小環受不了大小姐了吧？」小鵲胡亂猜測。

***

【陳家阿杉、江家盼盼】

「二少爺的事業不太順，找到解決之道了嗎？」楊正煞有其事地說。
「這你怎麼知道？」阿杉瞠視著楊檢座與孫組長。
「快說！再浪費時間，我一槍斃了你！」孫組長粗聲粗氣地吼道。完美詮釋黑臉的惡警形象。
「不要啊大人！」阿杉面露驚恐之色，支支吾吾地開口，「老實說……還沒。幾條重要的河道淤積越來越嚴重，河運樞紐處堵塞也是遲早的事。」
「不是還有採礦嗎？」扮演白臉的楊正繼續問，態度維持一貫的斯文。

「唉大人您有所不知啊！採到了礦，沒有河運也是白搭。靠陸運可就貴囉。更何況我們旗下採的礦不是金銀銅鐵，而是煤礦、硫礦！風險很高啊！而且，又總有開採完的一天。前幾個月又有礦坑倒塌，賠了好多錢……」阿杉憂心忡忡地說。

「雖說是隨僕，但你們其實都是少爺身邊的助手吧？」楊正邊說邊低頭做紀錄。

「對，我跟阿楠、阿楝都是這樣，跟著少爺做生意。」

「聽說大少爺那邊為了要補足二少爺的虧損，到處籌錢，非常煩惱。」楊正刻意講了句似是而非的話。

「聽誰說的啊！哼！我們二少爺可沒指望過大少爺會念及手足之情出手幫忙！」阿杉護主心切地駁斥。

「對！大人您別聽人家亂講！我們可從沒開口要錢！」盼盼也急著附和，「而且大少爺才不會幫忙呢！他巴不得要吃掉我們的生意！」

「本來嘛，當初老夫人在分家業的時候就不公平！給了二少爺這麼沒有長遠性的事業！」

「就是說啊。二少爺真可憐。」

眼見兩人你一言我一語，自顧自地抱怨起來，楊正有些不耐煩地轉移話題。

「盼盼，我昨天在局裡看到小環的信，是你們江家請警方通融讓她見陳若梅的。妳知道嗎？」

「當然知道啊。」盼盼驕傲地說，「不是我吹牛啊，我們江家最講道義了！那個小環跑了好幾個親家，只有我們主人願意出面幫忙，讓她見大小姐一面。不像其他家，又怕事、又小氣巴拉的。」講著講著，她自己也納悶起來，「也不知道小環她幹嘛那麼擔心大小姐。她有什麼好？講話刻薄，有的時候又瘋瘋癲癲的。」

也許是因為陳家一夕之間幾近覆巢，這些僕人完全不在意自己的言詞會得罪貴人，講話起來毫無顧忌。

「這事大人不說，我還真不知道！」阿杉說，「現在大小姐可好？唉……」他開始擔心起自己，轉對盼盼說，「妳倒好，怎麼說都還有個江家可回。我啊，又得重新找工作了。」

「別怕，我也問問主人去。說不定哪有缺人！」盼盼拍拍胸脯地說。

第二十五章 說詞（二）

【陳家阿楝、謝家湘兒】

「哇！你怎麼回事啊？」湘兒一見到阿楝，吃驚地喊道，「我的老天！你沒事吧你？」湘兒是隨謝家的三少奶奶陪嫁進陳府的。她與三少爺的隨從——阿楝雖平時受限於男女授受不親，無太多往來，但至少未曾交惡。

「妳看我這樣能沒事嗎？太有事了！」阿楝拿著枝仔冰冰敷著腫脹的右眼，沒好氣地說。他整張臉都鼻青臉腫，嘴唇上的傷口使他講起話來，不但痛得咬牙切齒，更是含糊不清。聽者無不皺起眉頭。

「小伙子你怎麼回事啊？」孫組長問道。

「唉，講到這個我就有氣！啊痛痛痛痛痛……」說話太用力，不小心扯到傷口，痛得阿楝說不出話來。

楊正與孫無忌互看一眼，表情是同樣的無奈。

「我昨晚走在路上啊，突然莫名其妙被一群混混圍毆！打得我都快暈倒了！」他又冰冰腫起來的腮幫子，緩了緩才說，「結果啊，打到一半，有個混混突然說，『打錯了！』然後一下子人就全跑光了！你們說，這是不是太過份！」

「也太可怕了吧！」湘兒同情地說，「我聽人說，受傷要多喝魚湯才好得快。你這幾天多喝點魚湯補補身子吧。」

「才不要。我吃魚就起疹……啊痛痛痛痛痛……」阿棟話說到一半又忍不住喊疼。

楊正跟孫無忌兩人心想：趕快把這個口齒不清又不停發牢騷的白痴打發走好了。

楊檢座咳了一聲，開始發問：「三少爺底下有六間古董店對吧？」

「嗯。」阿棟點點頭。

「貨源哪來的？」

「多了，大多是船來品，只有一些是在地人賣給我們變現的。」

「有出口古董嗎？」

「很少，」阿棟頓了頓，「除非是海外的客人點名要貨，我們才會寄過去。」

「三少爺的生意跟其他兄弟比起來，好像規模小很多啊。這樣收支能平衡嗎？」

「這……」阿棟好像有些為難地說，「大家都知道三少爺無心做生意，這些店不過是老夫人給他掛名的，店裡頭都有管事的在顧。」

「原來如此。」楊正點點頭，似乎對阿棟給的答案很滿意。轉而問起湘兒，「那親家做的是什麼生意呢？」

「生意？謝家三代都是軍人啊！你不知道嗎？」湘兒相當訝異有人不知道謝家的背景。

「現在知道了，謝謝你。」楊正微笑，「軍官的女兒嫁給區區賣古董的陳若石，不會錯配了嗎？」

這問題問得湘兒臉一陣青、一陣白，不知作何回答。

倒是阿棟沒有太多表情，只是不停冰敷臉部各個部位。

***

【陳家小玦、趙家阿吉】

「這個陳老夫人倒是對小女兒——陳若荷不錯啊。不但捨不得女兒嫁出去，要女婿入贅，還分給她不少的房產和田地。」楊檢座翻閱著資料，問起陳若荷的隨侍——小玦，「光是房租和佃租就不愁吃穿了吧？」

「才沒有呢！大小姐分到的房產更多！」小玦口吻明顯不滿。

「阿吉，」楊正直視著他，「有件事我很好奇：你說你們趙家呢，也算是有頭有臉的生意人。怎麼你們少爺甘願入贅陳家呢？」

「老實點啊，不然我先把你手腳給剁了！」孫無忌濃眉一豎，又是一臉兇惡。

不過孫組長的威嚇是多餘的，阿吉根本沒想隱瞞。他從頭到尾都膽顫心驚，巴不得能趕快回答完問題，趕緊走人。

「哎還不都是為了生意嗎？」阿吉無奈地說，「趙家原本就是靠河運吃飯。下游、出海口又被陳家壟斷。為了生意，當然也只好犧牲點，求合作啊。」

「兩夫妻感情怎麼樣？姑爺在陳家過得如何？」

「唉，還不都得看當家的臉色？」

「不過姑爺跟二小姐，還有二少爺處得滿好的不是嗎？」小玦插話道。

「算是吧。」阿吉聳聳肩說，「也沒見過他跟二小姐吵架。二少爺的話，可能因為生意關係吧，常一塊工作。」

「那現在陳家遇到這種事，河運接下來應該會由趙家接管吧？」楊正試探地問。

「是啊，這下我們趙家總算可以獨斷河運了！」

「死沒良心！」小玦罵歸罵，表情卻未有太多哀傷。

***

【陳家小環】

「妳知道妳的親生父親是誰嗎？」楊正語調溫和，貌似誠懇。

「噓……」小環壓低聲音，湊近楊正與孫無忌，神祕兮兮的樣子，「我當然知道啊！可是告訴你們的話，你們千萬不可以說出去喔！」

「嗤！哪來的傻孩子！」孫無忌不屑地說，「早知道啦！妳當我們警察幹什麼用的啊！」

「你們真的知道？」小環瞪大了雙眼，不可置信地說。

「陳山河。」楊正語氣輕描淡寫，像是回答當天日期一般。

小環倒抽了一口氣，慌張地說：「小聲點、小聲點！你們不可以說出去喔！」

「怎麼就不能說出去？我偏說出去！妳這小屁孩能拿我怎樣？」孫無忌興致一來，逗著她。

「不可以啦！我爸爸說，」她意識到自己聲音太大，又改用氣音說，「我爸爸說，如果讓人家知道我是他的親生女兒，可能會有殺身之禍！」

「哈！神經病！」孫無忌豪爽地大笑了起來。

「陳山河不是失蹤了嗎？」楊檢座仍正經地問道。

「嗯，」小環提到他，難過地噘嘴，「我只見過他兩次。」

「他去哪了？」

小環搖晃梳著兩個辮子的頭，悶悶不樂地說：「我要是知道，早就去找他了。」

「那是在什麼時候見到他？」楊正耐心地引導她回答問題。

「好久以前囉。」小環想了一下，繼續說，「嗯……第一次見到他的時候，我好像才六、七歲？七歲？對，七歲。那個時候，我們在離鯤，媽媽帶著我在市場賣菜。他看到我之後，就衝了過來！媽媽一見到他，就拉著我跑！可是被他追上了！」

「妳媽跑什麼啊？」孫無忌問道。

「我也不知道啊！他們好奇怪！原本媽媽躲著他，後來見到他卻又一直哭。爸爸也是，自己追上來，又很驚嚇、很慌張的樣子。」小環邊說邊扭著衣角，心裡似乎有點難為情，又有點糾結，「我後來才知道，他以前根本不知道我的存在。我媽也沒跟他提過我。我……我是人家的私生女……」她越說，頭越低了。

「那又怎樣？出生又不是妳可以決定的，妳又沒做錯事，有什麼好丟臉的！給我頭抬起來！季青人就要有季青人的樣子！堂堂正正！」孫無忌用他特有的方式鼓勵著她。

「嗯。」小環感受到他的善意，抬起頭，勉強回以微笑，「爸爸好像家裡很有錢，媽媽求他幫幫我，讓我認祖歸宗。她捨不得我跟著她一起吃苦。」

「後來呢？」

「爸爸答應了，但他說要先準備一下。」小環壓下想哽咽的衝動，繼續說，「過沒幾天，他來離鯤接我，送我到巽象的老梅村口，把一封信交給我，要我交給老夫人……就……就走了……那是我第二次見到他……」

「妳從小到大都跟著妳媽住離鯤？」

「嗯。」

「妳知道那封信的內容嗎？」

「不知道。但大概猜得出來。老夫人看了之後，好像受了很大的打擊，她當場就氣得把那封信燒了。原本大少爺和二小姐要趕我走的，幸好有大小姐。她點名要我伺候她，我才可以留下來。」

「這麼說來，陳若梅在陳家講話很有份量？」

「對，那個時候是這樣。唉……」

「怎麼了？」

「沒，沒什麼。」

小環急欲撇清關係地甩甩頭，明眼人都看得出來她想隱瞞一些事。

「假設王冬梅，也就是陳老夫人，在信中得知妳是她丈夫失散多年的女兒，又立刻把信燒掉，那陳家應該只有她知道妳的身分吧？」

「還有大小姐！她後來告訴我，我上門的那天，她就猜到了。」

「她怎麼猜？」

「我也不知道。反正大小姐本來就特別聰明！」小環毫不掩飾對大小姐的崇拜與孺慕之情。

「哼，人家隨口說說，妳也信！不過就是個神經病！」孫無忌嘲笑著。

「她才不是神經病！不許你這樣說她！」小環頓時變臉，氣呼呼地說。

「我怎樣說她啦？她瘋瘋癲癲也不是一、兩天的事，稍微打聽一下就知道了好嗎？」孫無忌又跟她鬥起嘴來。

「她才不是！你們都不懂，她是心裡苦！你給我道歉！我不許你這樣說大小姐！」小環生氣地跳了起來，叉著腰，怒指著孫無忌的鼻子。

「好啦好啦，對不起對不起。跟妳鬧著玩，犯得著生這麼大的氣嗎？」孫無忌摸摸她的頭，豪爽地說，「妳跟我女兒個子差不多，我一看妳就想到她，才忍不住逗妳。」

楊正看著站起來跟坐著的孫無忌一樣高的小環，不由得啼笑皆非。

這小女孩個頭不高，倒有這般河東獅吼的氣勢。

小環的身高的確跟孫無忌他女兒差不多。不過他女兒今年才六歲。

楊正想著，等雷公孫的孩子們都長大，全家出遊時肯定很像移動的神木群。這麼一想，他又忍不住發笑。

「喂！笑什麼！做白日夢啊！」孫無忌手肘頂頂楊正的手臂，「有問題就快問！都快下午了，我不用吃飯啊！」

楊正聞言斂起笑容，繼續問小環：「請妳回想一下，火災那天晚上發生了什麼事。」

畢竟事發當晚，小環跟陳若梅一樣，都是逃過滅門一劫的人。

「嗯。」小環蹙眉、嘟起嘴來，認真回想起那個心驚膽顫的夜晚。

第二十六章
除夕夜

除夕當天，家家戶戶張燈結綵，整個老梅村都沉浸在一片祥和喜慶的氛圍當中。

陳家雖兄弟之間勾心鬥角，但當家的卻未曾要其他已成親的弟妹們另起爐灶。這個大家庭還是維持往日的習慣，三餐皆由傭人瑞姨和小琥料理，全家人一同到飯廳用餐。

而陳府大院中，除夕那天唯一剩下的僕人就是小環。自然也成了唯一被陳家人使喚去做東做西的對象。

不過，陳家眾夫人們還算是出得了廳堂，入得了廚房。瑞姨和小琥都事先備好菜，夫人們要親自下廚、表現廚藝，只要將菜都煮熟便可上桌。

再加上前兩天，小環就先與傭人小瑗、小璜一同除舊佈新；將府內各處清理、佈置完畢。是以，往年的除夕，小環雖然忙碌，但還不至於忙不過來。

只是，不如外人所知的表象。對小環來說，想要跟自己同父異母的家人一塊吃年夜飯這個夢想，終究只能是奢望。

除夕當天下午，夫人們就已聚在東廂房外圍的裙房灶腳外，討論著傍晚要如何分工、燒菜。

「天啊，來人啊！」大少奶奶突然大叫。

此舉彷彿登高一呼，吸引其他夫人們的注意。她們一下子就發現，柴房裡放置的鞭炮全都濕掉了。

「唉這都怎麼搞的？」二少奶奶蹙眉抱怨道。

「小環，快過來！」二小姐若荷大聲喊道。

隔沒多久，年幼的小環便從遊廊朝夫人們的方向跑了過來。她的臉因在冷冽的戶外待太久而凍得紅通通的。

「妳，」大少奶奶嚴厲地指責小環，「東西怎麼顧的！鞭炮都濕了，妳叫我們明天一早怎麼放炮？妳不知道鄰居們都會來我們家門口湊熱鬧嗎？是想害我們陳家被看笑話嗎？」

說完，大少奶奶狠狠地掐擰起小環稚嫩的手臂，痛得她哇哇大叫。

「對不起、對不起！都是我不好！」小環泛淚地說。

「說句對不起就想了事啊！這下沒了鞭炮多不吉利啊！」三少奶奶也不忘落井下石。

「小環知道錯了，是小環沒顧好。」她低著頭，一手搓揉著發疼的手臂，慌張地鞠躬道歉。

「趁現在還有時間，再去買些回來吧。」若荷從自己荷包裡抽出幾張大鈔遞給小環，「總之天亮前，鞭炮就得準備好。這是季青島的習俗，不可不遵。」語調仍是她一貫的溫柔。

大少奶奶露出不懷好意的笑容，走進灶房。二少奶奶想說些什麼，終究還是礙於大少奶奶的權威而作罷，只是撇過頭。三少奶奶用袖衫遮住等著看好戲的竊笑，跟著兩位妯娌入內，留小環一人愣在原地，不知如何是好。

一般商家在小年夜那天就會收工，待來年大年初五才會開張。這一時半刻地，小環哪想得到哪裡可以買到鞭炮。就算是就近向鄰居收購，恐怕最後也會因令陳家丟臉，而又被大少奶奶責罰一頓。

她小腦袋瓜努力尋思了好一會，也只想到土法煉鋼的辦法，騎腳踏車到最近的金山鎮上碰碰運氣。

＊＊＊

小環一路風塵僕僕地騎到金山鎮，又在鎮上找了好久，才總算在媽祖廟的後面遇到一家開到除夕夜才休息的商行。

皇天不負苦心人，小環這下總算完成任務，可以回家過年了。

小環並非初生之犢不畏虎。深夜一個人騎在回程的路上，說不害怕是騙人的。只不過剛開始的時候，小環尚因自己完成任務而欣喜不已。等到從金山騎到石門，心情平緩下來，才意識到周遭的荒涼與黑暗。

那個年代公共建設還未完全，石門又不是大都市，濱海公路在當年還只是產業道路，隔了近百米才有盞被樹遮得要亮不亮的路燈出現在彎道。要不是沿途有些住家平房照亮路面，小環早就連人帶車摔進溝裡了。

只不過，等到她載滿兩大箱的鞭炮，騎回老梅村的時候，早已夜幕低垂，明月高升。午夜即將到來。

接連經過幾家住厝的小環，聽見屋牆內傳來一陣陣熱絡的笑語聲，又累、又餓、又冷的她，此時終於忍不住在寒夜裡啜泣了起來。

她知道自己今年又沒辦法跟大家一起吃團圓飯了。

事實上，與陳家對外的說法不同，她陳小環從來沒能真正跟主人們一起圍爐過。

每年除夕，總有各式各樣、層出不窮的活兒「突然」蹦出，等著她。等到她終於把交代的事做完，年夜飯早就結束了。她永遠都只能在灶房內吃冷冰冰的剩菜、剩飯。幸好瑞姨和小琥待她好。總會私下預藏個雞腿，用油紙包好藏在灶房的角落。

這種把戲頭三年，小環還看不出蹊蹺。等到第四年，她也就知道了。她心裡清楚，他們都把對大小姐的不滿發洩到自己身上。她一方面覺得委屈，一方面又小小地以自己為榮，能為大小姐受這種窩囊氣。

只是就算委屈，她又能怨誰呢？畢竟除了大小姐和已逝的老夫人以外，沒人知道她真實的身分，又有什麼義務要對她好？

怨父親嗎？也不是的。就算她受盡百般刁難，但瘦死的駱駝比馬大，她一個下人在陳家吃的、穿的、用的，可還比普通人家好上許多；更別提她曾經如此飢寒貧窮。

只是小環不懂：為什麼煙火和鞭炮放在倉庫同一處，卻只有鞭炮濕掉呢？

這個問題她想不通，也不想再去想。此刻的她，既傷心又生氣。她又想到了大小姐。以前在她身邊隨侍時，都是她們兩人一起渡過除夕的。

大小姐一直待她很好的。不僅教她讀書、寫字，還常常把自己在大學所學的知識講給她聽。自己胃口不大，卻又總是要她多買些菜回來準備，所以到最後那些菜大部分都進了她的胃。不僅如此，大小姐也常送衣服和首飾給她。每逢過節，一定會塞大紅包給她，還會跟她一起佈置家裡，親手下廚。

有時候小環夜裡睡不著，都會趁著夜闌人靜時，偷偷騎腳踏車溜出去找大小姐。今年的除夕夜也不例外。

小環心想，反正橫豎都已經錯過年夜飯，時間又已經那麼晚了，還不如先去陪大小姐守歲，等過了午夜再回陳府算了。

不料，等到小環到了大小姐家，才發現宅院雖燈火通明，裡頭卻根本沒人。

她先是在門外敲門、喊人，都無人回應。

她開始擔心大小姐的安危。一來是因大小姐向來體弱多病，二來是深知大小姐過年必會等到大年初一才回房歇息，而且大小姐很喜歡她，聽到她的聲音不可能不來應門。

她猶豫了一下，看四下無人，便決定挖出大小姐埋在門外一棵梧桐樹下的鑰匙，開門進屋。

在屋內叫了大小姐好幾回，小環尋了個遍，還是沒見到大小姐的身影。她不由得感到奇怪，又實在想不到大小姐會去哪。

此時牆上的時針已過十二點。她感到有點惋惜，沒能陪大小姐一起邁向新年。

小環在屋子裡等了半天，還不見大小姐回來。時間也晚了，她索性留了張紙條祝她新年快樂，就先打道回陳家。

才離開沒多久，天空就被一道道五顏六色的煙火給點亮。老梅村的上方頓時燦如鎏金。

小環忍不住停下車，駐足欣賞。等到煙火放完，她才留意到放煙火的方向不是陳府。

對啊，怎麼今年沒放煙火呢？難道煙火也被淋濕了，只是我沒發現？她納悶地想。

騎到半路時，她突然看見，尚在遠方的陳府，火光倏地直耀天際！

她嚇得不知所措，硬是奮力蹬著痠痛不已的腿，竭盡全力衝回陳府。

一回到陳府面對街道的大門，她馬上將腳踏車扔在一旁，逆著出門時的方向，一路從宅門、屏門、外院往裡頭奔。

來到垂花門前時，她感到大事不妙。不僅是因為虛門半掩，更有那火場傳來炙熱的高溫與梁柱瞬間迸解的劈啪作響。

庭院裡是熊熊大火，熱氣撲來、火光刺眼，她不得不用袖子摀住臉，抵擋那令人窒息的熱度。

「失……失火……失火啦！」她又驚又怕，想要呼救，嗓子又偏偏因驚嚇而不爭氣地變得乾啞。

正轉頭想跑出去找人來救火時，餘光突然瞥到幾個熟悉的衣衫。她回頭一望，駭然發現院內烈焰之中，有幾具屍體，無頭屍體！而那些軀體穿的好像就是主人們的衣服！

「啊——」她哭叫著，嚇得往後倒在地上，一時之間魂都飛了。

廳堂有根木柱，因底座被烈焰掏空而承受不了屋頂的重量，應聲倒地。隨即整個屋頂塌陷，青瓦洩了一地。

這麼幾聲轟然巨響，終於招回了小環的魂魄。這時她才留意到，火場邊緣躺著的，正是大小姐！

她立刻穿過遊廊，來到滿是火焰的庭院中，蹲下來拚命搖晃著大小姐。可是躺在地上的她卻完全沒反應。

她們兩人的裙擺都開始因高熱而逐漸往上緣捲曲、發出焦臭味。小環眼見火舌快要捲上大小姐的雙足，急忙把她往遊廊的方向拖。

但是小環畢竟是個十二歲的孩子，力有未逮。拖移的速度比不上延燒的火勢。說時遲那時快，正當大小姐的雙足即將被烈火吞噬時，頃刻間，天空突降甘霖，解了燃眉之急。

而大小姐也終於悠悠醒轉，恢復了意識。

若梅一醒來，映入眼簾的，便是漸漸被雨勢撲熄的火場。沒幾秒，聽見街道上傳來嘈雜的人聲。若梅懷疑是兇手要回過頭來確認陳家是否盡數死絕，或是有人精心設計構陷於她，滅口之後再報警來將她逮個正著。

「走！快走！」若梅催促著小環，要她從側門離開。

「大小姐？」小環疑惑著。

「快走！」若梅對她大吼。

「為什麼？」

「陳家總得有個人活著！」若梅用力推她一把，「快走！找人來救我！」

第二十七章
主僕

楊檢座的心神並未因小環的遭遇而撼動半分。

「那麼，那把刀呢？」他冷靜地問道。

小環聞言，幼小的頭猛然往後一甩，反應很大。

須臾，她才小心翼翼地開口：「什麼刀啊？」

她的反應證實了楊正的猜測。小環至少為陳大小姐隱藏了一件事：那就是當小環在火場發現若梅時，若梅身邊有一把刀。那是案發現場唯一的兇器。

楊檢座不答，只是淡淡一笑，如清風徐來：「這麼說來，」他抱胸，往椅背一倚，「案發當晚，也就是陳家人遇害時，妳其實不在家，對嗎？」

「對。」小環點點頭。

「那可就麻煩啦。」楊檢座嘴上那麼說，表情和語氣卻又不以為意。

「唉！」孫組長拍了下大腿，直嚷嚷，「現在只剩下陳若梅可以問了！」

「依妳之見，誰最有可能下此毒手？」楊正再問，「陳家有沒有什麼敵人？」

小環的頭歪向一邊，開始沉思了起來。只是過了沒多久，她還是只能回以搖頭，「不知道。」

孫無忌無奈地搖頭嘆息，原本預期這個重要關係人能提供什麼關鍵線索。現在看來是沒指望了。

「那我們來談談妳跟陳若梅好嗎？」楊正突然換了個話題，「為什麼她的隨僕會由妳變成小雀呢？」

這個問題，再度讓小環陷入回憶。

那是兩、三年前的事了……

＊＊＊

當年，若梅與小環皆不清楚為何新當家——若松突然要大少奶奶的隨婢——小雀替代小環，到若梅獨居的宅院隨侍身邊。

若梅和小環早已習慣這幾年相依為命的生活。兩人的深厚情誼和默契，彼此都非常珍惜。對於若梅來說，小環是比其他兄弟姊妹更接近家人定義的存在。

只是這下，連小環也被搶走了。若松如此安排是何用意？

心思細膩的若梅感到芒刺在背。

「他們就是要逼我！他們就是要我失去一切！」若梅抓狂地將茶几上的茶杯、甜品碟盡數掃落地面。

「大小姐，妳別想太多。動了氣又要傷身的。」小環試著安慰，同時蹲在地上撿起碎片。

小環自己當然也不懂為什麼陳家會這麼做。陳家上下對大小姐都非常感冒，甚至避之唯恐不及。大少奶奶又怎麼會捨得待在身邊多年的小雀離開呢？

她心裡想著，必須盡快找時間私底下求當家收回成命。

只是，小環沒想到，若梅她發飆完後，便立即致電陳府主屋，與新當家有一番激烈的爭執。

事後，她常想，若是當日沒有大少奶奶的介入，說不定這件事還有商量的餘地。

「我陳若梅不靠你當家的吃飯，更不勞煩你幫我物色人選！要用什麼人我自己做主！」若梅口吻十分強硬地對若松說。

「放肆！長兄如父，怎能容妳如此忤逆！」電話那頭，若松也不是省油的燈，登時對大妹回吼，「怎麼？爸媽不在，連大哥也管不動妳了是嗎！妳這個不孝女，媽去世那天妳也不來看她一眼！喪禮的時候、下葬的時候，也沒看見妳！妳還好意思稱自己姓陳！」

「說夠了沒？這與我說的話有何關聯？」若梅毫不畏懼，依然堅定自己的立場。

豈料，另一頭的電話被搶了過去，另一個人的聲音突然冒出。

「當然有關聯！」聲調總是高八度的大少奶奶，講話顯得更加尖酸刻薄，「妳別忘了，小環可是有簽賣身契的。」

「妳！」若梅頓時理解大少奶奶的暗示，拿著話筒的手因震怒而顫抖了起來。她知道憑著那紙契約，就算大少奶奶不顧小環意願把她轉賣出去，連警局想追究都難。

大少奶奶說：「對！不愧是當年爸媽中意的當家人選，一點就通。除了家裡原來的下人，還有親家帶過來的隨僕，其他都是跟妳大哥締結契約的。包括妳的好妹妹小環。」

大少奶奶冷哼一聲，又說：「所以妳最好記住，小環生是當家的人，死是當家的鬼。妳大可以自己再招婢，不過我恐怕妳沒那個氣力。我要是妳啊，就會虛心接受陳家的好意。」

「什麼意思？」有個更負面的念頭正在搔抓著若梅的腦袋，但她不想主動面對。

「噢？我以為妳能自己想到呢。我剛才已經說了，小環生是當家的人，」接著，大少奶奶加重語氣強調，「『死』，也是當家的鬼。」

「妳拿她的命威脅我？」若梅難以置信，何以大少奶奶會出此下策。

「是啊，我成功了嗎？」電話那頭傳來一聲得意的嬌笑。

「怎麼樣，她還有意見？」先是傳來若松的聲音，隨即電話又被搶回，「若梅，別給妳臉不要臉！妳大嫂好心將自己的丫頭送去妳那有什麼不好！小雀書讀得多、通情達理、能幹又機伶。我真不懂，這麼好的安排別人感激都來不及，妳還百般挑剔！妳真是被爸媽寵壞了妳！」

「所以，回答我，」大少奶奶傳來溫柔卻反倒令人毛骨悚然的腔調，「我成功了嗎？」

若梅不答，只是憤怒地掛上電話。

即使小環再遲鈍，都能從大小姐那充滿殺氣的眼神當中，看出她內心的憤怒。

看來，她想繼續侍候若梅的心願，是無法實現了。

在外人眼中，陳小環回到陳家大宅，不必再服侍脾氣陰晴不定的陳大小姐，是莫大的好事。但箇中滋味恐怕還是只有當事人自己最清楚。

然而，大小姐的身子並未因人人稱讚的小雀服侍而好轉，反而每況愈下。

小環一度以為是小雀沒有盡責照顧好大小姐。但依若梅自己的說法來看，是很滿意小雀的，只是稱不上喜歡。

「她不知道老在算計些什麼。」這是若梅親口告訴小環的話。

＊＊＊

楊檢座若有所思地說：「所以妳也不知道陳若松為什麼突然把妳調回陳府大院，另派小雀去服侍陳若梅啊。」

「嗯。」小環皺著眉，苦惱地說，「真對不起，我什麼都不知道，幫不上什麼忙。」

「不，別這麼說。」楊正回以淡淡一笑，繼續提問，「那妳為什麼會為了見陳若梅一面，跑去請陳家的幾位親家幫忙？」

「才不是呢！我才不是為了見她一面而已，我是想請他們救大小姐出來，才去拜託他們的！」小環撇撇嘴，很委屈的樣子。

一番解釋之下，楊正和孫無忌才知道，小環在案發之後，天一亮就到處請親家們伸出援手，卻接連碰壁，連已逝世的老夫人娘家——王府也是如此。

相較於嘴甜又愛撒嬌的若荷，內向又孤僻的陳若梅在親戚眼中顯得沒那麼討喜。再加上斷掌的關係，自小就被幾個同輩的孩子們欺負，個性也逐漸變得冷漠寡言，因而更加不受親戚待見。

而這樁慘案不僅僅是帶走了九條人命，更是撼動龐大的家族事業。亡者撒手的生意自得有人接手，終結群龍無首的懸宕。不少能幹、精明的管理者開始蠢蠢欲動，想藉機搶奪陳家原來的生意、資源與人脈。親家那邊自然更是如此，一接到消息便忙著重新佈局，虎視眈眈地準備瓜分大餅，哪來的心思去援救陳若梅。

退一步來說，救陳若梅能有什麼好處？因此案而成為既得利益者的親家，都是有頭有臉的人物，在這個時候更不好出面為嫌疑犯說話了。與其惹禍上身，倒不如自掃門前雪。

所以，已過而立卻未嫁，沒有夫家當靠山的陳大小姐，雖在外人眼中是幸運逃過一劫，實則像是個不幸的遺孤，無人聞問。

在陳小環的堅持不懈之下，終於遇到心軟的江家，即二少奶奶的娘家願意搭理。雖仍不便動用關係讓陳若梅離開警局，但寫封會見信這點忙還是能幫的。

「大小姐實在太可憐了啦！」小環以這句話作結。

楊正聽完心想：那江家盼盼倒是沒提到拒絕幫陳若梅交保候傳這點。

「妳還是先擔心自己吧，小毛頭。」孫無忌說，「就算妳是法定的財產繼承人之一，其他姻親也不會這麼順利就讓妳繼承的。」

搭擋這句話倒是提醒了楊正。他忖度著：有沒有可能，陳若梅是兇手欲栽贓的對象，而陳小環則是嫌疑關係線的白手套；受害者蛛網回溯的停損點？

若真是如此，不像陳若梅在局裡有幾十雙眼睛盯著，在外頭四處借宿的陳小環就有安全之憂了。

為了避免打草驚蛇，楊正表面上按兵不動，檯面下立即要求孫無忌派人暗中監視陳小環的行蹤並保護她的安全。

＊＊＊

楊檢座將陳小環這幾日來的勞苦奔波說給陳若梅聽。她雖神情依舊冷漠，細心的他卻觀察到她眼皮下隱藏的激動情緒。

「好啦，輪到妳啦。」孫組長說，「妳被捕的那天晚上發生了什麼事？」

陳若梅看向他處，悶不吭聲。先前太多的誤解令她執拗地不願再開口。怕說了什麼又誤人口實、遭人利用。

火爆的孫無忌正要發作，楊正即時出手按捺，對他眼神示意。多年的搭擋自然能馬上意會，當即冷靜下來。

「我想，還是有必要讓妳知道，依照案情偵查的發展，陳小環現在反倒成了這件命案最大的嫌疑犯。」楊正嚴肅地說，「如果妳不願意說明，我們會認為妳是在袒護自己昔日的丫鬟。」

楊正此言一出便觸及陳若梅的軟肋。她臉色登時大變，眼神兇狠地瞪著他。

「怎麼？難道你們要對一個十二歲的孩子屈打成招嗎！」她憤怒地指控。

「只要能夠結案，我們任何手段都不排除。」楊正雲淡風輕地說，「不過如果可以，我們還是想先以文明的方式回歸真相。」他攤開雙手，溫和地笑了笑，「大家都省事些，不是比較好嗎？」

第二十八章
逮捕之前

除夕夜裡，深閨之中只有陳若梅一人，顯得特別空蕩與寂寥。庭院的風甚為冷冽，以她虛弱的身子根本不宜在外頭待太久。但她就是喜歡感受這股沁人心脾的寒意。這讓她感到清新，也讓她清醒。

她抬頭望著被雲層遮住的朦朧月亮，想著小環。

自從小環回到陳府主屋以後，這獨居的宅院對若梅來說就變得太大了。她每天都覺得孤單，卻怎麼也無法將小雀替代成小環。

不知道他們今年除夕又出什麼難題給小環了？若梅擔憂地想。

若梅知道小環被陳府的人欺負。就算她不說，若梅也知道。因為她太了解他們了。

好幾次她都有股衝動想出價跟陳府買下小環，但她深知他們不會答應。而一旦她開了口，恐怕小環就會被欺負得更慘。

可憐這個孩子啊。若梅心疼地想。

雖然已到了用晚膳的時間，她卻一點也不餓。

她的食慾越來越差了。

小雀幫她找了好幾位醫生、換了好幾帖湯藥，卻一點成效也沒有。也許就如同醫生診斷的：她身體根本沒有毛病，而是出在心病。

很快地，時間來到了晚上十點。

若梅尚未就寢，她一如往常地在廳堂守歲；邊看書打發時間，邊等小環來找她。

小環這兩年除夕夜都會偷溜過來，今晚應該也會。若梅今年還特地要小雀多買些寸棗糖。那是小環最愛吃的。每年過年，她總會吃得滿臉都是糖粉。

「叩叩——」門外總算傳來若梅等待許久的敲門聲。

她提著油燈，穿過庭院，前去開門。

沉重的木門「拐咿」一聲被推開。門外卻一個人影也沒有。

若梅踏到外頭的石階上，左右望去，只看見幾個與自家門口有段距離的村民。幾個年輕男子舉著火把，正結伴走在路上；有兩對貌似中年的夫妻，提著燈籠停在路口寒暄、聊天。

若梅心想自己可能是聽錯了。

除夕夜裡，老梅村熱絡得像是個不夜城。她一個人在家裡也悶。

乾脆到路口晃晃，順便等等看小環好了。

這麼一想，她便回到屋內拿了鑰匙，鎖上門便往大路走去。

一路上，街坊間都洋溢著喜洋洋的氣氛。有對夫妻牽著小兒子在田埂上放大龍炮，旁邊一群女孩拿著仙女棒嬉戲；一個老人對著酒瓶唱著老歌，啃得地上滿是瓜子殼；有個老太太邊遛著狗，邊牽著小孫子，那孫子吃著糖葫蘆，厚棉襖沾得到處都是麥芽糖。

過年真好。若梅彷彿嗅到歡樂的空氣，興奮地想著。

她這才發覺自己已經很久沒出門了。

也許是因為路上人多熱鬧，也許是一時興起，她越走越遠，不知不覺就過了十二點。

路上的人們聽到接連幾家宅院裡頭，開始傳來歡慶過年的聲音，也跟著紛紛互道恭喜。若梅受到村民的善意，自然也是禮貌回應。

這時，天空突然竄出絢爛的花火，令眾人看得目不轉睛。有些大人將幼童舉高放到肩膀上看，有些人雀躍地歡呼。

若梅微笑地靜靜欣賞，思緒不自覺地回到從前無憂無慮的青春歲月。

只是等到此起彼落的煙火平息，天空恢復原有的陰沉，路人們也漸漸散去，各自回家歇息。

當她回過神時，整條路上只剩下她一人。而小環還是沒來。

眼看時間不早了，她今晚也算逛得盡興，便開始往自家的方向踏出步伐。

走著走著，她才想到，為什麼今年陳府沒放煙火？

「不過，人家放或不放又與我何干？」她喃喃自語道。

走到家門口的時候，她瞥見地上有一個髮圈。蹲下來仔細一看，髮圈上有個小葫蘆。

她拾起髮圈，心想：這不是我送給小環的嗎？這是什麼時候落在這裡的？難道剛才不是我聽錯，真的是小環在門口敲門？那她人呢？

她環顧四周，還是未見小環身影。

她不安地在門口踱步，越想越擔心小環，打電話回陳府主屋又打不通。她決定親自去一趟陳府確認小環的安危。雖然此時時間已晚，但她身上這把鑰匙環上除了自家鑰匙以外，還始終掛著陳府的。所以就算無人替她開門，她也能自行進入。

正當若梅經過陳府的右側時，赫然發現長牆之中，有一道側門是開的。像是伸出的手，邀請她入內。她不敢相信自己的好運，卻又有種不祥的預感，直覺正在極力勸阻她別踏進府內。

幾番掙扎，她在門口觀望半天，確定都沒人之後，才將油燈吹熄，藏在一旁低矮的樹叢中，悄悄閃身入內。

＊＊＊

陳府除了門前那對大紅燈籠，裡外也都妝點上鮮紅的綵球與巾帶。原本灰黑莊嚴、了無生氣的磚造大宅也因而出現難得的血色。然而，偌大的宅院卻是異常的冷冷清清，悄無聲息。

若梅蹲低身子慢慢前進。一面留意任何風吹草動；一面狐疑地環顧四周。

她先順著僕人居住的裙房往大門的方向走，走到轉角再穿過東廂房南側的小徑，到往街門的屏門。府牆內的屏門不如外牆的高，她站在一旁的大花盆上，勉強可以看見影壁那頭沒人。她拿出鑰匙要開門進入時，發現屏門並未鎖上，只是虛掩，便直接推門進入。

來到影壁前，她傾耳聆聽了一會兒，確定外院沒有聲響，另一頭往外院的屏門也是虛掩，便再次推門而入。

進到外院，步至垂花門前，一切都很順利，但說不上為什麼，她反倒感到惴惴不安。

她先從遊廊外牆上，海棠花型的洞窗往內窺視。裡頭暗無光亮，令她頭皮一陣發麻。太安靜了。也許我根本不該進來。她心想。

直覺催促她快點離開。但在確認小環安危之前，她無法就這麼一走了之。擔心終究戰勝了不停發出警告的直覺，若梅鼓起勇氣推開垂花門扉。

庭院裡漆黑無比，伸手不見五指。她反手輕輕將門闔上。

當她踏過遊廊的那個片刻，月光陡然突破雲層，照亮整個庭院。皎潔的冷光下，她清楚看見地上躺著好幾具屍體！

那些西式的錦衣綢服，在老梅村裡，除了陳家人以外，不會在其他人身上看到了。屍體周遭淌著一灘又一灘的血，濃重的腥味令若梅作噁，幾近暈厥。她閉上雙眼，緊捏著裙襬，命令自己冷靜。

須臾，當她再度張開雙眼，已忍下嘔吐的衝動。她快步奔到最近的一具倒臥的軀體旁，赫然發現它沒有頭！

接著舉目一望，院子裡的屍體通通都沒有頭！

也許是因為整天沒進食，也許是因為一下子受到太大的刺激，她一度感到頭昏眼花。想轉身往屋外求救，卻突然後腦勺承受到一股強烈的重擊，隨之便不省人事。

***

楊檢座與孫組長互看一眼，兩人心照不宣。

陳若梅的口供與小環大致相符。如果她們事前沒有說好，在陳若梅遭拘捕之後，就沒有任何串供的時間和機會。那麼這份口供的可信度就很高了。

「那依妳之見，誰最有可能殺陳家人呢？」楊正在陳若梅講述完後，隨即開口詢問。

「生意上的競爭對手吧？說不準。我太久沒碰生意了。」她搖搖頭，「你們肯定也知道我現在的經濟來源只有房租和佃租。」

「但照小玦說的，妳光是租金的收入就勝過陳若荷許多了吧？」孫無忌說。

「小玦？那個丫鬟嗎？對，我的收入可以讓我不愁吃穿。」她頓了頓，又順勢反問，「所以我哪有什麼理由殺人？你們到底打算什麼時候放我出去？」

孫無忌不耐煩地翻了翻白眼。他還想知道自己什麼時候可以回家咧。已經三天沒見妻兒，都要鬧家庭革命了。

「快了。」楊正出聲安撫若梅。接著，話鋒一轉，「妳之前說有人要陷害妳，妳認為會是誰呢？」

她冷哼一聲，說：「除了自家人以外還會有誰？」

這句話讓楊正感到興味盎然。

想嫁禍給別人的，有可能就是死者自己嗎？這是不可能的。

「那妳認為兇手殺害妳家人的原因是什麼？」

陳若梅沉思了許久。就在孫無忌又要發作時，她突然開了口。

「不知道。」她再次搖頭，「我想了很久，還是想不到。」

＊＊＊

會議室只剩下楊正與孫無忌，兩人靜默無語。孫無忌不想打斷正在思考的楊正，安靜地等他先開口，而後者還在自己的思路裡奔馳。

過不久，孫無忌忍不住拿起桌上一堆卷宗，再狠狠摔在桌上。

「你想好了沒啊？怎樣啊現在？」

「沒有。」楊正兩手一攤，一副莫可奈何的樣子。

「唉！煩死了！」孫無忌一手叉腰，一手使勁搔抓著頭。

楊正並不是在逗他，而是真的毫無頭緒。

古往今來，謀殺的動機不外乎「情」、「財」、「仇」三種。以謀殺的方式和直接、間接利益來看，這樁案件看似三種都不像，又像是三種都具備了。

楊正怎麼想都覺得這個兇手或是幕後主使人絕非外人。但陳府關係人這麼多，又該從何下手？

不論怎麼想，最後都還是回到動機這個癥結點：誰有這麼大的恨意，用那麼殘酷的方式滅口呢？

就在兩人各自尋思之際，一個孫無忌的組員突然闖進會議室，回報他們的新發現。

這個剛尋獲的證物令兩人震驚不已。那是一台後座欄架殘留著鞭炮紙屑和血跡的腳踏車，是小環當夜騎乘的腳踏車！

第二十九章
更多疑問

那台腳踏車被老梅村民在村外的綠石槽發現。因為車身黑與紅的顯眼色漆，村民一看就認出是陳家的車。

孫無忌認為，兇手很有可能是將頭顱載去海邊棄屍。

「可惡！被這兩個女的給騙了！」雷公孫氣得大掌拍案，桌上杯子的水灑了出來，桌旁的組員們也為之一震。

「我看她們就是合謀！彼此為對方脫罪！」他忿忿不平地說。

「那小環還承認那是她除夕當天騎的那台？就算是孩子也沒這麼傻吧？」楊正表情淡定，語末還喝了口熱茶。

「那是陳小環知道自己賴不掉！全村都知道那是陳家的車！」孫無忌反駁。

「陳府有六台腳踏車。根據屋內財產清點冊子來看，案發的時候就已經遺失兩台了。騎走另一台的，也有可能是兇手啊。」

「那陳小環又不一定知道有另一台車被牽走！」孫無忌固執地說。

「哪有兇手承認有血跡的車是自己的，又不承認自己殺人？」

「取得檢調信任啊！反正她們兩個就是跟命案有關係！」

除夕夜當晚，警察接獲報案，趕到陳府大院後，隨即派人封鎖命案現場。自此之後，除了幾個熱心幫忙的村民以外，也就只有警方可以出入陳府而已。

而在警察和居民趕到陳府前，小環受若梅之命，單獨從側門跑出陳府時，沒有馬上繞到街道上的宅門把腳踏車騎走。等到天亮，她再走到宅門時，卻發現腳踏車已不翼而飛。她當時以為警察把車牽回府上了，只好徒步走去陳府的親家，一一請託援救大小姐。

而案發至天亮這段時間，不知去哪的小環，只好就近待在陳府附近的一座涼亭等天亮。

由於沒有目擊證人可以證實小環這段時間的行蹤，故楊檢座並未採信她的說詞。但他也不認同搭檔的邏輯。

就算陳若梅和陳小環真的與這件兇殺案有關，這兩人也不可能負責殺人或棄屍。

除夕當天，小環先是來回老梅與金山，再騎去陳若梅家，之後才騎回陳府。這段路程已經獲得其他目擊者的證實。那麼她還有氣力再將沉重的九顆頭顱載到綠石槽嗎？更別提虛弱的陳若梅，光是從她家走到陳府就夠她受的了。

再說，距離海邊的最後一段石槽帶極為崎嶇、危險，人都寸步難行。騎腳踏車頂多只能到沙灘邊緣。若要將頭顱棄屍，以她們的力氣恐怕要一顆顆丟棄。這樣一次次往返，就算是男人也會手軟。

孫無忌聽了楊正的想法，便回歸到之前團隊提出的其中一種推測。

兇手有可能是三到四個成年男性。這四人因某種原因在陳府將被害者通通處斬，其中兩人先撤離現場，另外兩人各騎一台腳踏車至綠石槽將頭顱拋海。之後，把其中一台腳踏車留在海邊，共乘另一台逃逸。

「那為什麼要留那台車？為什麼不兩台都騎走？」楊正問道。

「肯定是想騙我們嘛！要我們以為兇手搭船逃走了嘛！哼，以為我們會上當嗎！太小看我們了！」孫無忌大聲地說。

不對。陳府少了幾台車遲早會被查出來。這麼做，除了陷害小環以外沒有意義。楊正尋思著。

其實楊正也曾經懷疑過陳府的男傭。

陳府雖是大戶人家，但礙於村內除了大路以外，其他路段都不適宜轎車出入，故傭人大多騎腳踏車代步，而陳家人則搭黃包車。到了村口附近的私有停車場，再轉搭轎車前往商行或港埠。而陳家每個男傭都會拉黃包車和開轎車。

如果在斬首之後又要將頭顱帶走，那也許是槍手為了向雇主證明自己的確完成了任務。既然如此，如果兇手是男傭，為什麼不偷黃包車載運頭顱而要偷腳踏車呢？

楊正因無法回答自己的提問，所以先剔除男傭們的嫌疑。

在楊正與孫無忌問訊傭人的同時，偵查小組也已經按孫組長的指示，將楊正認為有問題的院內園林調查一番。

據傭人們的說法，陳府的二院，也就是陳屍的庭院，原本是沒有園林的，只有最深處的後院才有水池。是在一、兩年前，才開始在二院興建，也就是在小環奉若松當家的指令回陳府做傭之後。

「但這水池好像跟案情沒什麼關係吧？」孫無忌說。

「也許吧。」楊正打量著水池的照片，確實看不出什麼蹊蹺，「就當是我多心了吧。」

＊＊＊

案發至今已經四天了。

在此地無依無靠的小環，因為思念母親而打算回離鯤。在籌到車資，離開老梅村之前，她還特別跑來警局跟楊正、孫無忌等人打聲招呼。

不過孫無忌不領情。只要想到小環有那麼一丁點可能是幫兇，他就滿肚子火。最早他因為小環是個孩子，又因為自己有女兒，對她也就毫無懷疑。現在小環只不過有涉案可能，雷公孫便覺得自己遭受欺騙、遭受背叛。這是對人坦率、脾氣直來直往的他絕對沒辦法忍受的事。

倒是楊正始終保持局外人的客觀。不論小環是否參與謀殺計劃，在還沒找到確切證據以前，他都不打算攤牌。他神情自若地向小環要了母親那邊的聯絡資料，就親自送她到火車站搭車。

楊正牽著小環，站在火車月台上。他蹲下來，將手中的熱飯糰塞到她手裡。

「妳年紀小，一個人跑那麼遠，叔叔不放心。妳到了媽媽那，記得每天到警局打電話給我，跟我報平安，好嗎？」楊正溫柔地說。

「好，謝謝叔叔。」小環眼眶開始泛淚，「你放心，我是大人了，我很勇敢！我不怕！」

對於從小缺乏父愛，近期又經歷此等遭遇的她來說，楊正的溫暖關心，顯得額外感人、可貴。

「一定要打喔！一天沒打，叔叔就去找妳囉！」楊正再三叮嚀。

「知道了啦。」小環點點頭，粗魯地抹掉眼淚，對楊正燦爛一笑。

「來，打勾勾。」

小環粗糙、滿是硬繭的指頭勉強勾住楊正的。

「嗚——嗚——」火車鳴笛響起，催促著離人的話別。

「去吧。」楊正說。

小環上了火車，對窗外的楊正揮手之後，就轉頭開始找座位。

她的視線一移開，楊正眼睛立即掃向隔壁車廂內的男子，對他點點頭，示意開始跟蹤。

他的同僚將會一路跟著小環到離鯤，直到與當地的警察交接為止。

如果她或陳若梅有參與作案，那她們就真的太高竿了。不得不防。楊正心想。

前幾天在若梅家的發現，也同時隨著咻咻駛離的火車，躍入他的腦海。

＊＊＊

陳小環的身世能解，關鍵就在於一封親筆信。

調查小組在案發之後陸續搜索了陳府主屋與陳若梅獨居的家宅。在後者的家中，找到一張書信。是以漿糊將撕碎的信紙，再拚貼在另一張空白信紙上。專家比對字跡之後，確認就是陳山河的手書。

調查小組推論，小環七歲的時候，在上陳府遞信給王冬梅之前，陳山河已先寄信告知王冬梅關於小環的身世。

在拚貼的信中，陳山河承認小環是他的親生女。他不敢奢望其妻能原諒他的錯誤，但盼她能看在孩子尚且年幼，能讓無辜的孩子在陳府待至成年。

不過王冬梅未聽丈夫的請求，讓小環認祖歸宗，撫養其長大成人。

謹慎的楊正於鑑定結果出來時，曾在第一時間提出質疑，認為那封信有可能是高明的偽造，但立即就被專家駁斥。在尊重專業的心態下，調查小組便採信了這個結果。

不過，在定罪以前，所有人都是無辜的，也都是嫌疑犯。楊正心想。

這也是他與孫無忌最大的不同。

＊＊＊

楊正才剛回到警局，屍檢報告就出爐了。

他接過孫無忌遞給他的資料夾，翻看著照片與書面敘述。

「九具屍體都身中多刀，每具身上都有一到三刀致命傷。」孫無忌在楊正身邊說，「也就是說，兇嫌在殺死被害人後，才另外斬頭的可能是成立的。」他頓了頓，繼續說，「依刀傷的深度和下手的方式來看，完全可以排除陳若梅與陳小環是直接兇手的可能。」

楊正接下來說的話，像是直接將一桶冷水潑在孫無忌身上般，讓他感到心寒：「嗯，我從不認為她們兩個是直接兇手。」

楊正的語氣平靜，像是屍檢報告完全在他意料之中：「一直以來的疑問都是，教唆殺人者與槍手分別是誰？」

＊＊＊

楊正的妻子——張芷，是個在報社工作的記者。不過，她的工作性質不是外界想像那樣，在命案現場打轉或是追訪政經大老、娛樂明星。她負責撰寫的是藝文資訊類的新聞稿。薪水雖然不高，但她非常熱愛這份文化氣息濃厚的工作。

她當初接受楊正的追求，也是因為楊正滿腦子天馬行空、猶如詩歌與童話一般的想像力。他常說，辦案不僅要膽大心細、反應敏捷，還要有想像力才行。

張芷總覺得，如果丈夫不做檢察官，一定也會是很出色的兒童文學家。

她的本名叫「張白芷」，從小就被取笑是「一張白紙」。所以她成年之後，第一件事就是把名字改為「張芷」。後來常被朋友戲稱夫妻倆是「正直夫婦」。

這幾天，張芷總是心神不寧。不是因為楊正不能在家陪伴她與兒子，而是因為大年初一時發生的一件小事。

當天丈夫一大清早便接到通知出門辦案。她目送他離開，才剛踏進廳堂，放在桌上的瓷杯竟然自己掉到地上，摔得粉碎！

她被濺起的碎片嚇了一大跳，差點就叫出聲。

「碎碎平安、歲歲平安。」她邊拍著胸口，邊喃喃念著，不懂杯子放在桌上好好的，怎麼會自己掉下來。

接著，她定睛一瞧，發現這正是丈夫愛用的杯子時，一股不安的感覺從她心窩裡開始蔓延……

第三十章
年夜飯

孫無忌最討厭楊正的一點，就是他從來不會把全部的推論告訴小組。他總說不想要干擾團隊調查方向，因為他的想法也有可能是錯的。但是又老愛事後諸葛地說他早就知道了。

譬如，楊正大年初一剛抵達警局，聽完孫無忌三五句的命案簡述，開口的第一句就是問電話是否被斷線。再追問他是否已經有些想法，他又諱而不言。

根據事後的調查，答案是肯定的。也就是說，楊正當時就認為這是宗預謀犯案。

而此刻，瀏覽完法醫的屍檢報告後，楊檢座若有所思地將資料夾輕拍另一手掌心。這是他思考時的習慣動作。孫無忌知道他又有什麼新觀點了。

十幾秒後，他搖了搖頭，便轉身要走出警局。

「喂！去哪啊？」孫無忌在後頭問。

「你說呢？」楊正頭也不回地說。

＊＊＊

事發不過四日，門上仍貼著封條的陳府內，顯得殘破衰敗，宛如飽受戰火摧殘的宮殿。空氣中，瀰漫的依然是焦味與那股揮之不去的作嘔腥味。其實根本毋需封條，這起聳動、駭人的血案早已惡名昭彰。光是那令人望聞生畏的惡臭，就足以叫鄰人退避三舍。除了輪流站崗守各門的員警或義民之外，根本沒人想接近。

楊檢座與孫組長不以為忤。與屍臭比起來，這點味道根本不算什麼。

楊正跨過垂花門檻，踏進二院。他站在庭院中央，慢慢轉圈，環顧四周，尋思著方才在警局裡的疑問，期望案發現場能給他些解答；或是至少，一點靈感。

這宗案件表面粗糙、漏洞百出，細查之下卻又無法深究。顯然是經過縝密的計劃。

九具屍體胃裡都是富貴人家常見的年菜：佛跳牆、魚肉、雞肉、水餃、烏魚子……等，與飯廳內的菜餚相符。除了女眷和孩子，若松、若竹、若石和若荷的丈夫四人胃裡還有酒。

一般而言，每個人夾菜順序是隨機的，如果是遭下藥餵毒或被迷昏，那麼九人不可能來得及吃過每道菜。若其中一人被迷昏或死亡，那麼其他人應會警覺而停止用餐，並且馬上向外呼救才對。那麼九人胃裡就不會都有全部的年菜了。再說，根據屍檢報告來看，九人的死因都是「斬頭」，並非毒發，屍體都沒有毒物反應。只有四個飲酒的男人肝指數較高而已。

而按照胃裡食物的消化程度來看，受害者死亡時間至少晚於用餐時間的四小時。也就是說，九人應是在午夜前後遇害，且遇害時間很接近。

火場高溫將屍體燒得皮開肉綻，難以判斷被害人死前是否曾遭綑綁、控制行動。但殺手人數估計是三到四人，為何可以控制九個被害人？為何成功脫逃的被害人連一個都沒有？遇害時，他們的意識都是清醒的嗎？

案發當時，最靠近南面遊廊和西廂房的屍體都是男性，而女性和家慶則較接近東廂房和北面廳堂。但以屍體倒下的方向來看，則沒有一定。

乍看之下似乎沒什麼問題。遇難時，人們本就會驚慌失措、四處亂竄。但楊正細看之下，便心生疑竇。為何男女奔逃的方向不一樣？為何屍體、血跡都只在庭院裡？殺手動手的時候，被害人們在庭院裡做什麼？

原本楊正猜想，也許是被害人們正在放煙火或準備放煙火時，殺手突然上門。但是除夕夜當晚，沒人見到陳府有放煙火。而案發後，鑑識人員也沒在任何院子裡發現煙火碎屑。顯然被害人還沒來得及將煙火拿到院子裡，就被殺害了。

令人詫異的是，案發後的陳家財產清點名冊上，根本就沒有煙火！那麼它們是被擱置在哪了呢？如果是小環當初看錯，與鞭炮放在一起的煙火也濕掉而被丟棄的話，那些夫人們應該就會一併要求小環添購才是。

難道小環撒謊嗎？如果是，目的又是什麼？

另外，除夕夜當晚非常寒冷，且雲層密佈，無法觀星賞月。除了放煙火之外，他們還能有什麼原因一起聚集在庭院裡？

楊正邁開步伐，走進東廂房的飯廳。

天光自破洞的屋頂灑落，裡頭被大火焚燒得滿目瘡痍。餐桌上還擺著仍是濕漉漉的炭黑焦飯，十六盤吃剩的菜碟皆燒得貌似瀝青。唯能辨識出的長年菜湯與燻黑瓷甕盛裝的佛跳牆，不停散發著酸臭的餿味。

也許殺手上門時，陳家人正在吃年夜飯……楊正猜測著。

他身後的孫無忌知道，這個搭檔又要施展拿手絕活了。

楊正手指輕劃過焦裂的大圓桌，閉上眼，開始想像。

＊＊＊

飯廳裡，靠庭院的西面，是拐子紋落地窗櫺，像是木頭打造的鏤空屏風，又像是錯綜複雜的迷宮。裡頭東側的牆面則是大幅壁畫，隻隻喜紅金魚悠遊蓮葉之下，畫面趣味活潑，望之令人忘憂。南面是褐木櫥櫃，上頭擺著萬年青與蘭花盆景；北面則放置大型博古架，上頭擺放著古董花瓶與器皿，與南面相映成趣，顯得典雅又別緻。

圍繞著滿桌佳餚的，是雕工精細的紅木椅。上頭坐著若松夫妻、若竹夫妻、若石夫妻與獨子—家慶、若荷夫婦九人。

雖稱不上和樂融融，但一年到頭，至少這天大家能拋下歧見、衝突，平心靜氣地一起坐下來重現這悠久的團圓傳統與美味的吉祥菜。

大家夾著熱騰騰的菜進碗裡，卻有一口沒一口地吃著，他們各自滿腹心事，無多餘的空間容下菜餚。

若松與若竹無話可說，兩人只是一直盯著面前的菜碟，彷彿在閱讀一篇晦澀難解的文章，不時喝上幾口酒。若荷丈夫頻頻向嗜酒如命的若石敬起酒來，兩人斟酒的速度越來越快。大夫人見氣氛不太熱絡，絞盡腦汁打開話匣子與若荷聊上幾件無關緊要的小事。二夫人邊聊邊夾菜給堂姪子家慶，與三夫人互相誇讚彼此的廚藝。飯廳裡，一時之間充斥著女人叨叨不休的話語，餐桌上的氛圍倒也回暖了幾分。

就在此時，兩名蒙面黑衣男子持刀闖入飯廳。眾人還來不及反應，坐離門口最近的若荷與家慶便遭歹徒以刀架脖子挾持。嚇得所有人驚呼連連。

「不准動！都給我閉嘴！」其中一個蒙面男子威脅道。

「我們只來搶錢，搶完我們就走！」另一個表明來意。

「你們這是幹什麼！」若松拍桌喝斥道。

「我們不想傷人！乖乖配合，我們拿完錢就走！」

「有話好說，有話好說。」若荷丈夫慌張地說。

擔心兒子家慶的三夫人頓時紅了眼眶，卻是一點辦法也沒有。

「把刀放下！是個男人就別為難女人和孩子！」若石言詞頗有男子氣概，卻毫無氣魄可言。酒喝多的他，醉得連站都站不直。

「好，那就換你！」蒙面男子大刀直指若石眉間，將若荷推向壁畫那頭，改挾持若石。

「拜託，你放了我兒子吧！我只有這麼一個寶貝兒子啊！」三夫人淚眼汪汪地說。

「不想死的話，就配合一點！我們不想傷人！」挾持家慶的男子重複道，「只要你們乖乖配合，誰都不會有事！現在，我要你們把這布袋蓋住頭，面向壁畫那裡！要是有人想逃跑還是叫救命的，我就剁了他！」

這時又有兩名蒙面男子持刀闖入飯廳，顯然是作案團伙。

面對四個持刀歹徒，幾位夫人已淚流滿面，連當家若松也面露懼色。為了保命，大家只好乖乖照歹徒的話，一一面壁。

「你！」其中一個持刀匪徒對唯一沒戴上布袋的家慶說，「帶我到你們家寶貝那！別耍花樣，不然你爸媽通通都得死！你也一樣！」

「好……好好……」家慶愣愣地看著他。雖然家慶已是年方十五的少年，但與歹徒相比，仍是顯得如此青澀瘦弱。

「家慶啊！」三夫人背對著他們，心痛地叫著。

「給我閉嘴！不然他現在就得死！」蒙面男子制止她出聲。

布袋下，哭得妝容已花的三夫人，緊抿著顫抖的嘴唇，不敢再發出任何聲音。

家慶順從地領著一個歹徒至藏寶房，然而，歹徒卻未遵守諾言。在他們回飯廳的路上，滿心以為自己即將被釋放的家慶，突然就被歹徒從背後割斷咽喉。接著，一刀再一刀，被奪去性命。

那個歹徒再度回到飯廳後，向其他三個同伙比個手勢。

「現在，你們一個一個走出飯廳！就從男人開始！老實點！不准說話！」

八人魚貫出廳，依序走上黃泉路。

突然，有人在尚未被割喉前失聲尖叫，後面的人一聽，暗叫不妙，立即心慌亂逃。四個歹徒追著陳家人猛砍，直至一個個倒地不起。

惡煞手臂用力一揮，力道之猛烈、精準，一刀就讓首級與軀幹分離，形成頸項上那乾淨的斷面。

九個頭顱取得完畢後，為了避免在慌亂中留下蛛絲馬跡，他們將事先準備好的油，從裡淋到外，一把火將宅院燒得乾乾淨淨。

正要馱著寶貝與首級離開時，一名陌生女子突然闖入。

四個歹徒各自躲了起來，觀察狀況。其中一個歹徒悄悄繞到女子身後，將其打暈。在離去之前，索性將手上那把刀放在女子手裡，以混淆視聽。

＊＊＊

楊正之所以能在腦中如此模擬，是因為他經手過太多案子；他看過無數次落網歹徒們演練下手時的一舉一動，所以能從那些幽微資料細節裡瞧出端倪，能夠想像殺手的作案手法。

這麼說來……

一個想法在他腦海中成型。他張開雙眼，轉頭看向孫無忌說：「殺手是有經驗的——」

話還未說完，頭上的懸梁赫然倒塌！隨之而來的是轟然巨響，一大片屋瓦傾垮而下！

他只來得及伸手護頭，孫無忌立刻三步併兩步，跨過門檻，大手一抓將他拉出外頭。

一身磚灰的楊正感到天旋地轉，耳鳴嗡嗡作響。他勉強睜開雙眼，看向自己的手，滿是鮮血的手。手背是血，手掌也是血。

掌心怎麼也都是血？他納悶地想。

接著眼前一片漆黑，人隨之倒了下來……

＊＊＊

案發後五日，孫無忌在病房外心急地來回踱步。

病房裡有張芷照顧著尚在昏迷中的楊正，他也不好意思進去打擾。

據醫生的說法，是輕微腦震盪，應無大礙。

不過離上頭給的期限越來越近，孫無忌實在沒辦法冷靜地等楊正醒來。

孫無忌試著猜測楊正沒講完的話。

殺手皆是成年男子，有可能是在逃的連續強盜殺人犯？

他的組員雖然已經奉命展開調查，但怕就怕，自己會錯了意，反而耽誤了案情的進展。

第三十一章 殺手

一過晌午，仰臥病床的楊正悠悠醒轉。他的頭與雙手同樣裹著白色紗布。還無暇顧及自己身處何方，被拉扯到的傷口便先令他疼痛得皺起眉來。

「阿正、阿正！你終於醒了！」其妻張芷欣喜地喊道，一晚未闔的眼睛，又再度流露出光彩。

坐在床旁的她，伸手想碰他的手，但又怕弄痛傷口，很快又縮了回來。

倒是楊正一把抓住她的手。他看著妻子哭腫的雙眼說：「讓妳擔心了。」

「知道就好！」張芷嬌嗔地說。

楊正緊握她的雙手，兩人相視而笑。

孫無忌在走廊上聽見張芷的喊聲，急忙推門而入。他大步走到床前，見到楊正已清醒，佈滿血絲的疲倦雙眼張得老大，一下子狂喜地亂揮著手，大叫道：「太好了、太好了！感謝！感謝關公！感謝觀世音！感謝佛祖！你終於醒來了！」

「喂，這裡是醫院，你小聲點！」張芷對他比出噤聲的手勢，並協助楊正坐起身來。

「喔喔，對不起，大嫂。」孫無忌嘴上道著歉，表情卻是眉開眼笑。他自行從角落拉了一張椅子，挨在嫂子座位旁坐下。

「我……昏迷了嗎？昏迷很久了嗎？」楊正問說。

張芷嚴肅地點點頭。而孫無忌說：「哎，依你的傷勢啊，算不錯了啦。」

「依我的傷勢？」楊正重覆一遍他的話。

「什麼不錯啊！你頭縫了五針，兩手加起來還縫了七針啊！」張芷心疼地說。

楊正訝異地盯著包紮起來的手背，沒想到屋頂崩塌的瞬間，就給他帶來了昏迷和十二針的傷口。

「還剩下幾天？」楊正問的是上頭交辦的期限。

「唉！」孫無忌大嘆了一口氣，手指比了個「二」。

「這麼快！」楊正不過是說話大聲一點，頭頂的傷口就隱隱作痛。剛醒來的他，神智還有些恍惚。一時之間，因疼痛的關係，話也說不下去。

「唉我就知道！我就知道！」孫無忌激動地叫嚷著，拳頭不停捶落另一手掌心上，「今年我們倆都犯太歲啦！不行不行，我現在就去幫你安一下太歲！我自己也安一下好了！」

孫無忌起身，正要扭頭離去，就被張芷的話給打斷動作。

「年前就幫你們都安上了。」張芷好氣又好笑地說。

「啊！是嗎？」孫無忌止步，回過頭搔了搔眉尾，「謝謝大嫂。不知道我老婆有沒有幫我安啊？怎麼安太歲了還那麼衰啊？」他轉向楊正說，「你說我們今年是不是犯太歲犯得特別嚴重？是不是要再點個光明燈加持一下？」

「等我一下，我起乩再告訴你。」楊正沒好氣地說。聲音仍舊明顯虛弱無力，「小芷，」他喚著妻子，「妳幫我叫一下醫生還是護士好嗎？跟他們說我醒了，想了解一下身體狀況。」

張芷與楊正結縭多年，自然清楚丈夫脾性。她不情願地看著他：「你想幹嘛？我不准你現在出院喔！」

「好，我知道，」楊正溫柔哄著她，「快去吧。」

張芷一步出病房，身後的孫無忌一個箭步走到門邊，探頭往走廊機警地環顧一周，確認沒有他人，將門輕輕闔上，才又走回病床邊坐下。

倒不是他懷疑隔牆有耳，只是他多年的職業病使然。

「你還記得你在陳府說的話嗎？你說殺手是有經驗的？」孫無忌試著幫助搭檔回想被砸昏前的經過。

「嗯。」楊正點點頭，眼神恢復昔日的犀利。

雖然才剛恢復意識沒幾分鐘，但楊正很快就再次進入狀況。除了頭痛以外，他覺得此刻精神比在陳府那天還好上許多。大概是因為獲得了充足的睡眠與完全的放鬆。

「我已經請手下把重點放在連續強盜殺人犯。這個偵查方向對嗎？」孫無忌詢問。

「算對吧。」

「哎，你講話別這樣龜龜毛毛的行不行？要嘛就對，要嘛就不對，什麼叫『算對吧』？」孫無忌又補充一句，「你快一點，我們時間不多了！」

「如果只鎖定連續強盜殺人犯，那範圍就太小了。無忌，把我接下來的話記下來吧。」

「好！」孫無忌動作熟練地從外套內側口袋裡拿出比掌心還小的冊子，再從襯衫口袋中掏出筆來。

「殺手不久前從事過低薪、勞力密集的工作。臂力驚人，必須時常以雙臂做揮砍的動作，對砍取目標物的技巧十分熟練。」楊正頓了頓，有些口乾舌燥。

正專心速寫的孫無忌聽見聲音中斷，抬頭看見楊正伸手想去拿水壺。便立即起身為其倒滿水杯，放在他手中，才又坐回去。

「謝謝。」楊正喝了口水，繼續說，「性情兇猛、果斷、大膽，對於見血可能不畏懼。現在可能無業，無其他援助的話，容易為高額報酬鋌而走險。」

話一說完，楊正又舉起水杯喝水。孫無忌見他沒有要再接著說，便先提出自己的疑惑。

「這麼說，像是那些屠夫、農夫、樵夫，都有可能？」

「對，」楊正放下水杯，回答他，「還有採藥人、礦工等等。他們平時慣用的工具不一定是刀，也有可能是斧頭、登山鎬、鐮刀之類的。」

「可是，那也還是要有前科或犯罪經驗吧。沒有的話，真有可能犯下這件大案嗎？如果我們將手中的名單，再以這些特點過濾，範圍應該可以縮小許多。這樣不就也能更快找到嫌疑犯嗎？」

楊正知道孫無忌容易在既有的思維裡打轉，被原先的假想給侷限，所以耐心地向他解釋。

「殺手不一定是在逃的連續強盜犯、殺人犯。他甚至可能沒有任何前科。這個案子不同以往，我不要你和你底下的人有任何先入為主的假設。只要符合我剛才說的這些背景的人，通通都要列管。」

「那規模可是很大的啊。」孫無忌質疑地說。

楊正平靜地說：「一點也不會。我們再加一些條件下去。無忌，你想想，殺手在殺了人之後，會做什麼？」

「唔……」孫無忌身子往後傾，想了一會便說，「逃亡？對，我們可以先跟幾個線民聯絡，確認一下案發之後，是否有人偷渡出海或逃亡到其他縣市。如果找到可疑的傢伙，我們就搜查他們家，還有限制他們和家人的行動……」

「要逃早逃了，」楊正失笑道，「現在才想到這點不會太遲嗎？」

「啊！說得也是。」孫無忌拳頭猛地捶至另一手掌心上，「太晚才想到了！不知道來不來得及……」

「是拿酬勞。」楊正直接給出答案。

「對！」孫無忌拍一下大腿，「沒錯！所以只要查一查這些符合對象的銀行帳戶，看看最近有沒有來路不明的巨額款項，就可以……」

「你忘了，」楊正打斷他的話，「這些背景出身的人觀念相對比較保守。入袋為安，他們不會那麼信任銀行，會傾向收實體的報酬，把它藏在家裡。再說，不論是存入帳戶還是轉帳都比較容易找到匯款人，就算中間經過一層又一層的白手套，幕後主使者也不會輕易使用這類的方式付款。」

「這樣就麻煩了。」孫無忌表情很傷腦筋的樣子。

「那倒未必。付款本身也是門學問。」楊正提醒他。

「你是說，如果給的都是大鈔，這樣背景出身的人就容易因出手都拿大鈔，引人側目？」

「對，」楊正點點頭，補充說，「如果面額太小，那體積又會太大，不論是藏在家裡，還是帶著逃亡就很不方便了。所以給個等價的東西讓對方兌現是最方便又最自然的。」

「對對對，像是古董、珠寶、金條！」

「沒錯，最有可能的就是黃金。可以不用一次就全部換現金。不管放多久都能保值。」

「好，就先從銀樓、當鋪開始查起！」孫無忌神情興奮，像是中了刮刮樂，又忍不住貪心地想將贏回來的彩金再全部下注賭一把，「再來點提示吧兄弟！」

楊正苦笑，他實在想不到別的線索了。

張芷領著護士進來，打斷兩人的討論。

「快去吧，別跟我討價還價，」楊正說，「我們沒有多少時間了。」

孫無忌原本還想說些什麼，看到張芷射來的譴責視線，又把話給吞了回去。那無聲的怨懟，像是在指責他是什麼無惡不作的大壞蛋一樣。他只好摸摸鼻子，低頭快速步出病房。

護士與稍後進來的值班醫生向楊正說明身體狀況。不過要出院至少要等到明天一早，主治大夫親自確認、簽署同意才行。

「楊先生，」值班醫生說，「你的術後狀況還不錯，不過我們還是建議你留在醫院安心養病幾天，這樣我們也比較好觀察。畢竟傷到頭部非同小可，請你理解。」

「我是檢察官，現在正在辦案。兇手目前都還逍遙法外，我實在沒有心情安心養病。」楊正苦笑道。

「至少要等燒退吧。」值班醫生轉向張芷說，「盡量讓他好好休息吧。太過操勞的話，對傷口的痊癒是沒有幫助的。」

「好，我知道。謝謝你們。」張芷由衷地說。

待醫護人員離去之後，張芷見丈夫仍若有所思的樣子，便說，「放心吧，有雷公孫照看著呢。」

「唉，但願如此……」楊正內心沒來由地感到不安。

「再多休息一會吧。」她扶他躺下，體貼地為他拉上棉被。

幸虧楊正頭部的傷口主要在髮際線到頭頂這段，若是在後腦勺的話，連平躺都會是個問題。

他當然知道自己應該多休息，只是滿腦子都是這宗案子。這一時半會，想停也停不下來。

他雖然可以把最可疑、最有可能的殺手背景、身分羅列出來。然後祈禱老天開眼，這些線索就足以順利擒兇。

但另一方面，他心中又有個疑問。

只要經過訓練，又具備適當的工具，人的確能徒手斬首他人。但兇案現場那把大刀是絕對不可能的。既然如此，為什麼殺手不直接扔下手中真正作案的工具，而要丟下似是而非的大刀栽贓給陳若梅？

就算殺手能找到好了，那幕後主使人呢？只怕這案子就算再給一個月也無法完全破案了。

話又說回來，他與孫無忌經手過的案子，儘管拚盡全力也無法每件都能水落石出；最終未破的懸案也絕非屈指可數。

他捫心自問：既然如此，我為何會如此心神不寧？

楊正嘆了一口氣，轉頭看向正坐著削蘋果的妻子。

「小芷，我有件事要麻煩妳……」

第三十二章
眉目

楊正再次醒來，病房窗外的夜空已掛著明月。

他稍稍抬頭，環顧四周，找尋妻子的身影。

單人病房內，只有他一個人。各處堆著花籃、水果禮盒，令他有些錯愕。當他看到床頭、離自己最近的那個花籃小卡上，寫著「早日康復」四字和檢察總長的大名時，比起受寵若驚，他的感覺更像是如坐針氈。

檢察總長專司指揮、管理檢察官，是楊正的頂頭上司，他與局裡的同事都稱其為「檢總」。

檢總在檢調系統中，幾乎可謂擁有絕對的權力與不容質疑的權威。他為人不苟言笑、城府頗深；是正是邪說不上，因為就連他們這些辦案多年的老江湖都沒能看得出他的心思。

大部分的時候，檢察官都會服從他所下達的指令，包括楊正也不例外。

這起滅門血案正是檢總指派楊正與孫無忌合作調查的。而楊正又以公正聞名，和孫無忌是多年搭檔，所以陳府親戚、親家間在打聽過承辦人的風評之後，皆對此安排甚為滿意。調查團隊也理所當然地認為，這起案子沒有外界的勢力介入，僅需秉公辦理即可。

但是，就楊正印象所及，檢總從來沒有因下屬受傷住院，而送過花籃致意；最多是見面時，口頭表示慰問而已。

那他現在送我花籃是什麼意思？是在暗示他緊盯著我這宗案子，無論傷勢如何，務必要在原訂的七日內破案？還是要我好好休息，其他的事情別管？

做這行的，多多少少都會疑神疑鬼。楊正越是揣摩上意，越是感到不安。他吞了口口水，伸手將小卡扯下來，拿到眼前看。

這字跡很陌生，不是檢察總長，也不是局裡其他同事的；可能是花店老闆應客戶要求，寫了張卡片隨花籃送過來的。

門外傳來腳步聲，進來的人是張芷，手上捧著裝滿盛開百合的花瓶。見丈夫已醒，對他笑著說：「你醒啦！怎麼樣，頭還會痛嗎？」

楊正想搖搖頭，但又怕會頭暈，只好頸部僵硬地說：「不會。」

「那好，先來吃點東西吧。」

經她這麼一說，楊正才發覺自己確實有些餓了。

他邊吃著張芷為其準備的便當，邊聽她說話。

從他下午入睡到剛剛，幾位局裡的同事與親戚便陸續來探望他，她也從他們那裡接過不少探病的禮物。而這次與他共同偵調陳府斷頭案的團隊組員則一個都沒出現，他們正日以繼夜、輪班接力地調查，所以只有孫無忌代表大家來看他。

楊正有點緊張兮兮地向張芷問起床頭的花籃。當他知道那是檢總託同事送來的，而不是他大人親自跑一遭時，便稍微鬆了一口氣。

但也是稍微而已。

他想，自己最好還是明天跑一趟警局，了解一下進度。

只不過，我得想個說詞說服小芷才行。

這麼一想，他便偷偷瞥了她一眼。在她意識到視線之前，又立刻低頭繼續吃飯。

＊＊＊

隔天一早，楊正想趁張芷出門買早點時，偷偷溜去警局。

只是，他遍尋不著自己的錢包和衣服。想來大概是妻子怕他掛心工作，不聽醫生的話，偷跑回警局，所以才早一步收走他的衣服。

雖然一身淺藍條紋的病袍走在路上很顯眼，不過他安慰自己至少還有身上披的這件羊毛針織外套，可以擋住醫院的名稱。

未料，他才走出病房沒幾步，便在走廊上撞見提著豆漿、燒餅回來的妻子。

張芷眼神略帶殺氣，冷冷地說：「想去哪啊你？」

「茶水間。」他鎮定地回答。

「兩手空空去茶水間？」她抓住他的手臂往病房走，「你拿個尿壺還比較有說服力。」

他見事跡敗露，只好坦承相告：「我是要回警局。」頓了頓，又說，「老婆，妳就讓我回警局看看嘛。」

「不讓！」

幸好兩人此時已回到病房內，不然場面肯定少不了圍觀、看熱鬧的群眾。

「一年到頭也沒見到你幾次，」張芷繼續叨念著撒氣，「再見到你居然被什麼瓦片砸得頭破血流！那下次呢？我是要去給你送葬嗎？你是要為國捐軀嗎！」

「小芷！」楊正覺得妻子講話越來越難聽，便有些惱怒地甩開她的手，雙手攬住她的肩膀說，「妳聽聽自己說的話！能聽嗎？妳怎麼這麼不講理！」

「我不講理？你們警局才不講理！檢察官那麼多個，我老公只有一個！你有什麼萬一，他們大不了換個人辦！那我呢？我怎麼辦？我們玄白怎麼辦？我還活不活！」

「叩叩！」門外傳來幾下急促的敲門聲。

正直夫妻的爭執立即中斷，兩人各自往後退了一步。

「請進。」楊正說。臉色恢復平常。

「那個，」門外的護士開門探頭進來，眼睛在他們身上來回游移，「楊先生，有你的電話。是警局打來的，請你務必接聽。」

她的表情尷尬，想必方才在外面也聽到夫妻倆的爭吵聲。

＊＊＊

這通電話是職務交接令，即刻生效。檢總將楊正的案子轉給另一位檢察官偵辦。原因是他因公帶傷，無法再勝任目前的工作。

「好好養傷吧。」檢總在電話裡頭安慰楊正。不知是出自真心，還是諷刺他辦事無能。

在護理站櫃檯講電話的楊正，將話筒掛上。

身旁的張芷自然聽得出丈夫是在跟檢總通話，她見楊正神色有異，忙問道：「怎麼樣？局裡要你馬上回去？」

「唉……」他輕嘆了口氣。

檢察官難為，丈夫難為，身為檢察官的丈夫更難為。終日疲於奔命，到最後反而豬八戒照鏡子，裡外不是人。

「我的工作被移交出去了。檢總要我安心養傷。」楊正輕描淡寫地一語帶過。

「是嗎，」張芷喜孜孜地笑道，「那豈不是太好了嗎！」

「是啊，」楊正有些語中帶刺地說，「這下妳不用再提心吊膽了。」

張芷識趣地不再回話，只是與楊正一同回到病房吃早餐。

她當然知道丈夫因檢總的調派而心情鬱悶，畢竟他之前為了這個案子也是幾天幾夜沒闔眼。現在突然被告知，自己好不容易調查出的線索，必須全數拱手讓人，叫他情何以堪。

但無論如何，她都無法否認自己的確因檢總的這個決定，而感到開心。對她來說，他平安無恙才是最重要的。

＊＊＊

晚上，孫無忌出現了。

楊正從他更加雜亂的頭髮、狂亂的眼神、與前幾天完全相同的皺衣褲，看出搭檔不僅又是一夜未歸，更是徹夜未眠。因為在住院之前，自己也是這般邋遢、一副隨時都會精神崩潰的模樣。

孫無忌自然也知道楊正的工作被轉移的事。他一方面感到扼腕，與搭檔一同努力的成果被外人整碗端走；一方面又認為，楊正有機會休養何嘗不是一件好事。

他見楊正一副鬱鬱寡歡、與棄婦沒兩樣的表情，就想說幾句話來鼓舞搭檔的士氣。但是不管說了什麼，楊正都只是兩眼放空，回以「嗯」、「喔」的話，明顯根本沒在聽。

於是孫無忌只好趁張芷不在房內時，從外套口袋裡掏出一疊皺巴巴的紙張。

「你看看、你看看，」他故意在他眼前晃著，「沒想到這麼快就有收穫！真是關公顯靈！」

這招果然一試奏效。楊正馬上被拉回注意力，一手搶過那疊紙，細讀起來。表情變得非常專注。

那是一份篩選過的名單。孫無忌的團隊彙整了巽象市從陳府滅門案至今，所有銀樓曾買入黃金與當鋪接受典當黃金的交易清單，再逐一依楊正提供的殺手側寫過濾掉不符合特徵的賣金者。之後，再針對剩下的人進行身分調查。

而這份符合殺手背景的名單當中，有一個是礦工。因其脫手的金戒造型簡單古樸、金工技術不高，但純度卻極高，令那家銀樓的師傅印象深刻。

當時銀樓老闆曾經出於好奇詢問那個穿著寒酸的賣金者，金戒從何而來。當時賣金者回說那是祖傳的寶貝，逼不得已才賣的。銀樓老闆信以為真，當下就買下了。後來警方上門查案，老闆得知自己很可能買到贓物，當即又驚又怒。

在孫無忌描述的過程中，張芷也回到病房。她聽到他又再跟丈夫講案情，不耐煩地翻了翻白眼。

「這個礦工啊，」孫無忌說，「就跟你講的一樣，完全沒有前科，紀錄乾淨的跟張白紙一樣。」

張芷一聽，不免又白了他一眼。他會意過來，不好意思地搔抓著頭。

「有點眉目當然是好事。不過你們進度可要抓緊了。這名單只有巽象市，其他殺手有可能逃到別的縣市以後，才敢向當地的銀樓或當鋪賣黃金。」楊正說。

「你以為我不想啊！已經很緊了，再緊我們都要暴斃了！」孫無忌嚎叫道。

「那，你們已經找到那個礦工了嗎？」

「已經打聽到一些消息了，最晚明天就能將他帶回警局。」孫無忌自信滿滿地說。

「是嗎？明天啊……」楊正喃喃道。

孫無忌自然知道搭檔心中所想，明天就是期限的最後一天了。就算不能完全破獲，最起碼也得抓個人回來吧。

「是啊。明天能不能向長官交代，就全靠這個人了！」孫無忌說。

第三十三章
無形的手

約莫凌晨三點，夜空仍舊黑的深沉。街道上，除了偶爾呼嘯而過的陣風捲動落葉的聲音之外，別無其他。突然之間，一陣緩慢而堅定的蹬音踏破寂靜，直奔暗巷而來。

一名身穿西服的中年男子出現在孫無忌的小組眼中。他正是身分背景具嫌疑的礦工——李忠。

他身材精瘦，雖遠不如孫無忌壯碩魁梧，陽剛的氣勢卻也不遜於他。一雙明亮的眼睛炯炯有神，相貌端正，怎麼看都是個堂堂男子漢。若不是因為事前調查、跟監過他，任誰也不會相信，他只是區區一名礦工；更無法相信，他有可能犯下慘絕人寰、毫無人性可言的陳府斷頭案。

此時敵在明，我在暗。組員躲在暗處，各個神經緊繃，氣也不敢喘一下，嚴正待命；等著長官的下一步指示。而雷公孫則與其他兩個組員在路邊一台黑色箱型車裡觀察這名礦工的動向。

雷公孫一下命令，所有人即刻行動，同時現身在巷內的各個交叉口，打算將李忠團團包圍。

豈料，眾人的影子才剛出現在燈光之下，李忠便看出周遭埋伏的是便衣刑警，當即反應過來，拔腿狂奔。想必是做賊心虛，多有防備。

大伙也不是省油的燈，齊喝一聲，賣力追趕，沒幾百公尺便追上了他。只是不知是組員們連日加班太過勞累，抑或是這人有著出乎常人的蠻力，一時半刻，五個大漢竟無法將他拿下。

在孫無忌衝上來，連連揮拳將他擊昏之前，組員們只能使盡渾身解數才能勉強牽制住他。組長孫無忌認為李忠有逃亡之虞，為了避免煮熟的鴨子又飛了，不僅給李忠反手銬上手銬，連腳也順帶銬上一副。大伙十幾雙眼睛一路都盯著不省人事的李忠到警局。直到將他扔進拘留所裡，大家才終於可以稍稍喘口氣。

好不容易將他捉拿在案，眾人的精神也為之振奮不少。打鐵要趁熱，孫無忌先是一壺冷水將李忠叫醒，就開始了一連串馬拉松式的偵訊，力求要他交代共犯、犯罪動機、過程和幕後主使人等訊息。

原本他們以為，能夠順藤摸瓜；至少在天亮前，就能得知共犯身分和幕後主使人。他們再利用最後的十幾小時，全力通緝這些李忠供出來的人士。如此一來，即便此案沒在期限內偵破，也不至於無法交差。

不料，李忠竟如此嘴硬。先是被一壺冷水潑醒，又是被一壺熱水伺候，再來又被連揍了幾拳，七葷八素不說，連牙都掉了六顆！如此這般輪番「審訊」，他居然自始自終不發一語，連一聲哀求、喊冤都沒有，令小組組員有些錯愕。

他們訝然心想：這人真的只是礦工嗎？不可能吧？

時間緊迫，就在大伙再度陷入僵局，而孫無忌打算要出狠招來盤問時，剛接手楊正業務的檢察官——沈懷文也趕至警局。

「等等，別再打了！再打人就要死了！」沈懷文急忙出手阻止，「讓我試試吧。你們忙了一夜，也該輪班了。」

他的一番話，字字講到組員心坎裡。他們確實累，身心都累。每個人都在精神與體力崩潰的邊緣，咬牙苦撐著。

孫無忌不太信賴從未共事過的沈懷文，原本還想再撐一會，但當他抬頭看向組員們時，他們那筋疲力盡的疲態，使得他拒絕沈懷文的話突然像破掉的泡泡似地，在他口裡消了音。

「放心，反正還有幾個組員在。不會有事的。」沈懷文拍拍孫無忌的手臂，「快，去小睡一會也好。」

「對啊，組長，他都給關進去了，還能有什麼事？」另一位組員勸道。他的臉不只毫無血色，而是從發青轉灰了。

其他組員們也跟著附和，看著雷公孫的眼神都是祈求。

孫無忌接連與他們對上眼，嘆了一聲後，便說：「也好、也好。」

他這麼一說，大伙連歡呼、微笑的氣力都沒有，只是垂著肩膀，說聲謝謝，便往休息室移動。

大家實在太累了、太累了。

孫無忌當然知道，他也累了，也快撐不下去了。

但願這個沈懷文真有法子，讓我們一覺醒來，就有新的線索可以全體動員。

這是孫無忌與組員們擠在大通鋪上，拉上又臭又髒的破被子，闔上眼睛時的最後一個念頭。

＊＊＊

當孫無忌再次醒來，窗外暖黃的天空朦朧，像幅摻了太多水的水彩畫。他揉揉又乾又澀的眼睛，視線落在身邊，赫然發現通鋪上除了幾團散在各處、皺巴巴的棉被以外，一個人也沒有。

他頓時火氣上來，罵道：「搞什麼鬼！這幫人醒來也沒叫我！現在到底幾點鐘啦？」

他抬起腕上的錶定睛一看，指針走到五點十分。他先是愣了一下，不懂冬季天色怎麼這麼早亮，接著才突然意識到現在已經是下午五點十分了！

他像是被電到般，吃驚地彈跳起來，直奔出休息室。

他一走進小組所在的刑事辦公室，蒲扇般的巨掌立刻「磅」一聲大力拍在就近的桌上。魚缸裡的水劇烈晃動，差點連游上水面吃飼料的金魚也一同溢了出來。

辦公室裡所有組員都瞬時鴉雀無聲，停下手邊動作，扭頭看向孫組長。

孫無忌氣沉丹田，大聲吼道：「怎麼回事！現在都幾點了！怎麼沒人叫我？李忠交代多少啦！」

所有組員你看我、我看你，有的開始講起悄悄話，有的低頭沒吭聲，有的則面露尷尬，就是沒有人回答他的問題。

孫無忌一看也懵了，不明白為何大家的神色如此奇怪。知道事出必有因，忙問：「什麼狀況？講清楚！我們時間不多了啊！」

最靠近他的組員戴副金色細框眼鏡，先是閉上雙眼，深吸了一口氣，才對他說：「組長，李忠認罪了。但是——」

「啊！」孫無忌一聽李忠終於肯認罪，立即打斷組員的話，眉開眼笑地說，「太好了、太好了！他還說了什麼？」

「唉，沒有。他一認罪後，便趁弟兄們不注意的時候，在拘留所裡自殺了。」金框眼鏡組員神情無奈，「這條線索也斷了。」

「什麼！」孫無忌當即氣得大吼一聲，揮舞著雙手，破口大罵，唾液立即向外四濺，「飯桶！都是一群沒用的東西！出了這麼大的事都沒來叫我！你們是怎麼看管嫌犯的！」他雙手叉腰，來回踱步，「快說！他是怎麼自殺的？」

原本老實向他報告的金框眼鏡組員被他這麼一罵，也不敢再說什麼，只是連聲道歉。另一個身材較高的組員則代他回答孫組長的問題：「推測是口裡藏了毒藥，一遇危急情況，立即服毒自盡。」

「服毒自盡！」孫無忌不可置信地重複一遍。

他銅鈴般的大眼一瞪，簡直與鍾馗沒兩樣。嚇得兩名組員頓時往後退一大步。

「不就是個礦工嗎？居然耍花招！」孫無忌越想越不對，立刻又嚷叫著，「那他現在究竟是活還是死？就算急救無效，也該通知我才對啊！」

「組長，你先聽我們解釋。」另一個體型較粗壯的組員接著報告，「你們去休息的時候，沈檢座先是要求單獨一人進拘留室審訊李忠。沒多久，他走出來時，手上就拿著李忠的認罪書。」

「是啊、是啊。」金框眼鏡組員接著說，「大家一時太過高興，立刻圍著沈檢座，問他是怎麼盤問出來的。結果李忠那間拘留室裡突然傳出重物倒在地上的聲音。我們衝過去一看，他就已經臥倒在地上，動也不動了。」

「對，將他身體翻過來的時候，臉上都爆青筋了！」高個組員附和說，「我們想馬上跟你報告，但沈檢座要我們別打擾你休息，先將李忠送去醫院急救，但他到院前就已經宣告不治了。唉，其實哪用送醫院！現場看他那個死樣就知道死透了，救不回來了。」

「唉，這說來也奇怪，沈檢座究竟是怎麼讓李忠伏首認罪的？」戴金框眼鏡的組員納悶道。

在場的其他組員一聽，也跟著連連點頭，表示同樣不解。

沈檢座在入拘留室審問時，手上也就只拿著一份紙筆而已。甭說是嚴刑拷打了，就連想嚇唬、嚇唬李忠也不可能。竟然如此，眾人就更不明白李忠為何突然認罪？最莫名其妙的，就是在認罪之後，又立即自殺。

孫無忌自然也摸不著頭緒。他不知道沈檢座是如何逼供，也不知道李忠口中哪來的毒藥。但憑他官場多年的浮沉，也能料到沈檢座是故意下重手，讓他們小組毫無破案機會。

一想到此，他簡直怒火攻心，遂恨恨地說：「這個沈懷文！好不容易將李忠緝拿到案，他搶功勞也就算了，居然把唯一的線索也給弄斷了！這下怎麼可能在時限內破案！」

「對了，組長，」高個組員突然想到什麼，立刻又向孫無忌報告，「沈檢座接下來還要再去審訊陳若梅。他說一有結果，就馬上叫醒你。不過，你已經先醒過來了。」

「怎麼不早說！」孫無忌接著暴跳如雷，暴喝道，「好你個沈懷文！扮豬吃老虎，跟我來陰的！弄死了李忠，難道還要再弄死陳若梅嗎？我倒要看看你還要玩什麼把戲！」

他說完，立刻轉身要往拘留所奔去，卻被身材粗壯的組員攔下：「組長，等一下！您到底沒跟沈檢座合作過，不知道如何應付。倒不如請楊檢座來一趟，一同去跟他問個明白吧！」

「阿正！」孫無忌大力點點頭，「對！我怎麼沒想到！」

他又轉過頭走進辦公室，拿起最近的電話撥給尚在醫院裡療養的楊正，並將所有狀況都一股腦地告訴他，要他盡快回警局與自己會合。

第三十四章
薄暮

潔弟已經習慣每天到金沙渡假村找吳常，今天當然也不例外地開車過去。雖然滿無賴的，但她一路上的確不是想著要怎麼繼續探訪老梅村的居民，而是滿心想著接下來的三餐要點什麼好料。

沒錯，她連早餐也打算在他那吃。誰叫他那麼不要臉，要她每天過去找他。雖然她沒有半點貢獻和生產力可言，但光是這樣天龍市、巽象市折返下來，一個月也要好幾千塊的油錢啊！不多吃點怎麼回本！

P07 總統套房的門一開，廖管家便以一貫溫和有禮的語調歡迎她的到來：「潔弟早安，菜單已經幫您放在桌上了。要先來杯柳橙汁嗎？」

「當然好啊！倒滿一點，謝謝。」潔弟毫不客氣地說。

套房內用的是捷克進口的高級玻璃杯，造型雖細長優雅，但超級不實用，能裝的量都只有一點點。按照吳常的習慣，玻璃杯中的果汁永遠都只裝一半，酒類則是只裝三分之一。潔弟才喝兩口就沒了，每次都要再麻煩廖管家幫忙續杯。偏偏這位管家體內有著莫名強烈的職人魂，他在場的時候，若自己走去吧檯倒飲料，反而會讓他覺得自己失職，讓她想喝又不好意思多喝。

潔弟在客廳沙發上坐下來，環顧房內一圈，都沒見到吳常的身影。按理來說，這個時間他早就已經醒了才對。

「糯米腸呢？」她問道。

廖管家早已聽習慣潔弟、志剛和小智給吳常亂取的綽號，不慌不忙道：「吳先生在書房裡。您要在書房用早餐嗎？還是在餐廳吃完再進去找他呢？」

她望向書房，那扇裝飾細膩、華貴的象牙白木門緊掩。

「他吃了嗎？」她又問。

「已經用過了。」廖管家好心地說，「但我想他不會介意您在裡頭用餐的。我只要再搬張桌子進去就可以了。」

「還要再搬桌子！這麼麻煩。」她不好意思地說，「那不用了，我吃完再進去找他好了。」

＊＊＊

廖管家待她用餐完畢後，著手指揮服務人員將桌上的餐盤收回推車，並清理餐桌。

她很好奇吳常在書房裡做什麼，故意在敲門之前，先用耳朵貼著門，企圖聽出裡頭的動靜。可是裡面半點聲響也沒有。

廖管家注意到她這個舉動，立刻輕咳一聲，說：「王小姐，啊不，潔弟，請您別這樣做。」

她吐吐舌頭，立刻把頭縮回來。改用指節敲了兩下書房的門。

「進來吧。」一陣帶著磁性的男性嗓音從裡頭傳來。

她往下轉動黃銅雕花把手，推門入內。

縱使她不是第一次進來這間書房，還是深深為映入眼簾的瑰麗擺設而著迷。這間具歐洲復古風格的書房實在是她夢寐以求的啊。

看向吳常的時候，她才明白為什麼廖管家方才說，如果她要進書房用餐，他需要再搬張桌子進來。眼前這張可可色雕花書桌整整有兩米寬，上頭卻擺滿了一堆文件。而吳常整個人像是陷進了黑色辦公皮椅之中，雙腿交疊，埋首於桌案之後。他正在瀏覽一本厚度約兩百頁左右的泛黃書冊。那看來是本很舊的書，書皮都已經褪色，看不出書名。

她見他手中的書已經翻閱了大半，估計剩沒幾頁就看完了，所以也不急著吵他，只是坐在他對面的一張辦公椅上，隨意拿起幾張面前的紙頁來看。

吳常也沒有阻止她看，依舊安靜地在看他手上的書。倒是她自己越看越心驚。一看到檔案上寫著斗大的「屍檢報告」四字，馬上就將紙張放回原位，不確定這是否是自己能看的資料。

幾秒後，他翻閱完最後幾頁，將書闔上，放在案邊。他終於抬頭，迎接她的視線。

她早就習慣他那冰塊般的面無表情，可是此時，她注意到他的瞳色再度因情緒激動轉為藍紫色，且眼神中閃過一絲異樣。像是悲痛，又像是憤慨。

當時，潔弟以為是自己看錯了。畢竟吳常很少有情緒起伏，就連眼神大部分的時候也都是冷漠的。

「你在看什麼啊？」她好奇地看向桌上那本書。

他的視線仍停留在她臉上，卻將手壓在書上，像是擺明不讓她看。

人心多多少少都有著叛逆因子。他這麼做，反而讓她更想看了。

「看一眼都不行啊？」她用手指比著「一點點」的手勢。

「不行。」他淡淡地說，「一旦妳看了，就無法再置身事外。」

「什麼書啊？講得跟抽鬼牌一樣。怪可怕的。」潔弟身子不自覺地往椅背後靠，想起抽鬼牌的禁忌；遊戲一旦開始，就必須玩到結束，不可中斷。

「這不是書。」他的口吻放輕，接近溫柔，「而且，妳以後都不用來了。我決定自己調查下去。」

「什麼！」她因這突如其來的決定而大吃一驚，「為什麼？這麼突然！」

同時，潔弟也對自己的心意感到困惑。她原本是不太想介入調查〈老梅謠〉，但當她真正聽到吳常這麼說的時候，卻沒有預期那樣的如釋重負。一時半刻的連自己也說不清楚；像是失落，又像是被否定而感到沮喪。

「直到剛才，我才確定這件事不該將妳也捲進去。」

吳常簡略地講了一句，好像就能作為合理的交代。而她卻完全摸不著頭緒，只能猜測他的決定與他手下壓著的這本書有關。

「那到底是什麼書啊？」她忙道。對裡頭的內容也越來越感到好奇，「為什麼現在又要把我踢出去？」

「潔弟，我確實需要妳的幫忙。但這是以不危及妳的人身安全為前提。」

她聽他這麼一說，心裡也急了，心想：可是，不跟你一起調查，還能有什麼機會親近你？你這麼說，是不是代表你的處境會變得危險？如果你只有一個人，該怎麼辦啊？

「妳走吧。」吳常說。此時他的瞳色已變回平常的墨色。

潔弟覺得自己心裡好像突然被抽空一樣，變得虛浮而毫無重心。

幹嘛突然趕我走啊！她在心裡吼著。

「我不要！」潔弟編了個很爛的藉口，「已經幾個禮拜沒帶團了，我沒有錢！我要在這吃完晚餐才走！」

吳常眨了眨眼，表情無辜地盯著她看，彷彿一下子資訊超載，無法處理的樣子。

「連吃飯的錢都沒有？」他表情疑惑，「連幾百萬都沒有嗎？」

這是什麼問題啊！像我這種年紀，也很少有人可以存到這麼多錢吧。她想。

下一秒才又想到，他對於金錢的概念確實也離普通人很遙遠。

「嗯！」潔弟用力點頭。接著，為了增添悲劇色彩，故意裝可憐地說，「我今天開車來，已經在路上把所有剩下的錢都拿來加油了。可是，你現在又叫我回去……」

吳常的頭微微地往後晃一下，接著從桌上一堆檔案底下抽出皮夾，將裡頭一張卡片遞給她。

「拿去用吧。晚點我會要信用卡公司開通妳的簽名。」他說。

她接過來一看，下巴簡直要掉到地毯上。

這是一張「黑卡」！這居然是傳說中，金字塔頂端的富翁才有的無額度上限的美國運通黑卡！

她知道他很有錢，但沒想到會「這麼」有錢！

「等……等等！糯米腸啊，你怎麼可以這麼隨隨便便就把黑卡給別人啊！這是沒有刷卡上限的耶！」

她驚慌地喊道。

「妳不是別人。」他一副理所當然的樣子。

說完之後，又按了桌上視訊電話的通話鈕，交代廖管家準備好他的魔術道具室，以及聯繫信用卡公司等等事宜。

而潔弟則是因他一句話，既欣喜又害羞地盯著手中的黑卡傻笑。

他講完電話，起身離開書房前，又問她一聲：「還不走？」

「我要吃完晚餐才走！」她在他背後喊道，「你去哪啊？」

「排練魔術。」

聽飯店裡的人說，吳常在排演魔術的時候，是不允許別人看的。所以在表演前排練時，也會將自己鎖在道具室裡，不讓人進來干擾。

潔弟心想：這樣正好！我有很充裕的時間可以看看吳常剛才看的那本書。

第三十五章
引線

在醫院護理站櫃台接電話的楊正，一聽完孫無忌講完來龍去脈，當即直叫糟糕。這樁滅門血案比他預料的牽連更深。

他在電話裡也說不清這些，只要求孫無忌稍安勿躁；無論發生任何事，務必要忍住，等他到警局再一同應變。

楊正掛上電話，那股莫名的不祥預感又再次猛力衝擊他的心。他回頭見到妻子望著自己，那眼神又怨又憐，令他頓時心裡也百感交集。

張芷自然是聽到剛才那番對話，明白出了大事。眼看丈夫去意甚堅，自己恐怕也阻止不了了。她抿了下嘴，便回過頭走進病房。

楊正以為她在生悶氣。但眼下他也顧不得這麼多了，他必須馬上離開。他跟著快步進房，差點沒撞上迎面而來的張芷。

她手上捧著一疊摺得整齊的衣服。楊正一看，就知道是自己的。他感激地看了妻子一眼。

張芷對上他的視線，只說了句：「快換上吧。」

待楊正一換好衣服，她便幫他把灰色厚大衣穿上，圍上圍巾，再將他的公事包和皮夾都遞給他。東西齊全地像是早就知道會有這麼一天，而預先幫他準備好似的。

他接過妻子手上的東西時，也順帶握住她的手，一時之間不知該說什麼好。

「放心吧，醫生那邊和出院手續我來處理就好。你快去吧。」她打破沉默。

張芷陪楊正到醫院門口，目送他離開。他走了幾步，又突然回頭望向妻子。儘管心裡千言萬語，他終究只扯出一句，「小芷，記得我交代妳的——」

「別說！」張芷打斷他的話，「我跟玄白等你回來！」接著欲言又止似地想說什麼，最終還是沒說出口，取而代之的是另一句，「你小心點！」

楊芷點點頭，戴上灰色紳士帽，轉身離去。

一直到他的背影消失在視線之外，張芷才依依不捨地回頭往病房走去。

她一走進病房，病床旁木櫃上，那只插滿百合的瓷瓶突然墜地，碎片與水露剎時飛濺，令她嚇得驚呼一聲。

水很快便蔓延開來，她急忙衝進廁所，隨手拿了條抹布便往地上擦，卻不小心被碎瓷劃了一道。血珠很快從她的纖纖玉指滴落，絳紅暈染了一地的水，也逐漸放大了她這些天來的不安。

張芷愣愣地看著地板，又驚又懼。

「楊家的列祖列宗啊，請保佑阿正！請一定要保佑他！」她喃喃祈禱著。

＊＊＊

楊正一到警局，雷公孫的幾個組員便急忙奔向他，你一言我一句地告知，陳若梅在稍早前已招供認罪，沈懷文開出押票，即刻正式執行羈押，並由法警解送天龍市看守所。

而孫無忌在得知此事後，心急如焚。等了楊正一會，還不見他來，便先一步追了過去。眼下估計也還沒趕到那裡，若是楊正此時開快車趕赴，應該還能追上才對。

「看守所！」楊正聽了組員們的話，難得失控地大叫。

楊正質疑，何以案情會突然間有了跳躍式的進展，所有嫌疑人在期限的最後一天都伏首認罪。

而當時尚未有逮捕拘禁相關的明確條例。只要警調單位認為有偵調需求，嫌犯是可以被拘留上十天、半個月，而不會受到任何非議。

楊正忖度道：這麼快就移送了！這個沈懷文究竟是什麼目的？又是什麼來歷？

其中一個身材高瘦的組員將一封公文函遞給楊正：「這是孫組長在沈懷文的位置上翻出來的。他說，你一來，一定要馬上轉交給你！」

楊正接過來一看，發現是封密件公文函。他抬頭環顧一圈，確認沒有其他人在窺視他們，當即將信函裡的公文抽出來。

內文大抵指示：此滅門案情節重大，罪無可赦。一旦嫌犯認罪，須當即行刑，以安民心。

他感到愕然，將公文一手交回給高個組員。接著，他像是突然想通什麼似地，雙手握緊成拳，又氣又惱地說：「早該想到！我早就該想到的！」

「楊檢座？」戴金框眼鏡的組員不解地問道。

「就算那個李忠再怎麼孔武有力，也不可能同時對付的了五個組員！他能在瞬間卸下大伙的擒拿，怎麼可能只是一名礦工！」

「楊檢座，這下我們該怎麼辦？」另個粗壯的組員問道。

「你，」楊正指著高個組員，「把公文原封不動地放回去。」接著他的視線掃過所有組員，「我要你們接下來全力服從上級的指示，不准質疑，也不准提問！他們怎麼說，你們怎麼做！千萬不能輕舉妄動！等我消息！」

說完，他搶過金框眼鏡組員手上的警車鑰匙，一上車便急馳而去。

＊＊＊

夕陽逐漸西沉，百紫千紅的暮光逐漸消融在深邃的夜色之中。

楊正向來是個安全駕駛，但此刻他卻將油門踩到底，在公路上拚命狂飆，只求來得及改變結局。

他注意到前方快車道有台車時，仍未放慢速度，只是打了方向燈，開到右邊的車道打算超車。一直到視線近到足以看清是台警車，而且左邊的車門是敞開的時候，他才放開油門，好奇車上的人是誰。

隨著車速越來越緩，他發現自己仍是急速地靠近那台警車。等到距離拉得太近，他開始輕踩煞車。這才意會到，那台車根本是完全靜止的。

在車身超過那台車時，他先是從尾端車牌認出那是他們局裡的警車，又發現車上沒有人。最讓他錯愕的是，車身右側的輪胎都明顯爆胎了！

如此詭異的情形，他還是頭一次見。眼見情況越來越超乎常理，他也不敢再耽擱下去，立即又急踩油門，往看守所繼續飆馳。

＊＊＊

楊正一抵達看守所，連手煞車都來不及拉、車也沒熄火，便推開車門往所裡飛奔。

一進到裡頭，他逢人就問孫無忌、陳若梅、沈懷文的所在，但前兩個被問的人都不知他說的是誰。等到問到第三個人時，才終於得知他們的行蹤。

「啊，沈懷文我知道！」那名人員說，「他剛才才跟兩個法警押送一個瘋婆子來！你怎麼跟那個大鬍子問一樣的問題啊？陳若梅這名字聽起來好耳熟啊……咦，你是誰啊？」

「我是檢察官楊正！快告訴我，他們在哪？」楊正忙道。

接著，最糟糕的消息傳進了他耳裡。那名人員說：「刑場啊。」

「刑場！」楊正不可置信地復述一遍。

「是啊，說來是挺奇怪的。」那名人員神情困惑，「也沒看過哪個受刑人一送來看守所，就直接帶去行刑的。」

「簡直亂了套！無法無天了！」楊正難得動怒地大聲罵道。

在那一瞬間，他總算恍然大悟，為何沈懷文如此風馳電掣地將陳若梅收押至看守所。

他根本不是羈押她，而是要依公文所指示，斬立決！

情況已經不能再更危急了！楊正連忙拔腿往刑場的方向奔跑。

那名人員被他突如其來的舉止給嚇得抖了一下。幾秒後，才突然意會了些什麼。他朝楊正的背影喊道：「千萬別跟別人說是我講的啊！我什麼都不知道啊！喂，你聽到沒有！」

＊＊＊

還沒看到人影，楊正就先聽到陳若梅聲嘶力竭地尖叫。

「不是我、不是我！」她如此淒厲、絕望的吶喊，聲聲聽得人起雞皮疙瘩、背脊發涼，「冤枉啊！我沒殺人！我是無辜的，有人要害我！」

楊正一聽到她的聲音，一顆心便像是緊緊被人揪住一般，又驚又惶。他已經竭盡所能地追趕，卻還看不到他們的身影。

「站住！」一個渾厚有力的男性威嚇道，「放開她！你們究竟是什麼人！」

無忌！他趕上了！楊正聽到兄弟的聲音，忍不住在心裡為他喝采。

儘管如此，他的腳步一點也不敢慢下來。一方面是因為沈懷文那個人深不見底，孫無忌沒辦法跟對方周旋；另一方面，是因為他聽到了孫無忌的質疑聲。那代表他面前的人是出乎他意料之外，甚至是不認識的人。

「憑什麼處決她！老子說不准就不准！」孫無忌粗聲粗氣道，「我現在就要帶她走，誰攔我試試！」

為什麼？始終沒有人回答無忌？楊正不免又心生疑竇。

接著，不斷傳出陳若梅的瘋狂尖叫與摔打、鬥毆的聲音。

幾秒鐘之後，楊正看到孫無忌逆著光線的偉岸背影，以及地上幾個或趴或臥的陌生男子。

無忌突然虎嘯一聲：「只要我還有一條命在，你們誰也別想帶她走！」

說時遲、那時快，楊正聽到一聲爆響的同時，眼前的孫無忌也跟著渾身一震；一顆子彈穿透他的胸膛，埋入後方的牆壁。而楊正差點就被這枚流彈擊中。

孫無忌往後倒退了兩、三步，重重倒了下來。他的身軀是如此的魁梧，倒地的瞬間，整個走廊都隨之震動。

「無忌！」楊正倉皇叫道，感到心臟漏掉了一拍。

他慌忙衝上前，跪在兄弟身邊大喊：「孫無忌！」

大量的鮮血迅速地自這名彪形大漢身上湧溢出來，一波一波地帶走他的生命。

「正……」孫無忌看著楊正，眼神迷惘，像是還不清楚發生了什麼事。

「孫無忌！」楊正慌張地壓住他胸口上的彈孔，血卻越加流得洶湧，將手染得赤紅，「你撐著點！我現在就送你去醫院！」

「誓以……」孫無忌喃喃道，望著天花板的眼神開始渙散。

「你撐住！想想你老婆、小孩啊！」楊正又急又懼地吼道。

第三十六章 夜幕

「余……誓以至誠，」孫無忌固執地念著，「恪遵……國家法令……」

聽到他背誦起警察就職誓詞，楊正不禁悲從中來，倏地激動地紅了眼眶。

「無忌……」楊正的聲音與沾滿鮮血的手同樣在顫抖。

他確信這其中必有黑幕，卻沒料到這股勢力行徑會如此乖張狠戾：在他們眼皮底下驅使李忠服毒自盡；又強行將陳若梅押赴處決，作為幕後主使人的代罪羔羊。他更沒想到，連試圖阻攔的高階警官——孫無忌也會慘遭毒手。

孫無忌的臉頰與脖子都爆起青筋，像是用盡了全力：「盡……盡忠職守，報……效……國……國家……」尚未說完自己的信念，便斷了氣，撒下雙手，不再動彈。滿腔的熱血不再沸騰。那雙曾經如此生氣蓬勃、威武懾人的眼神，如今只是木然地看著遠方。

「無忌！」楊正激動地搖晃他肩膀，想將他叫醒，「孫無忌啊！」

孫無忌執法多年，一直是位以性命拚博、追尋真理的警察；更是一名行得起、坐得正的堂堂男子漢。

楊正眼看自己多年患難與共的兄弟，如今卻不得善終，便感到撕心裂肺般的痛苦，不禁悲憤地喊道：「這還有正義嗎！還有天理嗎！」

他還來不及自哀慟之中抽離，陳若梅的厲聲尖叫便將他的思緒全部扯了回來。

「啊——」她扯著喉嚨哀嚎著，聲音早已叫到沙啞，「冤枉啊！我沒殺人！我是無辜的！」

楊正抬頭看向陳若梅。此時被銬上手銬、腳鐐的她，被兩名高壯、面色冷峻的法警架到戶外刑場的土丘上，不死心地拚命掙扎、嚎叫。然而，不論她再怎麼奮力擊打、拉扯那兩名男子，他們就是不痛不癢、紋風不動。

那兩個男人雖穿著法警的制服，臉孔卻很陌生，辦案經驗豐富的楊正從沒看過他們。同時，楊正也注意到，刑場邊的側門外，已經有輛葬儀社的黑色廂型車在等待著。

又一聲槍響，楊正在聽到的同時，胸口感到一陣冰霜般的寒涼。很快地，肺部像是被火把捅穿一般，變得刺痛又灼熱，令他痛得喘不過氣。

陳若梅的尖叫聲迴盪在刑場之中，聲音既淩厲又悲涼。

楊正面朝刑場的土丘，倒在孫無忌的軀體之上。

臨死前的最後畫面，是她渾身遭鞭笞的如同浴血般的斑斑傷痕和披頭凌亂的長髮。那蒼白凹陷的面容，因對著自己悲鳴而顯得扭曲。

＊＊＊

原本陳若梅以為小環也會被屈打成招，這下事實證明她多慮了。

當她被押上車、送到刑場，親眼目睹兩個負責偵調陳家斷頭血案的承辦人被如此冷酷地槍決，便登時萬念俱灰。

都死了……沒有人可以救我了……她絕望地想。

她止住了聲，不再哀叫，也不再掙扎。法警先是解開她的手銬，再發力踢向她的雙膝後方，她吃痛跪了下來，任由他們以繩索將雙手、雙腳綁縛於背後。

陳若梅望著楊正與孫無忌的屍體，心中的驚慌、無助、委屈，在一瞬間轉成了劇烈而純粹的憤怒。

「真不甘心……」她小聲說道，「我不甘心……」

她仰起頭，怨恨的眼神直勾勾地瞪著對準她的槍口，眨也不眨，眼裡盡是狂亂與炙熱。

「我會回來的！到時候，你們誰也躲不了！」她嘴角扯出一絲惡毒的笑意，散發著陰森的寒氣，「等著我——」

「砰！」今夜的第三聲槍響，與遠處隨之傳來的狗叫聲，接連劃破寂靜。

土丘上的長髮女子向右邊倒臥下來。其杏眼圓睜、七孔流血，面目極為猙獰駭人。鮮血很快便染紅她的胸襟，將那塊土地再次繪成一片赭紅。

此時，夜空突然烏雲聚攏，掩星遮月，陣陣猛烈的寒風呼嘯而過。頃刻間，刑場變得異常冷冽。風中不時傳來若有似無的陰冷笑聲，聽得令人遍體生寒，毛骨悚然……

***

張芷自醫院回到家時，天色已黑。

廳堂前的曬穀場上，一個穿著胖嘟嘟棉襖的幼童，正從一個穿著旗袍、裹著毛毯、梳著髮髻的中年女子懷裡，朝另一頭身著灰色中山裝的壯年男人，使勁地邁開步伐，一顛一簸地走去。

張芷一見，原本疲倦、憂鬱的臉蛋上，立時閃耀起母性的光輝。

「小芷！快來看！」婆婆歡喜地喚著她，「玄白會走路啦！」

楊玄白注意到母親，圓滾滾的雙眼馬上彎成兩弧弦月。

「媽媽！」他對其燦笑，毫不猶豫地朝她衝了過去。

就在他一個腳步沒踏穩，即將撲倒的剎那，提著大包、小包的張芷即時蹲下來接住了他。沒摔著的玄白，只是窩在張芷的懷裡，閉著眼，滿足地微笑，神情無懼。倒是公婆二人倒抽了一口氣，為他捏把冷汗。

兒子學會走路了！

張芷見他凍得滿臉通紅也不知道冷，感到一陣驕傲又一陣心疼。

她迫不及待地想將這個喜訊告訴丈夫。但一想到他，心裡又再度惴惴不安。

「這幾天辛苦妳了。」公公對張芷說，伸手提走一大袋的用品。

「沒什麼。謝謝你們幫忙照顧玄白。」張芷淡淡笑道。

「開玩笑！說什麼幫忙不幫忙！是寶貝孫子呢！」公公揮揮手。

「就是說啊！」婆婆扶她起身，「還沒吃飯吧？」

張芷習慣性地抱起玄白，跟著公婆一同朝吃飯間走去。婆婆回頭見狀，便也好心地將她手上提的袋子接過去。

***

晚飯過後，張芷哄玄白入睡完，便來到客廳，如往常一般，為大家泡起舒壓安眠的枸杞菊花茶。

那個年代，沒有太多提供娛樂的媒體，也不是每家每戶都有電視。大部分的人家，消息來源不是來自報紙、鄰里廣播、街談巷語；便是仰賴收音機，聆聽電台的即時訊息。

這不，公公正聆聽著收音機；婆婆則打著紅色毛線，打算給金孫織個帶球小帽。

「小芷啊，阿正怎麼樣啊？醫生說什麼沒有？」婆婆問道。

這問題在楊正入院之後，變成了慣例。婆婆每天都會在飯後問起他的身體狀況。

張芷還來不及回答，就先聽到一陣字正腔圓的播報聲。

「……親愛的聽眾朋友，晚安！現在為您即時插播一則最新消息……」

婆媳轉頭一望，原來是公公將收音機的音量調大了。她們一聽到播報員那熟悉的低沉嗓音，就知道公公正在收聽的是中央電台的晚間新聞。

「……震驚社會、轟動全島的陳府滅門血案，已於今日晚間七點零三分宣告全案偵結……」

雙手捧著熱茶的張芷，一聞此訊便露出一抹笑容，感到十分寬慰。心想丈夫這陣子的辛勞總算有了成果。

「殺手——李忠在警方全力追緝之下，自知難逃制裁，於稍早前畏罪自殺。而重金買兇殺人的陳若梅，落網之後當即認罪。在罪證確鑿之下，為顯法理正義、安定社會秩序，法院決議即刻行刑。而主使人陳若梅已於今日晚間八點二十七分伏法……」

「真想不到啊……居然是自家人幹的……」公公感慨地說。

「就是說啊！」婆婆哼了聲，「誰想得到呢。」

這次，街坊鄰居都猜錯了。大家都說斷掌命硬，可如今陳若梅卻被槍決了。張芷心想。

「……法網恢恢，疏而不漏。呼籲民眾，千萬不要以身試法。同時，」播報員繼續口條清晰地說，「原承辦此案的楊正檢察官與孫無忌警官，因涉嫌通匪且拒絕配合調查，已暫時解除兩人職務。在檢調單位抽絲剝繭之下，發現兩人的確將機要資料洩漏給匪諜，通敵叛國，罪行重大。為整肅執法人員，警備總部在稍早前以叛國罪將其就地槍決，以儆效尤。我們也在此呼籲，保密防諜人人有責。各界若發現可疑人士，請務必盡快向軍警單位舉發……」

張芷手中的空茶杯剎時摔落地面，碎瓷飛濺而出，卻無人閃躲。三人一聽到「叛國」二字，腦袋便猶如遭炮火襲擊，轟地一下瞬間一片空白。後續的播報內容，他們幾乎都聽不進去。

就地槍決！

張芷感到一陣暈眩，難以置信耳朵所聞。

公公如遭雷擊般，身子劇烈抖動，喊道：「叛國！」他是如此吃驚，聲音都明顯破了音。

片刻之後，面無血色的婆婆才開了口：「啊！阿正、阿正啊！」她張皇失措地抓著丈夫的手，「阿正怎麼會叛國？兒子怎麼會！不可能！」

「反了、反了！」公公氣得跳起來怒罵，眼眶開始泛淚。他捶胸頓足地說，「這畜生啊！居然幹出這種事！我怎麼會教出這種兒子！叫我怎麼跟列祖列宗交代！」

「阿正他不會的！他不會！」婆婆握住張芷的手，眼神哀求地看著她，尋求認同，「他不可能通匪的！」

張芷受到太大的打擊，一時半會仍說不出話，只是一動也不動地呆愣著。

「芷啊、小芷啊，妳倒是說話啊！」婆婆越說越激動，搖著她的手臂，眼淚如傾盆大雨，嘩然直流，

「阿正不會的，對不對！」

好不容易回神，張芷凝視著婆婆半晌，才以萬分堅定的眼神對上她的視線，緩緩點了點頭：「絕對不會。」

豈料，婆婆反而就此崩潰，痛哭失聲：「那可怎麼辦啊？人都死啦！回不來啦！」

這一切是如此真實，但張芷卻說什麼都沒辦法相信。

阿正不會死的。他也絕對不會叛國。她心裡想道。

「我不相信！」張芷揪緊膝上的裙布，心亂如麻。

「傻媳婦！」公公抹淚直道。

如果可以，他也不想相信自己拉拔長大的兒子會叛國。但對國家如此忠誠、熱愛的他，是如此堅信政府的一言一句，對於官方的報導和說法毫不懷疑。也正因如此，他萬萬不能接受自己兒子幹出如此勾當。

「這中央電台報的還能有假嗎！政府能騙人嗎！能嗎！」他痛心地說，「算我們楊家對不起妳！妳跟錯人啦！唉！」他又再次捶胸，「家門不幸啊！」

張芷充耳不聞，只是拍撫著哭倒在她身上的婆婆的背。

那一夜，楊家除了玄白以外，無人成寐。

第三十七章
白色

約莫清晨六點半，天剛破曉。隆冬時節，天才濛濛亮，白茫茫的晨霧籠罩著靜謐的小村莊。

隨著冷冽北風到來的，是名身材高瘦，穿著黑色西裝、戴灰色紳士帽的男子。

他親送一封公文信函到楊家，並向來應門的張芷敬禮致哀。

張芷看著送信者，神色又悲又懼：這個人很面熟，好像是阿正局裡的同事？

她一手撫著胸口，一手遲疑地接過了信。

那名男子也注意到她詢問的眼神，但他並沒有因此表明身分或做任何解釋，只是跟著將頭上那頂灰色紳士帽遞給她。

張芷有點詫異，但仍將它接過來。定眼仔細一瞧，赫然發現這頂居然是丈夫的帽子！

為什麼會在他手裡？難道阿正真的……

越想神情就越是驚恐，她幾乎是用懇求的眼神看著這名黑衣男子，盼他能給個答案。

「別去。」對方終於開口。

他突然面無表情地迸出這句，張芷一時半刻難以領會這兩字的涵義，也不知道對方究竟是敵是友，抱持著什麼心態對自己這樣說。

她當然知道事有蹊蹺。但如今，情況似乎演變成，沒有人可以信，她也不再是安全的了。

黑衣男子說完，便轉身快步離開。很快就消失在田埂的盡頭。

從他到來至離開，前後不到一分鐘的時間，卻帶給張芷無窮的疑問。

以狐疑的目光送他遠去的張芷，這才收回視線，聚焦到手上這封信。上頭註明的是限時掛號，貼著郵票、蓋著郵戳的印。

她想，寄件單位原欲將這封公文透過郵局，送達收件人家裡。卻不知為何，被這名黑衣男子攔截了。不知目的是否是為了順道送丈夫的帽子，抑或是要找機會親口警告她「別去」。

她抽出信封袋裡的紙張，顫抖地將之攤開。

那是封處決通知書。

內文是封制式的表格。斗大的字體率先進入眼簾：

罪名：通匪叛國。

除了罪狀欄言之鑿鑿地詳述具體犯罪情節，判決欄與懲處欄也洋洋灑灑地載明，如何依《懲治叛亂條例》立即拘捕、審訊，以及處刑。

最令她感到駭然、難以承受的，是那一小張丈夫遭槍斃後，倒在地上，死不瞑目的黑白照片！

阿正真的……阿正真的……

張芷感到一陣天旋地轉，倚著門框，癱坐在門檻上。事到如今，她不得不面對事實了。

她既震驚又茫然無措。眨了眨泛紅的眼，又深呼吸了幾次，才勉力穩住自己。

她定了定神，才將信紙翻過來，繼續讀著字行。

公文的背面告知，家屬須盡速於時限內至殯儀館辦理後事，否則一律強制火化，與同批無人認領屍首一同擇時、擇地安葬。

她想起剛才黑衣男子對她說的話，猜測他是要他們別去領屍，隨即嘆了一口氣。他的警告是多餘的。即便張芷想，恐怕也去不得了。婆婆自昨晚聽聞此噩耗後，便哭得心力交瘁，臥床不起。公公更是抵死不願認楊正為楊家人，更是老早表明了不准大家為他收屍。

張芷一想到丈夫因莫須有的罪名被槍斃，而身為妻子的她卻連殮葬、送他最後一程都沒辦法做到，不禁又是一陣悲從中來。

遭逢如此巨變，她連一滴眼淚都沒流下。一方面是恐懼、憂心與疑惑遠勝過哀痛的情緒，一方面是張芷為了楊家的未來思緒萬千。

她不斷地告訴自己：要冷靜、要堅強！

她不能如公婆一樣喪志、倒下。她還得工作、得賺錢、得奉養公婆、得守護玄白，還有腹中兩個月的恆白。她得替阿正扛起一個家；她還背負著丈夫交代的任務沒完成。

這條路，即便傷悲、黯然，她也必須繼續走下去！

昨夜播報那則全島關注的陳府滅門案，引起廣大聽眾的注意與熱議。

大城小鎮中，刊登此案偵查結果的早報甫出，架上便立時銷售一空。

而楊家所處的農村裡，因公家單位派送，而唯一能取得報紙的里長家，一大早就給鄰居們吵得沸沸揚揚、擠得水洩不通。

大家都想知道今天報紙上，是否有關於陳府斷頭案的緝兇詳情；更好奇陳家龐大的家族產業和財產又將由誰繼承。

里長昨夜早早就入睡，根本沒聽到廣播。對於大家異常激動的舉止，感到莫名其妙。脾性向來是好好先生的他，被大伙頻頻催促著，只好暫時將香噴噴的地瓜稀飯和餓得咕嚕叫的肚子擱在一旁，攤開報紙準備為識字不多的年老鄉親們讀報。

這不看還好，一看不得了！報上的頭條正是陳府滅門案！

里長快速地掃過報導，急得跳腳，直喊：「壞了、壞了！」

他當下也顧不得在場各位鄉親，奔到門口，騎上腳踏車便往楊家衝，想去問個明白。

在場的人早已被滿滿的好奇搔得心癢難耐，怎肯這麼輕易罷休。遂也跟著騎腳踏車或是邁開兩條腿在里長身後追。

＊＊＊

里長到了楊家門口，見應門的是張芷，便趕忙將手上的報紙遞給她看。

禾彎村裡的里民都知道，在報社工作的她，是那時代少數的高知識份子，更是罕見有文化的女流之輩。

一夜沒闔眼的她，臉色蒼白，眼窩發黑。即便憔悴、哀痛，為了多了解一分關於丈夫的事，仍逞強地將報導仔細地看過一遍。

只可惜，內容除了鉅細靡遺地描述陳若梅受審訊和槍斃的過程以外，對於楊正和孫無忌的報導篇幅，反而比她稍早收到的那封處決書內容還簡略許多，僅兩、三行字草草帶過。

而後頭趕上的鄰居們，自然也是知道她的背景，紛紛要她讀給大家聽。

這對張芷來說，無疑是二度傷害。是以，她默不出聲地將報紙還給里長。後者接過報紙，正要捲成一卷挾在腋下，就被幾個熟稔的人給搶走。

他們將報紙攤開一看，都被頭條上印著的那張照片給嚇了一大跳。那是陳若梅處決後的死狀。她瞪大雙眼、七孔流血，卻又帶著陰森邪魅的笑容，看了令人頭皮直發麻。

大家看過之後，此起彼落地喊著「相貌嚇人」、「歹毒」、「晦氣」等等的形容。但人性是矛盾的。被這張聳動的照片嚇得半死的同時，那股好奇心卻被吊得更高了。在場幾個人同聲央求里長趕緊念報導給大伙聽。

同時間，幾個路過的鄰居也禁不住好奇，跑過來湊熱鬧。很快地，楊家門口就聚集了一小眾人，眼巴巴地盯著里長的臉瞧。

里長挨不住大家的拜託，又不好當著張芷的面說楊家的不是，只好在他們家門口念起報紙內容，但刻意略過文末楊正與孫無忌叛國槍決那段。

「咦，不對啊，里長伯，」一個約莫二十出頭的年輕人搔了搔頭，「怎麼沒有昨晚楊正通匪的新聞啊！出了這麼大的事，報上都沒提到嗎？」

「就是說啊！那你沒事跑來這幹嘛啊？」一個五、六十歲的大嬸怨道，「害我剛才追得氣差點喘不過來！」

「你們在說什麼啊？」晚來湊熱鬧的老人家，探頭探腦地問道。

「還不就他們家那個當檢察官的兒子和那個孫什麼的警察通匪被槍斃了嗎！」大嬸不耐煩地說。

此話一出，舉眾譁然。剛才沒搞清楚的人，這下也全聽明白了！

「楊太太，」里長憂心忡忡，一手背重重拍著另一手心幾下，對張芷道，「楊先生他……唉！這到底是怎麼回事？這其中是不是有什麼誤會？」

在場幾個鄰居昨夜也有聽到中央電台廣播，也跟著追問：「就是說啊！怎麼回事，妳倒是說啊妳！」

「當然不是真的！阿正怎麼可能會叛國呢！」張芷鎖眉，委屈地說，樣子很是悽楚。

里長可說是村裡少數有見識、有歷練的明眼人。就算不知來龍去脈，又怎能不懂箇中道理呢？他清楚當時政局和社會皆還紛亂擾攘。而在這動盪不安的時局之中，因構陷的罪名被捕入獄、被槍斃的人還少嗎？

這幾年，城鎮裡大多人心惶惶，但禾彎村這，畢竟是鄉下地方，村民不是耕田、砍柴、採藥的，就是海邊捕魚、拾點海菜謀生。誰不是日出而作，日落而息？居民們個個思想單純、生活純樸，哪懂外界那些政治鬥爭和清算。

里長瞧見張芷眼裡那份倔強與不甘，擔心她惹禍上身，於是將在場看熱鬧的村民打發走後，特別語重心長地對她說：「楊太太，真相如何，咱們是永遠都不得而知啦。都別再想啦！好好照顧妳公婆和孩子才是要緊！」

第三十八章 孤注一擲

之後，雖然里長有意避談此事，但紙終歸包不住火，在鄉民的七嘴八舌之下，楊正因通匪遭槍斃的消息，很快便如星火燎原般散播開來，村民們自此與楊家漸行漸遠。

楊家人自然能感受到大家刻意疏遠。在路上遇到小孩們，他們臉上甚至會明顯露出嫌惡的表情，對自己指指點點。由此可見，他們的家長在私底下是如何評價楊家的了。

不過，當日里長那句勸，卻再次提醒了張芷，丈夫交代她的事。

也虧楊正料事如神。他早在住院的時候，便要張芷將陳府滅門案的手上所有資料全部祕密備份、藏匿起來。若有什麼萬一，要她匿名公佈出來。

在張芷的腦海中，那時丈夫對自己說的話，仍歷歷在目，清晰得刺眼。

「這個社會，有權利知道真相！」楊正當時對她說，「就算我們沒有能力，也要留給後人追溯的機會！」

截至楊正遭槍斃那夜為止，張芷手頭的資料就只差孫無忌小組那份李忠的身家調查檔案。雖不完整，但已經可以說是相當充足。

以張芷的身分與人脈，將資料公諸於世並不困難。但在公佈之前，她還有些事要釐清。至少，她希望能查清丈夫死亡的那晚究竟發生了什麼事。

她與孫無忌的妻子同為天涯淪落人，她至孫家慰問時，也向孫妻提起心頭的疑問。遺憾的是，對方知道的不比自己多。

接著，她小心翼翼地，以未亡人的悲慘身分作為偽裝，向丈夫局裡的同事，一個個私下探聽那晚的經過。除了獲知滅門案期限截止日那天發生的事，也意外發現整起事件驚人的後續發展。

孫無忌底下的組員在陳若梅被槍決當晚，就依高層所下的指令，立即將陳府滅門案所有卷宗全部移交至地方法院。

但是，滿載這批檔案的專車卻在駛離警局沒多久，便因失控打滑而翻車。車裡的運務士馬上就聞到燒焦味，驚覺不妙，立刻使盡全力掙脫。才剛爬出車外，汽車後方就起了大火。

當時所處的位置前不著村，後不著店，他想求救都不知道能找誰。只好又回頭往警局的方向跑。

等到消防車趕到時，整台車都已經燒得精光。晚風一吹，所有燃成灰燼的檔案就這麼穿過破裂的窗戶，化成白霧散了。

事後調查，汽車本身老舊失修，方向盤和油門才會出問題。當時這個運務士駕駛車速過快，失控翻車後，油箱便破裂起火，這才釀成大禍。

張芷得知此事時，不由得心想：如此說來，官方說法簡直欲蓋彌彰得荒謬、可笑。既然這起滅門血案的檔案從未到過法院，那麼陳若梅何以被定罪，甚至判決槍斃？

她又從楊正同事口中得知，丈夫與孫無忌在事發當晚都曾趕往天龍市看守所。

循著這條線，經過多日的旁敲側擊，她總算如願以償找到了最後見到丈夫和孫無忌的人。

對方原本不願跟張芷多談，但是她不死心，每日都來看守所找他，引得旁人側目。他怕同事嚼舌根，更怕無端惹上什麼麻煩，只好在她的哀求下，勉為其難地告訴她那晚的經過。

原來這個所方人員不只是在那晚曾先後與孫無忌和楊正有過一段對話，還不小心瞧見他們被槍殺的那一幕。

「那晚，好多人往刑場的方向走。先是一批穿黑色西裝的，」那位所方人員神色焦慮，邊說邊四處張望，生怕被人發現的樣子，「再來是沈檢座領著兩個架著瘋女人的法警。沒多久，來了個大鬍子，再來就是楊檢座。」

「那你怎麼會剛好也在刑場外面？」張芷問道。

「唉，」那位人員愁眉苦臉道，「當時已經過了接見時間，還陸陸續續來了這麼多人。我覺得奇怪，才會出於好奇，偷偷跟在楊檢座後面看。唉，好險我沒被人發現，不然天曉得會發生什麼事！」他頓了頓，又特別吩咐道，「楊太太，我知道的全都老實跟妳說了，請妳以後千萬別再來找我了！唉，節哀順變吧！」說完，他不等張芷回應，便逕自快步離去。

而經歷這些天來的多方走訪，張芷終於拚湊出最接近真相的假設。那個令她心碎的假設。實在不願意相信的她，心裡仍有許多問號：執法人員不是應該秉公執法嗎？「動員戡亂」不是為了維持社會秩序、終止族群撕裂，而不得不為的必要之惡嗎？

她又再看了一遍丈夫的處決通知書。

而今看來，書中的一言一字都顯得如此虛假而浮誇。即便是以冠冕堂皇的辭藻堆砌，謊言就是謊言；軍事法庭羅織出的莫須有罪名如同躲在陰暗角落的鼠輩，在真相的光芒照耀下無所遁形。

同時，張芷是個心思細膩、知其輕重的人。她清楚這些資料的份量，與公佈後將帶來的衝擊與影響。

而一旦公佈了，便是覆水難收。

因此她決定在公開真相之前，親自去見見那些軍委，親耳聽聽他們的說法。

她不知道，楊正的同事當日冒著生命危險，親送處決通知書到楊家，親口警告張芷的「別去」，正是要他們一家「別去追根究柢」。

那晚，張芷出門後，便再也沒有回來。尚在牙牙學語的楊玄白不知道，他從此失去了母親。

＊＊＊

不知不覺，夜已深。吳常的魔術表演也落幕了。

西裝筆挺的他，倚著門框，輕敲兩下敞開的木門，將埋頭閱讀厚厚手札的潔弟，從季元四十五年拉回現在。

「看完之後，還想幫忙？」吳常問她。

潔弟抽了下鼻子，問他：「你有妹妹嗎？」

「沒有。」他露出罕見疑惑的神色。

「操你妹啊！」她激動地吼道，因熱淚而感到扎眼，「這還用問嗎！這不幫不是人啊！」說著說著，便難以自持地痛哭流涕起來。

吳常沒說什麼，只是低頭，露出一抹苦笑。他就知道潔弟一旦得知當年的事，會熱血衝腦地吵著要幫忙。

吳常不在的這段時間，潔弟不僅是看完楊正的日記，而是將楊正、張芷和楊玄白留下的資料都大略翻了一遍。此時她手中捧著的，是楊玄白多年整理資料的心得手札。裡頭也有提到這些資料是從何而來。

＊＊＊

張芷離家後的翌日清晨，一小隊軍方人員便搭著軍用卡車來到楊家門口，以住處尚可能藏匿國家機密資料為由，強行發起地毯式搜索，將宅內上下翻了個遍。所有的紙張都被收刮一空，連本農民曆和牆上的日曆都不放過。

萬幸的是，張芷在出發前，又特別將自己搜集到的情報與楊正遺留下來的檔案細心編排、彙整在一塊，另外備份出來，交給同在報社工作且是多年好友的崔子瓏。

子瓏在得知張芷失蹤後，一度還抱著一絲希望；盼著她會在哪天突然又安好地出現在大家眼前。可是等了又等，始終沒有她的下落。

就在子瓏準備將這些資料公開時，才發現裡頭居然藏著這麼大的祕密！

這時，她遲疑了。她不得不為張芷的娘家與夫家打算。因為這些卷宗明顯是以當初承辦此案的小組與通匪罪犯——楊正之妻的視角而來。若是官方有意清算，實在太容易鎖定目標了。

幾番思量之後，崔子瓏決定作罷，繼續替張芷、替楊家保管這批檔案。

雖然她沒有信守對好友的承諾，但她一直保守著這個祕密，未曾對任何人提起。她在等，一直在等。等到動員戡亂結束，政府宣布解嚴；等到時局穩定；等到民主、自由的曙光真正灑在這片島嶼上的那一刻，鬢髮初白的她才敢將這些資料完璧歸趙，交給當年好心收養楊玄白的親戚。

而親戚收到這筆檔案之後，便感坐立難安；如今島內一片祥和，經濟起飛，人人幾乎都能安居樂業，享受前人拋頭顱、灑熱血的成果。玄白當然有資格知道真相，但他是否需要背負那段沉痛的過去呢？往事如泉水般源源不絕地湧出，他們想忘忘不掉，想告訴玄白又怕他徒增傷悲，只好一直將它擱著。

直到有一年過年，大家起了酒興，親戚在酩酊大醉之下，才將實情全盤托出。而楊玄白也是直到那時，才得知當年的內幕與這批卷宗的存在。

＊＊＊

而楊正和張芷兩人的日記當中，都有大量的批註。從筆跡上來看，楊正那幾本中，娟秀的字體可能是張芷的，而潦草的則是楊玄白。到了張芷的日記中，就只有玄白的加註了。

那些夾在字裡行間的問號，在在點出了潔弟的疑問。

潔弟不禁遙想當年。

那個亂世之中，究竟還藏著多少不為人知的心酸血淚、悲歡離合？青史的迷霧美好了誰，又遮掩了誰？而身處現在的我們，又該如何解讀、拼湊這一片空白？

想到這，她擦乾眼淚，問吳常：「糯米腸，我們真的能找到當年的兇手，還這些無辜的人清白嗎？」

「放心吧。」吳常抬起俊逸的臉，神情認真地看著她，「有我在，妳的眼淚不會白流的。」

第三十九章
解詞

潔弟看了一下桌上的手機，這才驚覺已經晚上十點多了。

「竟然已經十點了！不行，我要回家了！」她立刻跳起身，向站在書房門口的吳常走去，一動起來，突覺飢腸轆轆，「天啊，我都還沒吃晚餐耶！」

「在這吃吧。」吳常走到客廳旁的吧台上，把菜單遞給她。

潔弟沒接過來，只是一個勁地收起放在客廳的東西，對他說：「不行啦，吃完才走，回到家都多晚了。」

「回家？」吳常愣了一下。接著，他才如夢初醒地點了點頭，「是很麻煩。」

潔弟瞪大了眼睛，難以置信吳常居然遲遲到了這一刻，才意識到她自己這樣跨市來回通勤很辛苦！

「廢話！我每天來回都要兩小時以上耶！」她不滿地說。

「既然如此，妳從今天開始就住在這吧。」吳常神態自若，彷彿只是在提議要不要來杯熱茶一般。

「啊？」她又驚又喜，心想：他該不會也對我有意思吧？這樣會不會進展太快！是不是應該矜持點？

「呃……」她躊躇了一下，便說，「還是算了啦，我爸媽應該不會答應啦。」

說歸說，她已經開始想像自己翹著二郎腿在這豪華的客廳中大啖龍蝦、牛排，然後躺在蓬鬆柔軟的大床上，枕在秀色可餐的吳常身旁進入夢鄉。

沒想到，吳常只淡淡地回了句：「那妳請便。」說完，人就掉頭，一邊抽下領帶，一邊往臥房走去。

潔弟邊跺腳，邊在心裡罵道：可惡，你再堅持一下會死啊！

「喂喂喂！」她在他後頭急道，「我先打個電話問我爸媽一下好了！」

「隨便妳，這種事不需要跟我說。」吳常頭也不回地走進臥房。轉身關門前，還跟她說了句，「晚安。」

她不禁嘟起嘴來，雙臂抱胸，喪氣地想：完全感受不到一點愛意！可惡，果然是我想太多了！

潔弟撫平情緒，打了通電話給媽媽。

「什麼事啊？這麼晚了還打來？」媽媽不耐煩地說。

「我……我今天不回家睡了，」潔弟深吸一口氣，扭捏地說，「接下來幾天應該都會在外面過夜。」

「喔，掰掰。」

潔弟錯愕地想：什麼！這回答也太隨便了吧！現代人是怎麼回事啊！我到底是不是妳親生的啊！

「喂喂喂！妳怎麼都不擔心我啊？怎麼都不問我去哪啊？」潔弟氣得用質問的口氣問道。

「還沒掛啊？」媽媽有點詫異，接著又理所當然地說，「不是又去帶團啦？有什麼好擔心的啊。再說妳都多大的人了，還跟我報備這個？妳以為妳小學生啊。」她頓了頓，口吻敷衍地說，「行啦，早點睡啊，掰掰。」講完還真的就把電話掛掉了。

潔弟又朝話筒喊了幾聲「喂」，才將靠在耳邊的手機放下。

真是的，妳女兒的行李箱都還在房間，能出什麼團啊！可惡，乾脆大吃一頓好了！都快餓死了！她悶悶不樂地揉著肚皮想。

一番酒足飯飽之後，潔弟鼓起勇氣敲了敲臥房的門。裡頭沒半點聲響，吳常大概已經入睡了。這樣也好，省得我開門與他大眼瞪小眼，多尷尬啊。她想。

萬萬沒想到，她一開門，還就真的跟他這般大眼瞪小眼！氣氛就如預期那樣分毫不差的尷尬！

「呃……」她腦中瞬時一片空白，只能愣愣地看著他。

戴著耳機，坐在床上看書的他，已換上了白色睡袍。在床邊那盞檯燈的照耀下，一副歲月靜好的樣子。相較之下，她冷汗直流，緊張到說不出話。

他拿下耳罩式耳機，打破沉默：「有事嗎？」

「沒有，我只是……想問一下，我要睡哪？」

她瞇起眼睛尋思道：應該不會叫我睡客廳沙發吧？可是他好像也沒有要移動的樣子。是不是捨不得離開那張大床？難道他打算要邀我一起睡！

「客房。」他怕她找不到位置，又補充說，「穿過客廳，離我房間最遠的那間就是了。」

她嘴巴下撇，不情願地應了聲，垂頭喪氣地走出房間。回頭對著門亂揮著拳頭，心裡罵道：總統套房又不是總統府，套房裡面裝什麼客房啊！

她一氣之下，一屁股坐在客廳沙發上，氣呼呼地抓起桌上的紅酒，一口氣咕嚕咕嚕地把它全喝光。

她氣急敗壞地大嚷一聲：「韓劇都是騙人的啦！」

隨即腦袋一昏，就在沙發上睡著了。

＊＊＊

吃完英式早餐以後，吳常和潔弟來到客廳坐下。廖管家將他們沒喝完的茶端過來，又順帶貼心地準備了些茶點。之後，便在吳常的指示下先離開套房，下樓歇息。

潔弟盯著茶几上精美的琺瑯瓷杯，不禁搖頭嘆息，因為茶杯裡頭裝的英國早餐茶大有來歷。

英國的下午茶雖起自十九世紀中葉維多利亞時期，但茶文化卻是始於十七世紀末，中國茶葉西傳之際。自此，三世紀以來，茶文化一直歷久不衰，而茶葉品牌更是百家爭鳴。

她喝過季青島常見的英國茶葉品牌「Twinings」，也在英國當地喝過「Harrods」、「Whittard」、「Yorkshire Tea」和「Bettys Tea Room」，唯獨就是沒喝過正統英國皇室御用的「Fortnum & Mason」。

「糯米腸你真的過得好爽喔。」她羨慕地說，「真是托你的福，我帶團去過英國這麼多次，從來沒喝過F＆M！」

吳常斜睨她一眼，以杯就口前說：「多喝點。」

英國早餐茶不論是哪家品牌，大致都會混合阿薩姆、錫蘭和肯亞茶葉為基底。目的是為了讓飲者提神醒腦，所以比下午茶來得濃烈。在品茗的時候，除了精神可為之一振，更能達到去油解膩的功效。不過這口味對潔弟來說還是太濃重了。另外加了點熱牛奶和砂糖之後，味道才恰如其份地合她胃口，讓她不知不覺都被這四溢的香氣烘托地飄飄然，一下子就神遊物外，飛到愛丁堡去了。

吳常一打響指，喚回潔弟的注意力。在這股醇厚的茶香之中，開始向她分析起〈老梅謠〉中蘊含的幾個線索。畢竟吳常這一路追根究底刨挖出來的陳府滅門血案，契機就是出於這首聞之駭然的童謠。

「老梅老梅幾株芽？無枝無葉九朵花。」吳常背誦道。他早已將歌詞熟記於心，「『老梅』應當是指地名，而『無枝無葉九朵花』則是為了借代遭斷頭的九具屍體。」

「第一句的涵義就這麼可怕！」潔弟皺起五官說道。

一想像純真的孩子們一邊玩，一邊用他們稚嫩空靈的嗓音唱這首歌的畫面，她便不寒而慄，不由自主地環抱住自己。

「月娘一躲不出門，寧可在家關緊窗。」吳常繼續解釋，「這兩句明面上，是告誡居民在月黑風高的夜晚就早點回家或不要出門，否則外頭陰暗、視線差，容易出意外。再來，回到家後，門戶也要鎖緊以防宵小。」

「不然實際上呢？」她困惑地問他。

「暗喻陳府遭滅門的時間。按照楊正的日記，就是在季元四十五年的除夕深夜到大年初一的凌晨。總之當晚烏雲密佈，不時下著驟雨。還有，當警察獲報趕到陳府時，宅院內的門都未曾上鎖。」

她恍然大悟地點點頭。

「綠葉綠葉幾時綠？冬末春初翠如玉。大雨一來別戲水，潮起槽深難保命。」吳常念道，「這段有兩個涵義，一個是再次點出案發的季節是下著雨的年初時節，也就是過年。」接著，他的口氣不太肯定，「至於特別提到『綠葉』和『槽』……這點，我認為應該還有一層更深的涵義，但確切指的是什麼，我不能確定。」

「是指老梅綠石槽嗎？」她問道。

「是的。但是『老梅槽』在這裡象徵的是什麼？」他沉吟道，「是地標性的象徵，單純暗示是在老梅槽一帶的命案？如果不是，『老梅槽』到底在斷頭案當中扮演什麼樣的地位？還是另有一樁命案就是發生在綠石槽？」

「會不會就是想表明，當年的殺手們的確就是把頭顱拋到老梅槽那裡？等到漲潮，它們很快就被沖走了。」

「不對。」吳常搖搖頭，「別忘了《老梅傳說》。無臉鬼正是在綠石槽被滅口毀容的。如果是指陳府的命案，那為什麼不是說無頭，而是說無臉？光憑這點，我就不能肯定無臉鬼就是指陳府那件案子。」

「可是，為什麼硬要把兩個不同的案子放在同一首兒歌裡，交錯提到呢？」她不解地看著他。

「我認為，這是因為兩者之前有著密不可分的關係。」

「好吧，那我們先跳過。那接下來幾段呢？」

意外的是，「水車水車幾回停？竹筒無泉難為引。明火一亮石成金，夜半哭聲無人影。」這段還特別提到幾樣物件，看起來很具體，卻反而是吳常最不確定意義的一段。

歌謠末段是「金山金山幾兩金？只有陳家數得清。除夕一到勿近府，無臉殺絕不留情。」在知曉陳府斷頭案之後，現在讀來意義再淺白不過，即便沒有吳常解說，潔弟也看得出歌詞裡的「陳家」指的是遭滅門的受害對象——當時富甲一方、稱霸北海岸的陳家。

在吳常的一番解說之下，潔弟才明白這首童謠裡頭蘊藏的線索都十分關鍵，更令她好奇當初傳唱這首歌的人是誰。還有，當時他究竟是出於什麼樣的情況，非得利用童謠的方式拋出這個謎題留待後人破解？

第四十章 疑雲重重

潔弟想來不勝唏噓。這首兒歌已經傳承了數十載，真相卻仍深處於季元四十五年的黑夜之中，始終等不到破曉之日。若不是這次吳常偶然在路上聽到這首歌謠，真不知何年何月才能洗刷當年這些受害者的冤屈。

而今，他們手頭上都已經掌握了這麼多資料，仍無法完全破解歌詞。看來箇中深意真得要再親自走一趟陳府才有可能知道了。

潔弟向吳常提出了再探老梅村的想法，他也立即同意。

「去是一定要去的。不過在此之前，至少得先問志剛，到底二、三十年前發生了什麼事，迫使所有老梅村的人大舉逃離。也許我們少的拼圖就是這一塊。」他頓了頓，又說，「我得做最壞的打算，也許當時的危機至今還存在。」

她聽他這麼說，頭皮當即發麻，實在難以想像會是什麼樣的原由。畢竟老梅村規模龐大，各式宅院不下百戶，村民都不知道在那裡安居了幾代，怎麼可能會為了點小事遷居？若是某種緣故逼得他們不得不一夜之間倉皇逃奔，自此再不復返，那當時的情況肯定是危急、驚駭之至。

「會不會是超級強颱啊？或是大地震、海水倒灌之類的。」潔弟胡亂猜測道。

他又用那種同情的眼神看著她，沉默地喝著茶。

然而，她卻一點也不感到受傷。已經習慣被志剛歧視和被吳常憐憫，她練就了一臉刀槍不入。只是忽然想到家裡養的狗——睫毛，便好奇起狗對於人類表情的領悟力。如果牠們能解讀這種情感，那實在很悲哀。對主人忠心耿耿的他們，為了要理解主人的指示就已經很吃力了，還要常常被心愛的主人同情。

吳常接下來的話打斷了她的思考。他難得耐著性子向她解釋天災不可能成立的原因。

過去二、三十年來，雖然有過好幾個超級強颱，但沒有一個對東北角一帶造成直接生命威脅。另外，北部的確盤據著幅員廣大、地貌豐富的大屯火山群，而老梅村距離最近的金山斷層也僅十五公里。但是這個火山群目前處於休眠狀態，近二十萬年都沒有劇烈的火山活動，僅餘地熱形成的硫磺谷和溫泉鄉，難以造成撼動大地的變化。

「好吧。」潔弟兩手一攤，「那我實在想不到還能有什麼原因了。」

＊＊＊

志剛撥空趕過來的時候，已經接近傍晚了。他劈頭就對剛從排練室走出來的吳常問當年斷頭案的結論。

「冤案。」吳常篤定地說，「不論是斷頭案、叛國案，還是另外一個無臉鬼案。」

「無臉鬼？」楊志剛奇道，「怎麼平白又多出一樁？」

為了避免被邊緣化，成為壁紙一般的存在，潔弟趁機發揮助手的身分，替吳常解釋一番。

然而，志剛最感興趣的還是斷頭案。他想了一下，又問吳常：「你是不是也認為當年那個兇器很可疑？」

「那把大刀作為栽贓和轉移注意力的工具，簡直愚蠢至極。」吳常神色泰然地說。

「對啊，為什麼？當年楊正也是這麼說！」潔弟問他們兩個。

「妳還記得糯米腸是學什麼出身的嗎？」志剛突然這麼問她。

「魔術？」

「是人因工程！笨蛋！」

「喔對厚！」而且那個『人因』指的還不是人類基因，而是人為因素。

經志剛這麼一說，潔弟才倏地想起這件事，可是還是沒能想通。她看過那把大刀的照片，也記得那個兇器說明欄中寫的刀身尺寸和重量。

「可是，那麼重、那麼大把的刀，」她邊說邊伸展雙臂比劃，「還是沒辦法將人的頭砍下嗎？」

「妳已經說到重點啦。」站在吧台前的志剛，邊說邊自己倒起茶來了。

「啊？」

「問題就在於刀太大、太沉了。」吳常解釋說，「按照人因工程學來看，這刀身長度對於身高不足一百九十公分的人來說，太長了。在揮砍的時候，臂膀會非常費力、不流暢。不論是刀身重量還是長度，一般季青島人的體型是很難操控的。」

「喔！你的意思是說，真正的殺手是彪形大漢囉！像NBA球員那樣？」

她猜想：被逮捕的李忠，體格在當年已算是挺拔，但照楊玄白收集到的資料來看，他身高是一百七十公分出頭，除非是長臂如猿，否則是無法提刀殺人的。

「絕對不是。」吳常立即毫不留情地撇清。

「喔。」

「我認為李忠絕對是滅門案的殺手，而且知道幕後主使人是誰，不然不會被幹掉。」志剛正經地說。

他的反應令潔弟頗為訝異。要是平常時候，他肯定又是趁機揶揄她一番。也許是因為現在正在討論當年的大案，所以沒那個心思開自己玩笑，只是嚴肅地忽視自己，繼續與吳常討論。

「斷頭案是罕見的大案，預謀犯案的殺手絕對會小心謹慎，不敢冒險。那勢必會選擇用起來順手的工具。」志剛推測道。

「所謂順不順手，除了與持工具者的體型、體重、臂力、臂長、慣用手、慣用動作有很大的關聯。」吳常接著說。

兩人一搭一唱，默契絕佳。潔弟再次覺得自己多餘，完全不知道自己到底出現在這裡幹嘛。只好起身走到吧台，幫吳常和自己再添點茶水。

「那問題來了，這李忠能卸下擒拿術，肯定不單純只是礦工。那他到底是什麼來頭？」志剛又尋思道。

「還有，殺手不只李忠一人。」吳常接著提出問題，「根據你爸調查出的李忠身家檔案，他在犯案前數月曾因礦坑倒塌而一度失業，生活陷入困頓，這才一逮到機會就鋌而走險，犯下斷頭案。假設其他殺手都跟他一樣是頓失經濟來源的礦工，那他們這段期間又是怎麼謀生的？」

「還是回到今天的重點吧。」吳常將話題拉回來，「找你來，就是想知道，二、三十年前，老梅村民到底是為什麼離開村子？」

志剛凝視了吳常幾秒，才幽幽說道：「又打算進村？」

吳常點點頭，直接了當地說：「不管你今天說不說，我都會去。」

「我也會去！」潔弟在一旁出聲。

「妳當進村是跨年啊！湊什麼熱鬧啊妳？」志剛一臉不屑。

「我也想幫忙啊！」潔弟不服氣地說。

「妳能幫什麼忙？跟那些黑的像龜苓膏的東西講英文、講法文？」

「別忘了，」吳常開口，「那片霧牆只為她而開。」

「我當然沒忘！」志剛眼神凌厲，「你也別忘了當初答應我的話！」

「什麼啊？」她的視線在兩人身上來回游移。

「當然。」吳常沉著地說，「所以我必須保障她的安全。這也是為什麼今天請你來。」

「放屁！」志剛嗤笑一聲，「你怎麼保障？那種東西能怎麼防？」講到這裡，他似乎動了氣，「這幾十年來，除了你們兩個，多少通緝犯進去之後都沒再出來！難道他們事先都沒準備嗎！你們憑什麼認為自己會是例外！上次是你們走運，這次再進村，有去無回怎麼辦！」

「天啊，越聽越可怕！哎志剛，」潔弟扯了扯他的襯衫袖子，「你快點告訴我們當年的經過好不好？」

吳常老神在在地說：「也許我們就是命中注定要來解這個謎團。」

「命中注定」這四字像是風鈴叮噹作響，清脆空靈的聲音直入潔弟的腦海，敲響深處的某段殘缺記憶。說不上來為什麼，她剎那間感受到心起了共鳴，但理智上卻完全不能理解自己為何會有這股情緒波動。只覺得自己似乎忘掉了什麼非常重要的事，卻怎麼想都想不起來。

吳常和志剛沒發現她陷入一陣沉思，而是繼續上演著口舌之戰。

「命你媽！」志剛不客氣地嗆他，「你知道他們當時遇到了什麼嗎？」

「正常人都會猜是跟那霧中仙有關。」吳常淡淡地說。

一聽此言，被勾回注意力的潔弟，當即瞇起了眼睛，無奈地想：這句話什麼意思？難道我不正常嗎？

志剛沒想到吳常這麼快就猜到，當場愣了一下，訥訥低語說：「對……」接著才恢復正常音量，「所以你看，這世界上有什麼東西可以防得了那些龜苓膏？」

「你沒把當時的來龍去脈說清楚，我無從判斷。」吳常說。

「吼唷，快講啦，」潔弟叫道，「別那麼婆婆媽媽的行不行？」

她沒想到這句無心的話，會惹來志剛接下來這麼大的反應。

「我婆婆媽媽？」志剛忽地站起身，神情激動，「天地良心！我警界第一性格小生耶！妳不說這小白臉，」他指向吳常，又指回自己，「居然說我婆婆媽媽！」然後指著潔弟，「妳腦袋被車輾過了是不是！」

他的反應實在太大了，就連平時牙尖嘴利的潔弟，也頓時傻在那裡，不知該作何回答。

志剛罵到一個段落，吳常對他說：「坐下吧。」

吳常的脾性雖冷淡而平穩，卻天生就流露出一股領袖魅力，讓人不自覺地同意或是服從他的話。

志剛狠狠瞪了潔弟一眼，才心不甘情不願地坐下沙發，擺出一張臭臉。

「快說吧。」吳常的聲音不大，但很有威嚴，「我待會就要下樓表演了。」

志剛像是陷入了天人交戰，一會哀聲嘆氣，一會扶額抹臉。過了一會，才大嘆了一口氣，終於向他們娓娓道來。

「確切是哪一年我也忘了，」他說，「總之二、三十年前……」

第四十一章
霧鎖老梅

自從慘絕人寰的斷頭案發生以後，老梅村內屢屢傳出不少詭異離奇的怪事。

村民們指證歷歷，有人在半夜會突然聞到一陣濃臭的燒焦味；有人聽見悲戚的哭喊聲，擾人入夢；有人見到已過世的陳家人在陳宅上空來回盤旋；更有人在田埂上撞見陳府門前那對繡著鮮豔牡丹的大紅燈籠，正沿著村內大路前進，忽明忽滅的幽幽螢火還會規律地在空中上下晃蕩，像是被某個看不見的人提著走一般，嚇得那個村民當場屁股尿流、哭爹喊娘地飛奔回家。

不論是哪個傳言，都在在令老梅村民不寒而慄。尤其是住在陳府大院附近的鄰居，更是夜不安寢、人心惶惶。

弔詭的是，這處大宅院在滅門血案宣告偵結、看守警力全面撤除之後，並非一直空在那，而是由陳小環繼承。

當時的遺產繼承制尚未完備，財產分配單看法官自由心證。而影響其決定的背後勢力彼此競爭、角逐，不是一般尋常人家所能料想到的。弱勢的一方與大眾相同，往往需待正式判決書出爐時，才能得知結果如何。

根據法院的宣判：陳家大當家——陳若松的事業由其留洋歸國的兒子——陳家興和女兒——陳家怡繼承。陳若竹由於後繼無人，遺產全數歸二少奶奶娘家，也就是古家名門。長女若梅與老三若石同樣也因後繼無人，財產全數歸三少奶奶娘家，也就是當時的謝姓望族。么妹若荷的房產、田地則判給入贅女婿的夫家——趙家大戶。至於陳府宅院所佔的土地和府上的實質器物則全數歸屬陳小環所有。

陳小環在繼承大宅院之後，實質得到的財產並不多，因為大抵名貴的金銀珠寶、珍稀古玩都在歹徒放火之前洗劫一空，倖存的寶典、字畫也都付之一炬。

即便如此，逃過祝融之災的梁柱、傢俱可都是些值錢的紅檜、紫檀和黑楠。為了將陳宅改為孤兒院，提供無家可歸的孩子一個遮風避雨的棲身之所，小環決定將珍貴的木頭全數變現，將得來的錢再用來建宿舍、添桌椅，並在院內搭建棚子作為教室。

她想，自己雖從沒上過一天學，但至少主人若梅曾教導她些學識，也許她能略盡綿薄之力，教孤兒們認字、讀書。

這個願望在小環的努力與堅持之下，不久就實現了。

而這「陳氏孤兒院」既然有小環和幾十名孤兒居住，照說這種鬼影幢幢的事應該不會發生才對。偏偏周圍居民們指證歷歷，而村民在口耳相傳時，又不免繪聲繪影、加油添醋，謠言便越傳越恐怖。

當時民風迷信，由於這類不合常理、難以理解的事一再頻傳，孤兒院沒多久便成了村民避諱的凶宅；而小環和那些孤兒們也成了大家避之唯恐不及的不祥人物。

沒幾個月，孤兒院的一切都成了老梅村的禁忌，不僅沒人敢靠近，連嘴上都不敢提，怕犯了忌諱。

剛開始，村民的誤會和觀感對小環來說影響不大。她只需要聘請外地的教師和雇員來教育和幫忙照顧孩童就好。但隨著孩子越來越多，在尋不得義工和慈善募捐的情況下，孤兒院的經營也陷入了困難。

這個時候，一通電話吸引了小環的注意。這位陌生人士表明願意捐款援助，但希望能親自走一趟孤兒院，並向小環探尋當年斷頭案的經過。

小環喜出望外，自然立刻在電話上連聲答應。

而當年致電至孤兒院的人，正是志剛的父親——楊玄白。

豈料，在他與小環約好登門拜訪的前一天晚上，一場駭人聽聞的事發生了。

＊＊＊

甫入夜，外頭開始起風。一開始，陰風陣陣，路上的村民皆不以為意。接著，突然狂風大作，吹得人們想走都挺不起胸，眼睛都差點張不開。好幾個處在大路上的人，接二連三地注意到一個古怪的現象；周遭的稻田怎麼傾彎的方向都不一樣。

他們仔細觀察了一陣，才赫然發現，自四面八方呼嘯而過的風都是朝著村中的孤兒院吹去！

詭異的事還沒完，倏地，風又戛然而止！

空氣突然變得凝重而寂靜，似乎近處稻田和遠處的荒野生物都在一瞬間死去或消失。在盛夏的夜晚，這般萬籟俱寂是從來沒有的事。

村民們全都摸不著頭緒，心中真是害怕極了。人人膽顫心驚，四處張望，想知道究竟是怎麼回事。有些人在當時就有預感，這是暴風雨前的寧靜，真正可怕的，恐怕還沒來。

接著，伴隨陣陣轟隆巨響的，是一排如白漆砌成的矮牆，迅速自孤兒院朝外推了出來！

它越來越近，越升越高，等到它幾乎遮住了頭頂上的星子時，在場村民們才發現，那根本不是牆，而是如洪水猛獸般直撲湧而來的白霧！氣勢如萬馬奔騰，所到之處，屋舍皆被濃霧吞噬其中，難以瞧見分毫。

村民們簡直不敢相信眼前所見，有的人被這驚心動魄的一幕給嚇得動彈不得，有的人當即扭頭朝村外拔腿狂奔。可是再怎麼跑也逃不過這邪霧的魔爪，須臾，排山倒海而來的霧氣便將所有人都給澈底吞沒！

老梅村民發現除了自己所站的地方以外，周圍在一眨眼便被霧牆所遮掩得密密實實，完全見不得方才在路上一起逃跑的人。與外界隔絕，宛如被惡意孤立在這迷霧之中，當下他們心裡真是萬分驚恐、慌亂如麻，不知該如何是好。

伴隨迷茫白霧而來的，是冷颼颼的涼意。周遭的氣溫陡降，就連呼吸都會吐出一縷白煙。而霧牆內開始飄蕩若隱若現的幢幢黑影，令情況更顯陰森恐怖。

有些村民不敢逗留，一個勁地順著剛才逃亡時的方向繼續直奔。片刻之後，前方的霧氣逐漸轉淡，他們心中燃起一絲希望，腳步一刻也不敢停歇，沒命似地跑著。

不知為何，當時的老梅村民都有個相似的想法：一定要跑到村外的大馬路上才安全！在此之前，無論如何都不能停下！

等到終於奔出村外，村民才敢放慢腳步，回頭一望。

讓人猜想不透的是，那團不知從何而來，高聳、廣闊的白霧，猶如被無形的牆給阻攔一般，只行進到一半，就在其中一條橫向的田埂處止住了勢頭。

＊＊＊

「那剩下的人呢？」潔弟抱著沙發抱枕，緊張問道。

志剛神色凝重，沉重地說：「沒有剩下的人了。」他頓了足足五秒，才又接著說，「那晚沒有出來的，就再也沒有出來了。」

「接著說。」吳常鼓勵他。

志剛點點，繼續說下去：「逃出來的老梅人……」

＊＊＊

那個晚上，不少陸續奔走出村的居民都守在村口，或是在村子外圍來回走動，盼能趕快覓得親朋好友。當時的情況真是幾家歡樂、幾家愁；有些人如願以償等到了家人、朋友，彼此之間相擁而泣、喜不自勝；有些人則就此沒再見到熟識之人，忍不住悲從中來，掩面捶地。

隨著月落日升，白霧也漸漸散去。只是，破曉之後，反而再也沒有人從裡頭走出來了。

居民從村外往內遙望，村子裡看來一如往常，是那麼的寧靜祥和。眾人雖然心急如焚，擔心裡頭的親人，可是歷經此難後，卻也沒膽立刻進村一探究竟。

耐著性子仔細觀察幾天後，外頭的村民發現越來越多的異象。放眼望去，白霧籠罩過的區域莊稼都死光了！那裡不僅不見人煙，還萬籟俱寂到令人毛骨悚然的程度。

曾有幾個人想回村裡找失散的家人，或是回家取回重要的財物，但才往村內走不到一半，白霧又會陡然出現在前方，像是在警告「生人勿近」，阻擋人們的去路。

村民都一致認為這白霧是種凶兆，是陳府當年的冤魂、厲鬼現身索命的預告。所以他們說什麼都不敢再冒險進去。

而這消息傳出去之後，當地有不少民間自組的義勇隊或是血氣方剛、欲探險的青年，先後硬闖進霧牆。但他們都沒再出來。

種種情形更加證實了老梅人心中的恐懼，認為自己那晚已是死裡逃生。從此以後都只敢住在村界邊緣，沿著大馬路，也就是現在的濱海公路一帶。有的人則是受到的打擊太大，恐懼過甚，乾脆遷居到外縣市，遠走他鄉。

而留下來的老梅人，從此稱那霧中黑影為「霧中仙」。

斗轉星移，當年那輩的老梅人已逐漸凋零。唯一能見證當年那些風風雨雨、不為時間洪流給淹沒的，就只剩那首至今仍在這一帶傳唱的〈老梅謠〉了。

第一冊全文完

▼欲知潔弟、吳常、楊志剛相遇故事請見前傳《金沙渡假村謀殺案》。

▼欲知老師父葉德卿與潔弟奶奶許忘憂的故事，請見外傳《佛殺》。

▼▼▼更多熱門故事與最新消息請關注唯一官方Facebook：

芙蘿午夜說書人 Flo The Dixit

釀冒險77　PG2972

老梅謠　卷一：血色童謠

作　　者　芙　蘿
責任編輯　陳彥儒
圖文排版　許絜瑀
封面設計　王嵩賀

出版策劃　釀出版
製作發行　秀威資訊科技股份有限公司
114 台北市內湖區瑞光路76巷65號1樓
電話：+886-2-2796-3638　傳真：+886-2-2796-1377
服務信箱：service@showwe.com.tw
http://www.showwe.com.tw
郵政劃撥　19563868　戶名：秀威資訊科技股份有限公司
展售門市　國家書店【松江門市】
104 台北市中山區松江路209號1樓
電話：+886-2-2518-0207　傳真：+886-2-2518-0778
網路訂購　秀威網路書店：http://store.showwe.tw
國家網路書店：http://www.govbooks.com.tw
法律顧問　毛國樑　律師
總 經 銷　聯合發行股份有限公司
231新北市新店區寶橋路235巷6弄6號4F
電話：+886-2-2917-8022　傳真：+886-2-2915-6275

出版日期　2024年2月　BOD一版
定　　價　380元

國家圖書館出版品預行編目

老梅謠. 卷一, 血色童謠 = The song of Lao-mei. volume 1, a song of blood and feud/芙蘿著. -- 一版. -- 臺北市 : 釀出版, 2024.02
面； 公分. -- (釀冒險 ; 77)
BOD版
ISBN 978-986-445-904-9(平裝)

863.57 112021507